MORD AM WATZMANN

Felix Leibrock

MORD AM WATZMANN

Ein Berchtesgaden-Krimi

3. Auflage 2024
Copyright dieser Ausgabe © 2021 Servus Verlag bei Benevento Publishing Salzburg – Wien, eine Marke der Red Bull Media House GmbH, Wals bei Salzburg
Dieses Werk wurde durch die Verlagsagentur Thomas Schlück vermittelt.

Medieninhaber, Verleger und Herausgeber:
Red Bull Media House GmbH
Oberst-Lepperdinger-Straße 11–15
5071 Wals bei Salzburg, Österreich

Satz: MEDIA DESIGN: RIZNER.AT
Gesetzt aus der Palatino, Bauer Bodoni, Courier
Umschlaggestaltung: www.b3k-design.de, Andrea Schneider, diceindustries
Umschlagmotive: Michael Thaler/shutterstock.com; Vaclav Mach/shutterstock.com
Karte Innenklappe: Nina Andritzky
Printed by CPI books GmbH, Germany
ISBN: 978-3-7104-0298-2

»Vül hat's schon pockt,
Am Berg aufi g'lockt,
G'folgt sans ihm tapfer,
Oba da Berg, der wüll sei Opfer.«

*Wolfgang Ambros/Joesi Prokopetz
»Der Berg«, aus dem Album
»Der Watzmann ruft«*

PERSONEN

Simon Perlinger, junger Polizeibergführer in der Polizeiinspektion Berchtesgaden

Ludwig Perlinger, Großvater von Simon, Schnitzer, Hobbyhistoriker und Entenzüchter

Maria Perlinger, Gattin von Ludwig, Hühnerzüchterin und Rosenkranzbeterin

Kunigunde Pöppel, beste Freundin von Maria Perlinger, Hühnerexpertin

Michael Pregler, Luisa Sedlbauer, beide bei der Bergpolizei Berchtesgaden

Robert Kopp, Matthias Brandtner, Bergwachtler in Berchtesgaden

Belinda Koreck, Polizeihauptkommissarin bei der Kripo Traunstein

Josef »Sepp« Kummer, Vertreter des bandscheibengeplagten Hüttenwirts im Watzmannhaus

Theresa »Resi« Stanggassinger, Bedienung mit »Schwingungen« im Watzmannhaus

Dr. Hilde Stöckl, Psychiaterin in Berchtesgaden

Stefan Wineke, Reeder in Lübeck, langjähriger Berchtesgaden-Urlauber

Heike Wineke, Gattin von Stefan, Kunsthistorikerin

Malte und Alina Wineke, Kinder von Stefan und Heike

Ingo und Hanno Wineke, Brüder von Stefan Wineke, der ihnen das Erbe ausbezahlt hat

Olaf Holtmann, politischer Gegner von Stefan Wineke und sein Intimfeind

Pascal Holtmann, Sohn von Olaf, Student und Geliebter von Heike Wineke

Harald Singer, Prokurist und Strippenzieher

Vladimir Smirnow, Singers Mann fürs Grobe, mit direktem Draht in die Unterwelt

Clara Mertes, Modedesignerin in Hamburg

Dr. Nils Füllkrug, esoterischer Gewissenforscher und Medium zu den Orbitariern

Rick Walker, US-Bürger, Alpen-Schamane

Ansgar Blei, Ausbilder bei der Bundespolizei in
Lübeck und auf der Kührointalm

Armin Zöllner, Jens Petersen, Mitarbeiter von
Holtmann Medizintechnik

PROLOG

Sie haben vom dritten Kind geträumt. Jetzt ist es so weit. Ausgelassen feiern sie, spüren dieses tiefe Glücksgefühl, das einen überkommt, wenn sich ein großer Wunsch erfüllt. Mit Jagertee aus Pappbechern stoßen sie an. Sie sehen stolz aus – wie Jäger nach der Hubertusjagd. Sie albern herum, bewerfen sich gegenseitig mit Bällen aus nassem Schnee und nehmen die mächtigen Wolkentürme über dem Massiv nicht ernst. Immer dichter wird der Schnee, aber ein letzter Jagertee geht noch. Und noch einer.

Dann schlägt die Furie zu. Einen anderen Namen gibt es nicht für sie. Klar, der Wetterbericht hat vor ihr gewarnt. Aber wer jung ist, zweifelt prinzipiell an Warnungen. Alles nur übertriebene Ängste, so sind die Älteren halt. Auch die Meteorologen sind Greise. Aber man selbst hat zwei kräftige Arme, steht mit beiden Beinen im Leben – holla, was kostet die Welt!

Die Furie zerstört das Glück des Augenblicks, raubt alles Unbeschwerte. Erfasst ihr junges Leben wie die Schnee-Eule das Küken. Die Krallen des Schicksals, die ihnen schwere Wunden schlagen. Auch wenn sie noch einmal davonkommen, tragen sie fortan einen Rucksack voller Schuldgefühle mit sich. Sind sie unvernünftig, maßlos gewesen?

Die Zeit, dieses ewige Räderwerk von Alltag, Urlauben und Familienfeiern, drängt das Geschehene in

11

den Nebel der Erinnerungen ab. Ein Baumstumpf auf einem kahlen Hügel, totes Holz, bei dem nur noch das Wurzelwerk ein unterirdisches und unmerkliches Leben weiterführt.

Aber an Wintertagen, wenn Schnee einsetzt und Wälder und Wege wie mit einem riesigen Kreidestift anmalt, hören sie auch heute noch die Schreie. Diesen Hall des Entsetzens aus weit aufgerissenen Mündern, der sich ausbreitet und von den kalkigen Felswänden vieltausendfach widerhallt. Der in ihre Köpfe eindringt und die Schädeldecke von innen zu sprengen droht. Sie sehen die Furie wieder, wie sie ihren immer breiteren Schlund mit eisigen Kristallen stopft und alles Leben unter sich begräbt. Nachdem sie ihre Gier befriedigt, ihr Werk getan hat, sind die Wege ins Tal weiß und wüst. Und es wird finster in der Tiefe ihres Herzens.

Der Schnee ist ihr Unglück. Aber er erweist sich auch als Komplize, weil er alles verwischt ...

Kapitel 1 · Feuergeister

Berchtesgaden,
an einem Herbsttag vor siebzehn Jahren

Die schwarze Rauchsäule steht wie ein Menetekel am grau bewölkten Himmel. Aber weiß ein Zwölfjähriger, was ein Menetekel ist?

Er schließt sein Fahrrad auf. Fährt an der Kaserne der Gebirgsjäger vorbei. Was für ein magisches Wort: Gebirgsjäger. Wie immer versucht er einen kurzen Blick auf den Innenhof zu erhaschen. Doch der Rauch beansprucht jetzt all seine Gedanken. Der kommt nämlich von ziemlich genau dort, wo er hinmuss. Er tritt in die Pedale, als sei er ein Nachwuchsfahrer bei der Tour de France. Die Bischofswieser Ache plätschert neben dem Radweg ihr monotones Lied. Endlich kreuzt er die Bundesstraße. Biegt ein in die Straße, die zum Aschauer Weiher führt. Gerade als er aus dem Sattel gehen will, sieht er mehrere Leute vor dem Friseursalon stehen. Mit hochgezogenen Augenbrauen schauen sie den Hang hinauf. Auch Frau Gruber ist unter ihnen, die füllige Gattin des Bäckermeisters. Mit ihren roten Backen und ihrer teigigen Haut sieht sie aus wie eine Kirschnudel. Sie erkennt ihn, starrt ihn an, die Backen leicht aufgeblasen. Traut sich aber nicht, ihn anzusprechen.

Er stellt sich auf die Pedale, tritt kräftig los, um den steilen Anstieg zu bewältigen. Brennt etwa einer der benachbarten Bauernhöfe? Ihm ist nach wie vor nicht klar, von wo der Rauch ausgeht. Jahre später noch wundert er sich, wieso er eines als ausgeschlossen ansah: dass das neu gebaute Haus seiner Eltern in Flammen steht. Er hört Martinshörner, sieht Blaulichter. Rettungswagen und eine Polizeistreife rasen in der Mitte der Fahrbahn an ihm vorbei. Auch schwerfällige Feuerwehrautos kämpfen sich den Hang hinauf und keuchen wie alte Schlosshunde. Nach der letzten Wegbiegung sieht er es, ohne es wirklich zu realisieren: Sein Haus, das Haus, in dem er lebt, das neu gebaute Haus seiner Eltern brennt!

Er rollt auf das Haus zu. Hört nicht das Knistern, das an die Salven von Maschinengewehren erinnert. Er spürt nicht die Hitze, die die Abelien auf dem Balkon binnen Sekunden verwelken lässt. Er riecht nicht die verkokelnden Holzbalken, schmeckt nicht den schwarzen Staub auf seiner Zunge. Er hat nur Augen für das Inferno. Flammen, die wie glühende Echsen aus den Fenstern des Dachgeschosses hervorzüngeln. Genau dort, wo sich sein Zimmer mit den abgeschrägten Wänden befindet. Wenn er sich mit den Zehenspitzen auf sein Bett gestellt hat, sah er durch die Fensterluke im Dach den Watzmann.

Drehen die hier einen Film? Mit Feuersauriern, und er ist mitten in die Aufnahmen geraten? So was aber auch! Er schaut sich um. Aber nirgendwo sind Kameras zu sehen, und die Kommandorufe der Feuerwehrleute klingen verdammt echt!

Der Junge ist wie in Trance. Ein Löschfahrzeug steht vor dem Carport und hat die riesige Leiter ausgefahren.

Die ersten Wasserstrahlen gehen auf das Dach nieder. Ziegel fliegen herab. Der hölzerne Dachstuhl glüht orange wie Lava. Genau dort, wo das Feuer seinen Herd hat, saß er vor drei Stunden noch über seinen Mathehausaufgaben. Dezimalbrüche und Primfaktorzerlegung. Gerade bricht und zerlegt sich hier etwas ganz anderes. Sein junges Leben. Aber das weiß er zu diesem Zeitpunkt noch nicht. Er ahnt es noch nicht einmal. Nur so ein merkwürdiges Kribbeln ist in seinen Fingern zu spüren.

Er kommt vom Klettern im noch ziemlich neuen Boulder-Raum. Seilfreies Klettern, das macht so einen Spaß! Das Alpin- und Kletterzentrum im Ortsteil Strub ist für ihn fast so etwas wie ein zweites Zuhause geworden. Mehrmals in der Woche trainiert er dort. Sein Ziel ist es, später die ganz großen Wände der Alpen zu besteigen. Große Zinne, Eiger Nordwand, das Matterhorn. Auch mal Berge im Himalaja. Die Dhaulagiri-Südwand, die Rupal-Flanke des Nanga Parbat. Sein Vater war dort schon bei Expeditionen und träumt von weiteren. Und er, mit seinen zwölf Jahren, träumt mit ihm. Schon als er sieben Jahre alt war, wanderten und kletterten sie gemeinsam zum Hocheck. Mit neun dann die Watzmannüberschreitung. Mit elf sind sie an Silvester mit Tourenskiern das Watzmannkar hochgestiegen.

»Papa, du machst doch bald mit mir die Watzmann-Ostwand«, flüstert er jetzt vor sich hin. Eine Beschwörungsformel, um die Feuergeister zu bannen. Möge es ganz schnell vorbei sein mit dem Brand! Er legt sein Fahrrad in die Wiese, nähert sich dem Haus. Als freistehendes Gebäude ist es durch einen fünfzig Meter langen Stichweg mit der Straße zum Naturbad Aschauer Weiher verbunden. Eine junge Polizistin mit blondem Zopf errichtet mit rot-weißem Flatterband eine provisorische Absperrung auf dem Weg zur Straße. Sie rennt auf ihn zu, fragt streng, wer er denn sei und was er hier suche. Er sagt seinen Namen. Er wohne in dem brennenden Haus. Sie nimmt ihn mit in den Polizeibus. Wieder glaubt er, Teil eines Films zu sein. Ein Actionfilm. Gleich kommen die und sagen, alles gar nicht schlimm, das Feuer sei ein einziges großes Pyrospektakel.

Der Junge betrachtet die Polizeijacken mit der Leuchtschrift, die an Haken seitlich der Schiebetür hängen. Die Polizistin telefoniert währenddessen, fordert zwei, drei Leute vom Kriseninterventionsteam an. Es ginge um einen Zwölfjährigen, vielleicht auch um andere Angehörige, die bald eintreffen würden.

Dann ein riesiges Krachen, Flackern, Knistern. Durch das Fenster des Polizeibusses sieht der Junge, wie der Dachstuhl endgültig in sich zusammenkracht. Genau an der Stelle, wo sich das Schlafzimmer der Eltern befindet.

Später weiß er nicht mehr, wie lange er wohl im Polizeibus gesessen hat. Es ist dunkel geworden. Die Flammen sehen vor dem schwarzen Himmel noch gespenstischer aus. Das Wasser der Feuerwehr zwingt sie nur langsam zum Rückzug. Er denkt an seinen Gameboy, der jetzt wohl auch ein Raub der Flammen geworden ist. Das lodernde Haus wirkt unwirklich. Wie eins dieser Plastikgebäude auf der Modelleisenbahn seines Vaters.

Erst als er seinen Großvater mit dem alten Jeep auf dem Stichweg stoppen und aussteigen sieht, stürzt er aus dem Polizeibus. Mechanisch drückt ihn der Großvater an sich, während er gleichzeitig mit ernster Miene auf das brennende Haus starrt. Unmerklich bewegt der Mann mit dem üppigen grauen Einstein-Schnauzer und der kräftig gefurchten Stirn die Lippen. Viele Stunden hat er hier beim Bau geholfen, die ganze Strecke vom Stichweg zum Haus und zur Garage eigenhändig gepflastert. Jetzt ist dieser Weg von rußigen Ziegelbruchstücken übersät.

Während der ganzen Zeit fragt sich Simon nicht ein einziges Mal, wo seine Eltern sind. Das kommt ihm später merkwürdig vor, sehr merkwürdig. Er ist an diesem Abend nur mit einer Frage beschäftigt: Hat er das Heizgerät ausgeschaltet, bevor er ins Kletterzentrum gefahren ist?

Kapitel 2 · Schein und Sein

In der Nähe von Hamburg,
Freitag, 30. Juli

Die beiden fahren nach Berchtesgaden, um ihre silberne Hochzeit zu feiern. Obwohl … feiern? So ganz dankbar, glücklich und gefühlig? *Schatzibär, du bist das größte Geschenk meines Lebens?* Oder: *Ohne dich bin ich nur ein tönendes Erz, eine klingende Schelle, ein Nichts.*

Nein, nimmt man derlei Gefühlsduselei als Maßstab, kann von *Feiern* nicht die Rede sein. Sagen wir besser: Sie begehen ihre Silberhochzeit, wickeln sie ab, erledigen sie. Wie den TÜV beim Auto. Den feiert man schließlich auch nicht und ist nur froh, wenn man ihn hinter sich hat. Denn um die Ehe der beiden steht es schon lange nicht mehr gut. Sie ist geprägt von Misstrauen. Von Enttäuschung. Von leeren Routinen.

Warum dann aber dieses ganze Brimborium mit Wegfahren, teurem Hotel, Watzmannbesteigung? Ganz einfach: *Wat mutt, dat mutt.*

Weil es die Gesellschaft, die Tradition, das Außenbild so erfordern. Wenn sie nach Lübeck zurückkommen, werden sie in ihren Kreisen eine Menge zu erzählen haben. Man ist weggefahren, hat etwas Exklusives unternommen, und für das ihnen servierte Essen hat der Koch natürlich vier von drei möglichen Michelin-Sternen eingeheimst. Eine Ehe wie eine Filmkulisse im Studio Babelsberg. Nicht echt, alles nur gestellt, zum Vortäuschen und Blenden. Aber immerhin: Sie sind ihre eigenen Kulissenschieber.

Doch hinter der Fassade brodelt es. Jederzeit kann der Kessel explodieren. Oder ein Ventil geht hoch, und der Druck entweicht in Form eines heftigen Streits. Ein Gedanke treibt sie beide um: *Hätten wir sie nur schon hinter uns, die Silberhochzeit!*

Für die kommenden sieben Tage haben sie sich ein Ziel gesetzt. Auch ein Programm gibt es. Die gemeinsame Zeit ist durchgetaktet. Denn nichts ist zwischen unharmonischen Eheleuten schlimmer als stumme Stunden, Leerlauf und ungewollte Zweisamkeit. Eigentlich wollten sie ein befreundetes Paar mitnehmen. Dann wäre alles erträglicher. Die beiden Frauen. Die beiden Männer. Man kann sich als Paar aus dem Weg gehen. Aber niemand wollte sie begleiten. *Ach, sehr nett eure Einladung, aber wisst ihr, bei so einer intimen Feier, da wollen wir euch nicht stören,* mussten sie sich anhören. Auch die Kinder können erst am Tag der Silberhochzeit nachkommen. Darum also ein durchgetaktetes Programm wie im Aktivurlaub. Sie, die Planerin, hat es zusammengestellt und den Zettel auf seinen Schreibtisch im Haus am Brink gelegt:

Freitag	Anreise
Samstag/Sonntag	Training
Montag	Aufstieg zum Watzmannhaus und Übernachtung dort

Dienstag	Aufstieg zum Hocheck und Überschreiten des Watzmanngrats, Abstieg durchs Wimbachgries, abends Essen mit Alina und Malte
Mittwoch	Watzmann-Therme, Wellness
Donnerstag	Rückreise gemeinsam mit den Kindern

Auf den Watzmann geht man nicht einfach so. Schon gar nicht, wenn man von der Küste stammt. Obwohl sie schon oft in Berchtesgaden waren. Auch sonst viele Gipfel in den Alpen erklommen haben. Getrennt voneinander seit Wochen gejoggt oder ins Fitnessstudio in Lübeck gegangen sind. Obwohl sie alles getan haben, bedarf es eines speziellen Trainings. Für die Berge benötigt man andere Muskeln als auf dem Laufband oder beim Kieser-Training. Steigmuskeln. Klettermuskeln. Auch Nervenmuskeln. Mutmuskeln. Durchhaltemuskeln.

Das ist der Plan für die Tage in Berchtesgaden: Sport, Sport, Sport. Raus, raus, raus. Dann sitzt man nicht so eng aufeinander, vermeidet explosive Situationen, hält Distanz, wenn man sich für die große Tour mit kleineren Anstiegen wie auf den Grünstein oder die Gotzenalm warm läuft. Das Adrenalin wird die Laune aufbessern. Wer weiß, vielleicht lassen sie sogar die vielen gemeinsamen Bergurlaube Revue passieren. Ein bisschen Eintracht kommt dann womöglich doch noch auf. Als sie sich kennenlernten, da haben die Berge sie sehr miteinander verbunden. Ob Klettern, Wandern oder Skifahren, als Norddeutsche waren die Berge für sie ein besonderer Kick. Adrenalinorte eben. Früher auch mal Liebesorte.

Jedem Anfang wohnt ein Zauber inne. Auch sie kennen die Magie des Verliebtseins. Das Sichberauschen am anderen. Die völlige Ausschaltung des *Ichs*. Nur das *Du* zählt. Der temporäre Liebeswahn. Doch bis zur Silberhochzeit lässt sich der nicht aufrechterhalten. Weil es halt doch ein *Ich* gibt, das sich von Monat zu Monat mehr zu Wort meldet und fragt: *Wo bleibe ich, wenn ich nur an dich denke, nur für dich handle, mich nur um dich drehe?*

Stark Besoffene kommen in Ausnüchterungszellen. Erst langsam, beim Nüchternwerden, realisieren sie, wie fremd sie sich selbst im Rausch waren. Auch Ehen entpuppen sich mit der Zeit oft als Ausnüchterungszellen. Jeder für sich merkt, wie beseelt, berauscht, bekloppt man am Anfang war. Der Alltag erdet den Rausch. Wenn es gut geht, wird aus Verliebtsein Liebe. Aber viele Ehen drohen in Leerlauf, Entfremdung, Abneigung und manchmal sogar Hass abzugleiten.

Bei ihnen kam die Entfremdung schleichend. Es war ein Prozess, bei dem sie feststellten, dass sie zwei Planeten mit eigenen Umlaufbahnen waren. Die Silberhochzeit ist der unausgesprochene Versuch, noch *ein Mal* die alte Herrlichkeit vom Beginn ihrer Beziehung aufleben zu lassen. Mit einer Fahrt in die Berge, nach Berchtesgaden, zum Watzmann. Das vertraute Gebirge. Kein Liebesurlaub, nein, das geht nicht mehr. Dafür ist zu viel vorgefallen in den letzten fünfundzwanzig Jahren. Aber noch einmal den Watzmann besteigen, den Grat überschreiten. Am Abend davor auf der Hütte übernachten. Das erspart ihnen das Problem, in den

Tag der Silberhochzeit hineinfeiern zu müssen. Denn um zweiundzwanzig Uhr ist Hüttenruhe. Da kann es um Mitternacht gar nicht mehr so gefühlig werden, weil man längst schläft. Nach der Watzmannüberschreitung am Dienstag werden sie abends mit Alina und Malte, ihren erwachsenen Kindern, im Hotel essen. So entsteht auch da kein peinliches Schweigen.

Sie haben sich abgesichert. Wenn sie nach Lübeck zurückkommen, werden sie von einer traumhaften Feier berichten. Schon lange sind sie Meister darin, ihre gegenseitige Abneigung vor anderen zu verbergen. Bei Empfängen oder Einladungen turteln sie wie junge Tauben, flirten wie flippige Teenies, werfen sich sogar Koseworte zu. *Hase, Maus, Schatz*. Das Kulissenschieben beherrschen sie. So auch der Plan für die Silberhochzeit. Ein paar Glücksfotos. Ein echt wirkendes Lächeln Arm in Arm. High Five von der Mittelspitze des Watzmanns. Die perfekte Fassade. Sie stand, sie steht und sie wird stehen.

Seit Kurzem aber fürchtet Stefan Wineke, dass genau diese Fassade trotz der jahrelangen Arbeit einstürzen könnte. Denn seine Frau hat die sorgsam austarierten Kräfte zwischen ihnen gehörig ins Wanken gebracht. So zumindest sieht er es. Er ist geladen. Auch der Mercedes-Maybach in der S-Klasse, mit dem sie gerade nach Berchtesgaden fahren, kann zu einem Faraday'schen Käfig werden. Blitze von außen wehrt er ab. Was aber, wenn es *im* Käfig blitzt?

Jetzt ist die Gelegenheit gekommen, Heike wegen der Lübecker Gerüchte zur Rede zu stellen. Von wegen Silberhochzeit und zur Schau gestelltes Glück in Dosen. Schon beim Fahren durch den Elbtunnel hält er es nicht mehr aus.

»Ganz Lübeck redet über dich! Man hat dich mit ihm im Café gesehen. Du bist zur Lachnummer verkommen!«, donnert er los und wartet auf Heikes Reaktion. Er will sie provozieren. Endgültig die Bestätigung haben, dass sie ein Verhältnis hat. Mit Pascal, dem Freund ihres Sohnes Malte. Pascal ist gerade mal fünfundzwanzig Jahre und damit gut halb so alt wie sie.

»Reg du dich mal nicht so auf …«, gibt sie nur zurück und schaut seitlich aus dem Fenster auf die vorbeifliegenden Felder und Wälder. Ein Dementi klingt anders.

Für Stefan ist es gar nicht so bestürzend, sich seine Frau in den Armen eines jungen Liebhabers vorzustellen. Er weiß um sein eigenes Fremdgehkonto. Was ihn jedoch quält, ist die konkrete Person, die als Geliebter seiner Frau gehandelt wird: Pascal Holtmann ist der Sohn seines Intimfeindes Olaf Holtmann. Mit ihm hat sich Stefan schon so manchen Streit geliefert. In wenigen Wochen ist die Wahl zum Vorsitzenden im Wirtschaftsausschuss der Lübecker Bürgerschaft. Da werden sie beide gegeneinander antreten. Eine jahrelange Feindschaft erlebt dann ihren endgültigen Showdown. Es wird einen Sieger und einen Verlierer geben. Etwas dazwischen gibt es nicht. Er oder Holtmann. Nicht, dass die Position dieses Vorsitzes so wichtig wäre. Aber es geht um Macht, Sieg und Geweihzeigen. Und ausgerechnet mit dem Sohn dieses widerlichen Arschloches, mit diesem Sohn, soll seine Frau ein Verhältnis haben.

Damit wird er zu Olaf Holtmanns Lachnummer. Dass dessen Sohn ein Versager ist, hat sich herumgesprochen. *Na, für Heike Wineke reicht er noch*, wird Holtmann senior spotten. Harald Singer, Prokurist der Reederei Wineke & Söhne und sein persönlicher Berater, hatte ihn, Stefan, deswegen sehr ernst angesprochen. Wenn seine Alte, so nannte der dreiste Singer seine Frau Heike tatsächlich, wirklich etwas mit dem Sohn von Holtmann habe, könne er alle weitergehenden Ambitionen streichen. Vorsitzender des Wirtschaftsausschusses wäre dann die letzte Sprosse seiner Karriereleiter. Wenn er das überhaupt würde, angesichts der fatalen Gerüchte. Es sei denn, er bringe seine Frau dazu, diesen Pascal Holtmann für immer vom Acker zu jagen.

»Wer im Glashaus sitzt und so weiter, du kennst das ja …«, spricht Heike nach einer Weile leise vor sich hin. Ihr sind zahllose Affären ihres Mannes im Lauf der Jahre zu Ohren gekommen. Erst vor Kurzem hat sie erfahren, er habe sich mit einer Praktikantin im Sekretariat der Reederei vergnügt. Die sei gerade einmal zwanzig gewesen. Klein, dumm, aber mit hochgepuschten Möpsen. Sie weiß, da gehen bei ihm die Sicherungen durch. Für ihn war es eine einfache Übung, so eine Göre anzubaggern. Der große Reeder Wineke. Ein kleiner Onassis, der mit Geld, Macht und teurem Rasierwasser eine junge Angestellte mit einem Fingerschnippen flachlegt. Was will er ihr also vorwerfen? Die Zeiten sind vorbei, wo es junges Gemüse nur für ältere Herren gab, pah!

Stefan war schon während ihrer Schwangerschaften auf sexuellen Nebengleisen unterwegs. Das haben ihr damals Freundinnen zugesteckt. Nur weil sie während und nach der Schwangerschaft mal keine Lust hatte, nahm er sich das heraus. Das blieb so bis heute. Er holt sich das, was er braucht. Ohne Rücksicht auf sie. Sie ist überzeugt, dass er sexsüchtig ist. Natürlich streitet er alle Affären ab, wenn sie ihn darauf anspricht. Er, der erfolgreiche Reeder, ist für die bürgerliche Galerie natürlich ein treuer Ehemann. Wie sich das gehört. Aber sie nimmt die Gerüchte wahr, die keine sind. Sie entsprechen den Tatsachen. Sie riecht das fremde Parfum, sieht beim Waschen den Lippenstift am Hemdkragen.

Wenn sie sich fragt, wann sie begonnen haben, sich zu entfremden, dann denkt sie an die Streitgespräche um das dritte Kind. Sie wollte noch ein Kind, er aber nicht. Diese stundenlangen Diskussionen! Diese vollkommen unterschiedlichen Ansichten vom Leben! Dieses Genervtsein von den Argumenten des jeweils anderen! Tränen, knallende Zimmertüren, Drohungen. Damals ging es auch los, dass er beim Sex oft kniff, auswich, sich davonstahl. Er begründete es mit der Angst, sie wolle ihm ein drittes Kind unterjubeln. Damals schon hätte sie einen Cut machen müssen. Wie merkwürdig, trotz solcher Gräben zusammengeblieben zu sein. Wenn sie jetzt manchmal darüber nachdenkt, staunt sie. Mit seinen Vorwürfen und Anklagen demütigt er sie seit fünfzehn, zwanzig Jahren. Seit einigen Jahren haben sie gar keinen Sex mehr miteinander. Doch ist die Liebe in der Mitte des Lebens ohne Sex am Leben zu erhalten? Oder wenigstens mit flüchtigen Küssen, Umarmungen, einem Streicheln über die Hand?

Kapitel 3 · Überraschungen

Nein, die Ehe der Winekes existiert fast nur noch auf dem Papier. Aber sie ist scheinbar unauflöslich. Sonst wäre Stefan schon lange davongelaufen, weil er seine Frau als frigide empfindet. Und Heike hätte ihm den Laufpass gegeben, weil er ein sexueller Schwerenöter ist. Sie leben nicht miteinander, sondern nebeneinander. Jeder auf seiner eigenen Spur, mit massiven Mittelleitplanken dazwischen. Warum biegt keiner ab, sortiert sein Privatleben neu, beginnt ein erfüllteres Leben?

Der Sachzwänge wegen.

Die Reederei, die Stefans Vater gehörte, haben alle drei Söhne geerbt. Seine Brüder Ingo und Hanno hält Stefan für geschäftsunfähig. Sie sind zwar auch in der Wirtschaft tätig, aber in der *Gastwirtschaft*, wie er bei den wenigen Treffen mit ihnen offen lästert. Ingo ist Pianist in einer Berliner Hotelbar. Außerdem schlägt er sich mit ein wenig Privatunterricht am Klavier durch. Er lebt mit einer überschminkten Kellnerin zusammen, säuft die Nächte hindurch Wodka Gorbatschow und schläft meist bis zum Mittag. Hanno residiert mit seiner thailändischen Frau auf Bali und betreibt dort eine Bar. Aber Stefan – und wohl auch Hanno selbst – ist nicht ganz klar, was die Bar eigentlich einbringt. Dann gibt es auch noch diese dubiosen Geschäfte, die Hanno nur andeutet. Handel mit Shishas, Armbrüsten aus dem Libanon und Matrjoschkas. All so ein Tinnef, den er in seiner Bar besoffenen Touristen aus Schweden, Deutschland oder Australien andreht.

Kurzum: Beide Brüder sind Taugenichtse, verjubeln nur das Geld der Eltern. Stefan hat sie ausbezahlt, weil er die Reederei allein besitzen wollte. Das Geld dazu gab ihm Heike. Sie stammt aus dem alten holsteinischen Adel der von Abercron. Richtig fette Pfründe. Ländereien. Halb Schleswig-Holstein. Na ja, nicht ganz. Jedenfalls war es viel, sehr viel Geld, das Heike Stefan gab. Unter einer Bedingung, nämlich stille Teilhaberin der Firma zu werden. Zöge sie ihr Geld ab, wäre dies das Ende der Reederei Wineke & Söhne.

Ihren Mann zu verlassen, das hat Heike schon oft überlegt. Aber auch sie steckt in der Ehe fest. Stefan ist ein angesehener Bürger der Stadt. Er sitzt nicht nur in der Bürgerschaft, die man so historienschwanger mit Thomas Manns Vater verbindet. Er ist auch Honorarkonsul der Republik Slowenien, Aufsichtsrat der Theater Lübeck GmbH und Mitglied im Rotary Club Lübecker Marzipan. Das bringt viele ehrenvolle Einladungen zu Empfängen mit sich, auf denen sie ihre maßgeschneiderte Mode von Clara Mertes, einer Hamburger Edel-Designerin, vorzeigen kann. Sie ist sozial engagiert bei Inner Circle, einem Club, bestehend vorwiegend aus wohlhabenden Lübeckerinnen. An der Volkshochschule gibt sie als studierte Kunsthistorikerin Kurse, ist ausgebildete Stadtführerin. Das alles ist ihr möglich durch, tja – das gute Netzwerk von Stefan Wineke. Der Leiter der Volkshochschule ist sein Parteifreund. Und mit der Tourismuschefin gibt er sich bei vielen Empfängen Küsschen links, Küsschen rechts.

Heikes sozialer Status hängt seit vielen Jahren von Stefans Stellung in der Stadt ab. Das gilt auch, wenn er abstürzt. Das bekommt sie sofort zu spüren. Wie damals, als er im Stadtrat sein Ehrenwort gab, er habe keinen Einfluss auf die Vergabe von Pachtgrundstücken zugunsten seiner Reederei im Bauausschuss genommen. Aussagen von Mitgliedern dieses Ausschusses brachten das Ehrenwort jedoch ins Wanken. Der Ruf der Winekes war ramponiert. Die Lübecker Presse berichtete tagelang von nichts anderem. Nur wagte sich niemand von den Ausschussmitgliedern vollends aus der Deckung. Bald gab es Gerüchte, Wineke habe sich mit viel Geld deren Schweigen erkauft. Jedenfalls merkte auch Heike in diesen kritischen Wochen, wie man sie beim Konditor nicht mehr ausdrücklich mit dem Nachnamen begrüßte. Als ob am Namen Wineke Gülle klebte. Ihre Friseurin war auch schweigsamer als sonst. Doch die Zeit heilte alle Wunden. Des Reeders zweifelhaftes Ehrenwort war nach einigen Monaten vergessen.

Seit einem halben Jahr kommt sie sich nun vor wie ein Pinguinküken, das seine Schale mit spitzem Schnabel zerschlägt und zu leben beginnt. So frisch, so frei, so unendlich neugierig auf das, was kommt. Ihre Schale, das war das spießige, von Rollenvorgaben geprägte Leben auf diesem sich ständig gleich drehenden Karussell der Eitelkeiten. Dieses Wichtigtun, dieses Gesehenwerden, dieses Zurschaustellen von Mode und Macht und Reichtum. Der Weg zum Glück ist das nicht. Das merkt sie jetzt immer deutlicher. Das Glück wohnt ganz woanders.

Ihr Leben steht seit einem halben Jahr kopf – wegen Pascal Holtmann. Seit er in der Fußgängerzone dieses ungewöhnliche Instrument gespielt hat. Dieser eine magische Moment, der sie genauso überrascht hat wie ihn. Er machte eine Pause, sie redeten. Er malte, interessierte sich für ihre Kurse an der Volkshochschule. Ein paar Tage später nahm er sogar an einem davon teil. Nach dem letzten Kurstermin gingen sie noch einen Cappuccino trinken. Sie lud ihn ein und staunte über sich selbst. Sich mit dem besten Freund des eigenen Sohnes in einem Café mitten in der Fußgängerzone zu zeigen war nicht ohne. Aber sie nahm das Gerede in Kauf. Es war ihr irgendwie egal. Mit fast fünfzig musste noch mal was kommen. Wer sich verliebt, verliert die Angst.

Dann kam dieser Tag, als er sie in ihrer Gründerzeitvilla am Brink besuchte. Angeblich war er mit Malte verabredet, ihrem Sohn. Sie hatten zusammen Abitur gemacht, und Malte studierte mittlerweile Physik in Hamburg.

»Malte hat dir gesagt, er sei hier?«

»Äh, nicht direkt. Ich dachte, ich schau mal … also, ich schau einfach mal vorbei.«

Er stotterte.

Sie trug Freizeitkleidung, rot-blaue, eng anliegende Leggins und Schlabberpullover, die halblangen vanilleblonden Haare waren mit einem billigen Gummi zum Zopf gebunden.

»Komm doch rein«, sagte sie und lächelte. Die Grübchen unter ihren ausgeprägten Wangenknochen zeigten sich. Auch sie war nervös. Stefan war in der Reederei. Es war früher Nachmittag. Meist kam er erst spätabends nach Hause. Oft fuhr er noch nach Hamburg, buchte sich

Stundenhotels. Die hatte er doch tatsächlich bei der letzten Steuererklärung als Geschäftskosten geltend gemacht. Sie hatte es zufällig entdeckt, als die Unterlagen vom Finanzamt auf seinem Schreibtisch lagen. Vielleicht vögelte er gerade wieder eine seiner Liebschaften, sagte sie sich.

»Na los!«, ermunterte sie Pascal noch einmal zum Eintreten. Stefan hätte Pascal rausgeworfen, so groß war sein Hass gegen Olaf Holtmann. Sippenhaft. Aber ihr war das jetzt egal. Sollte er es doch versuchen. Dann würde er sie von einer ganz anderen Seite kennenlernen. Pascal war *ihr* Besucher. Und würde es bleiben, egal was Stefan sagte.

Sie saßen am Küchentisch und tranken Rooibostee aus alten englischen Porzellantässchen. Schon komisch, das alles. Sie löste ihren Zopf, die Haare fielen ihr ins Gesicht. Mit leicht schrägem Mund blies sie sie weg. Ein nervöses Lachen von beiden. Dann. Ja, dann. Sie sahen sich plötzlich lange in die Augen. Sehr lange. Schweigen. Die Herzen schlugen wie dumpfe Trommeln im Urwald. Und ihre Hände fanden sich irgendwie und drückten sich. Er stand auf, sie auch und dann …

Sie ist verrückt, sagt sie sich seitdem oft. Aber sie *will* verrückt sein! Sich das holen, was ihr Stefan Wineke vorenthält. Sich rächen für dieses jahrelange Hintergehen. Wie oft stand sie ihm gegenüber, redete mit ihm, und er schaute durch sie hindurch. War mit den Gedanken bei seinem letzten Techtelmechtel, bei Flirts, bei Bettterminen. Oder bei seinen geschäftlichen Machenschaften, bei Singers zwielichtigen Vorschlägen. Jedenfalls nicht bei ihr. Er sieht sie nicht, hört sie nicht, begehrt sie nicht.

Was hält sie noch bei ihrem Mann? Eine feste Beziehung mit Pascal einzugehen, das kann auch sie sich nicht vorstellen. Sie will sich das jetzt gönnen, genießen, das Leben auskosten. Ohne irgendein Ziel. Einfach mal ausscheren aus Normen und Traditionen. Noch nie hat sie das gewagt. Ein Hochgefühl erfasst sie bei diesen Gedanken. Kribbeln im Bauch, wie sie es noch nie gespürt hat. Aber sie kennt auch melancholische Anwandlungen. *Pascal sucht in dir mehr die Mutter als die Geliebte,* sagt ihr dann eine dunkle Stimme. Seine leibliche Mutter ist früh gestorben. Zur Stiefmutter hat er ein unterkühltes Verhältnis.

Trennen wird Heikes Affäre das Ehepaar Wineke wohl kaum. Ihrer beider Status, ihre finanziellen Verflechtungen, die gemeinsamen Kinder lassen ein Auseinandergehen nicht zu. Auch Stefans und Singers ehrgeizige politische Pläne sprechen dagegen. Ganz unterschwellig bindet sie auch ein gemeinsames Geheimnis aneinander, über das sie aber nie sprechen. Heike und Stefan sind zwei sich abstoßende Magnete im Schraubstock der bürgerlichen Ehe.

•••

Spät treffen sie in Berchtesgaden ein. Der Watzmann glüht rotgolden in der Abendsonne, fast wie der Rosengarten in Südtirol. Im noblen Hotel Edelweiß checken sie ein. Sie gehen ins Hotelrestaurant, essen Saibling aus der Stanggass und wechseln dann in die Bar. Dort trinken sie eine Flasche Dom Pérignon für dreihundert Euro. Für ein erstes Foto rücken sie auf den ledergepolsterten Barhockern zusammen. Das mit den Selfies funktioniert nicht richtig. Ein Kellner springt ihnen bei und verordnet ihnen für die Fotos noch mehr Nähe. Sie posten die

Bilder, jeder für sich an seine Leute in Lübeck, Hamburg und sonst wo. Man braucht fröhliche Bilder. Heike bearbeitet eins der Fotos, schneidet Stefan weg und schickt es an Pascal.

Trinke auf dich, schreibt sie dazu.

Heike und Stefan unterhalten sich über das Wetter der nächsten Tage, die geplante Tour. Bald werden sie zu alt für so eine anstrengende Unternehmung sein. Noch einmal wollen sie es wissen. Alina und Malte haben ein ganz besonderes Geschenk angekündigt. Vielleicht würden die Tage doch nicht so übel, denken sie. Der Champagner wirkt.

»Hast du den VW-Bus vorhin am Marktplatz gesehen? Die zwei Männer, die drinsaßen?« Stefans Stimme klingt nun nicht mehr so gereizt wie am Vormittag im Auto.

»Ja, Holtmann Medizintechnik.« Auch Heike ist entspannt.

»Aber es ist Freitagabend. Fahren die da nicht nach Lübeck zurück?« Stefan greift in das Schälchen mit den Erdnüssen.

»Vielleicht zu weit für ein Wochenende.«

Die beiden wundern sich nicht weiter. Olaf Holtmanns Firma ist führend im Bereich Medizintechnik. Sie hat Aufträge in ganz Deutschland und Europa. Warum nicht auch in Berchtesgaden. Der T5 ist ein Dienstfahrzeug. Gut möglich, dass die Techniker selbst in Bayern leben.

Sie bestellen noch zwei Gin Tonic. Während sie stumm daran nippen, sehen sie durch die Glastüren der Bar einen silbernen Audi A4 am Hoteleingang vorfahren. Lübecker Kennzeichen. Sie staunen nicht schlecht, als sie erkennen, wer da aussteigt.

Kapitel 4 · Wagnisse

Lübeck,

Freitag, 30. Juli

Pascal Holtmann ist nicht gerade das, was man einen Schönling nennt. Seine Dreadlocks erinnern an die verstaubte Matte eines thailändischen Massagesalons. Die Nase ist ein bisschen knollig, die dünnen Lippen umrahmt ein zotteliger Vollbart. Meist trägt er eine verwaschene ausgebeulte Kapuzenjacke. Doch all das nimmt man nicht mehr wahr, wenn man in seine apfelgrünen Augen schaut. Funkelnde Perlen im weißen Sand der Algarve.

In seinem Smartphone sucht er eine Bahnverbindung nach Berchtesgaden. Er ist in eine Frau verliebt, die silberne Hochzeit feiert. Das klingt für ihn gar nicht so absurd, wie man meinen sollte. Als er noch Philosophie studiert hat, las er viel Sartre und Beauvoir. Das von ihnen vertretene Modell der freien Liebe, fernab von bürgerlichen Konventionen, hat ihn angesprochen. Jean-Paul und Simone, sie sind jetzt seine Kronzeugen. Seine Gewissensstärker. Sie geben ihm mit ihrem freien Denken den Mut, sich seine Zuneigung, ja Liebe zu Heike Wineke nicht einfach verbieten zu lassen.

Für ihn und Heike gab es *den* magischen Moment. Von solchen Augenblicken zehren viele Paare, gerade wenn die Liebe im Alltag untergeht. Der zauberhafte Anfang, der die Beziehung mythisch erhöht. Er saß auf einem ausklappbaren Angelhocker in der Breiten Straße in Lübeck, direkt vor dem Rathaus. Sein Vater ging dort als Mitglied der Bürgerschaft und einflussreicher Unternehmer ein und aus. Pascal hatte sich von seinen Ersparnissen eine Handpan gekauft. Ein ziemlich neues Musikinstrument. Zwei Halbkugeln aus Blech, die aufeinandergeklebt waren. Pascal hielt sie auf dem Schoß. Er entlockte den sieben Tonfeldern auf der Oberfläche durch sanfte Schläge mit den Händen sphärische Klänge. Im geschäftigen Treiben der Fußgängerzone waren die Klänge leicht zu überhören. Aber *sie* überhörte sie nicht.

Heike Wineke blieb stehen, hörte ihm lange und andächtig zu. Nach dem Stück sprach sie ihn an. Sie freue sich, dass er mit Malte befreundet sei. Bei der Abifeier hätten die beiden ganz schön viel getrunken, sie habe sie beobachtet, lachte sie und zeigte ihre makellos weißen Zähne. Obwohl – so makellos waren sie nicht, zwischen den oberen Schneidezähnen entdeckte er eine gar nicht so kleine Zahnlücke. Er war wie gebannt, obwohl er nicht zuordnen konnte, woher seine Faszination kam.

Sie schauten sich schweigend in die Augen. Länger als normal. Sie wiegte ganz leicht den Kopf hin und her. Die Verzauberung nahm ihren Lauf. Diese wohlhabende Unternehmersgattin hatte ihn einfach so angesprochen. Obwohl ihr Ehemann und sein Vater erbitterte Gegner waren. Er ahnte intuitiv das Verbindende zwischen ihr und ihm. So wie er unter seinem Vater litt, litt sie unter ihrem Mann. Beide Unternehmer waren Alphatiere, nur auf sich und das eigene Ansehen bedacht. Machtgeil. Keine Rücksicht auf die, die ihnen anvertraut waren.

Ehefrau oder Kind, sie kamen gleichermaßen unter die Räder, wenn sie nicht in den ihnen zugedachten Rollen funktionierten.

Heike lobte ihn für die Musik mit der Handpan. Sein Vater hatte ihm genau deshalb wenige Minuten zuvor eine Szene gemacht. Er sei eine Schande für die Familie Holtmann! Sich vor dem Rathaus mit diesen Suppenschüsseln aufzubauen und die Passanten mit seinem Geklopfe zu belästigen! Wo er sich über Jahre hinweg einen guten Ruf erarbeitet habe! Bald werde er sogar der Vorsitzende des Wirtschaftsausschusses der Hansestadt. Wenn, ja wenn ihm nicht sein Sohn den Ruf ruiniere! Er sei ein nichtsnutziger Student!

Die Szene war laut und unschön. Viele, die an ihnen vorbeigingen, schüttelten den Kopf. Aber Pascal wollte sich nicht wieder von seinem strengen Vater unterkriegen lassen. Er war jetzt fünfundzwanzig Jahre alt. Sein Vater hatte ihm nichts mehr zu sagen. Deshalb war er aus der elterlichen Villa ausgezogen, lebte seitdem in einer winzigen Wohnung nicht weit entfernt vom Holstentor.

Mit Straßenmusik und Gelegenheitsjobs hielt er sich über Wasser. Er war nicht mehr auf die väterliche Kohle angewiesen. Und genau deswegen hörte er nach dem peinlichen Auftritt des Vaters vor dem Rathaus auch nicht auf, die Handpan zu spielen. Heike, ihr Lächeln belohnten ihn dafür. Er hatte sich nicht von seinem Vater beugen lassen. War mit seinem Instrument geblieben. Sonst wäre es auch nicht zu der Begegnung mit Heike, zum magischen Moment, gekommen. Ihr unbeschwertes Lachen, die Zahnlücke.

Auch wenn er jetzt mit seinem Studium der Kunstgeschichte nicht gerade auf sicherem beruflichem Boden stand, würde er sich nie mehr etwas von seinem Vater vorschreiben lassen. Er hatte ihn zu diesem BWL-Studium gezwungen. Volles väterliches Stipendium, wenn er ein Studium durchziehe, das ihn perspektivisch auch in die Firmenleitung bringe. Obwohl, so stimmte das auch nicht ganz. Die Vorstellung, die riesige Firma seines Vaters einmal selbst zu leiten, hatte ihn schon irgendwie gereizt und verführt. Er war damals anfällig für dieses Denken in Aktien und Macht. Halb zog der Vater ihn, halb sank er hin. Darum das BWL-Studium. Aber das war nicht das Richtige für ihn. Er merkte es schon bald, studierte aber noch vier Semester weiter. Weil er sich nicht traute, es dem Vater zu sagen. Als er dann abbrach, tobte der. Er sei ein Versager, warf er ihm an den Kopf.

Okay, dann bin ich halt ein Versager, sagte er sich, aber ich lasse mir jetzt gar nichts mehr sagen. Nie mehr. Erst recht nicht von Danuta, seiner Stiefmutter. Sie hatte er noch nie gemocht. Seine leibliche Mutter war an Brustkrebs gestorben, da war er gerade einmal acht Jahre alt. Und dann kam diese Frau aus Polen, die eigentlich nur den Haushalt führen und auf ihn aufpassen sollte. Sie hat sich seinen Vater geangelt. Ein Leben in Reichtum und Ansehen erworben, weil sie ihn in einer persönlichen Krise erwischte. Der Tod der Ehefrau, er warf auch Olaf Holtmann einige Zeit aus der Bahn. Das war Danutas Chance.

Jetzt also stand Heike Wineke in der Breiten Straße vor ihm und sagte, sie sei von seiner Musik ganz verzückt. Fragte ihn nach seinem Studium. Fand das mit der Kunstgeschichte gut. Sie habe das auch studiert. Weil sie sich um die Kinder gekümmert habe, sei sie nie so richtig dazu gekommen, sich beruflich umzuschauen.

Sie habe Bekannte, die mit ihr studiert hätten, und jetzt in Museen, Galerien oder Verlagen arbeiteten. Auch wenn man selbst male, sei das ein Vorteil, wenn man kunstgeschichtlich bewandert sei.

»Malst du?«, fragte sie unversehens. Obwohl er schon Mitte zwanzig war, duzte sie ihn – wie damals, zu Schulzeiten, als er Malte noch öfter besuchte. Ihm stockte der Atem. Noch nie hatte er mit jemandem über sein Malen gesprochen. Über seine mit nervöser Hand entstandenen Bleistiftzeichnungen. Mit ihnen bannte er apokalyptische Träumereien im Stile Alfred Kubins auf Papier. Auch Heike gegenüber öffnete er sich nur vorsichtig. Deutete lediglich an, dass es ein paar Zeichnungen gäbe. Obwohl es Hunderte waren.

»Vielleicht willst du die mal ausstellen? Bei uns in der Volkshochschule gibt es dazu eine Möglichkeit. Wenn du möchtest, kannst du dich ja mal melden. Ich könnte den Leiter fragen. Aber vorher müsste ich ein paar Bilder von dir sehen. Kannst mir ja welche zeigen, falls du Malte mal wieder besuchst.«

Mit einem unmerklichen Blinzeln ging sie davon. Am nächsten Tag meldete sich Pascal Holtmann zu einem Kurs über Lübecker Kirchenbauten und ihre Ausstattungen in der Volkshochschule an. Dozentin war Heike Wineke.

Die Fahrkarte nach Berchtesgaden und zurück würde mehr als hundert Euro kosten. Ob sich das lohnt? Nur um heimlich hinter ihr, dem Mann und Alina und Malte herzuschleichen? Zuzuschauen, wie sie trotz unglücklicher Ehe auf fünfundzwanzig Jahre anstoßen?

Das mit der unglücklichen Ehe hatte sie ihm gesagt, als sie sich das letzte Mal sahen. An der Ostsee. Timmendorfer Strand. Ihr Mann war auf Geschäftsreise. Sie hatte ihn in aller Frühe mit ihrem chiliroten Mini Cooper abgeholt, um den Sonnenaufgang an der Ostsee zu erleben. Barfuß liefen sie durch den schweren Sand die Küste entlang. Alberten rum wie Teenager. Dann saßen sie an der Spitze der Seebrücke. Sie begann zu erzählen, vom Ehemann, der durch sie hindurchsieht …

Soll er jetzt wirklich das viele Geld für ein Zugticket nach Berchtesgaden ausgeben? Was, wenn ihn Malte dort entdeckte? Der weiß ja hoffentlich nichts von ihrer Beziehung. Und wäre er dann nicht ein Spanner? Außerdem war er noch nie so richtig in den Bergen. Heike hatte erzählt, sie wollten den Watzmann besteigen. Könnte er das überhaupt, den Winekes so einfach im Hochgebirge hinterhersteigen?

Kapitel 5 · Simon

Von Berchtesgaden in die Welt
und wieder zurück

Simon Perlingers Gastvater Archie schoss ohne Vorwarnung. Mehrfach. Der neunzehnjährige Tim starb noch in der Garage. Er war wie Simon als deutscher Au-pair nach Louisville, Kentucky, gekommen. Tims Gasteltern wohnten nur wenige Straßenzüge von Simons Familie entfernt. Archie war stark alkoholisiert, als er schoss. Er hatte Tim für einen Einbrecher gehalten.

So ein Ereignis gräbt sich tief in das Bewusstsein, wenn man es direkt miterlebt. Simons Zeit in den USA, das Au-pair-Jahr, sie werden für immer davon überschattet sein. Denn Tim war sein Freund. Nach dem tödlichen Schuss besorgte ihm die Au-pair-Organisation ein Hotelzimmer und psychologische Betreuung. In Archies Haus weiterzuleben, das ging nicht mehr. Dazu war er viel zu geschockt. Sein Jahr in Kentucky war ohnehin fast vorbei, ein paar Tage früher als geplant reiste Simon nach Deutschland zurück.

Wie konnte es zu dem Blutbad kommen? Wenn Simon heute, gut zehn Jahre später, daran denkt, sieht er darin auch einen Grund, warum er zur Polizei gegangen ist. In Deutschland gelten strenge Waffengesetze. Und das ist auch gut so. Wenn schon jemand Waffen einsetzt, um eventuelle Einbrecher dingfest zu machen, dann doch bitte die Polizei. Und nicht jemand wie der besoffene Archie, der einfach mal in den Wohnzimmerschrank greift und einen Neunzehnjährigen umlegt.

Simons Leben kennt Katastrophen. Darum ist er froh, wenn es Regeln und Ordnung gibt. Regeln, die solche Katastrophen eingrenzen oder gar nicht erst zulassen. Schon als Kind haben ihm die Eltern das beigebracht: Regeln sind wichtig im Leben. Man muss sie einhalten und bei anderen kontrollieren, ob sie das auch tun. Sonst funktioniert das Zusammenleben nicht. Da die Eltern ihm das immer wieder einbläuten, entwickelte sich bei Simon eine Art Kontrollzwang. Die Eingangstür des neu gebauten Hauses immer zwei Mal zuschließen! Den Zebrastreifen zur Schule immer genau in der Mitte überqueren! Das Heizgerät immer ausschalten! Stets erwischte sich Simon beim Nachdenken über diese Regeln und ob er sie eingehalten hatte. Das Leben bestand aus Ordnung und Kontrolle.

Wo ihm das als Kind besonders einleuchtete, war beim Klettern. Er verstand seinen Vater, wenn der ihm sagte: Lieber einmal zu viel als einmal zu wenig kontrollieren, ob alle Gurte und Karabiner sitzen! Bei dir UND deinem Kletterpartner! Immer mit Helm auf Klettersteige! Viele Beispiele nannte der Vater, wo nachlässiges Verhalten in den Bergen katastrophale Folgen nach sich zog.

Mit sechzehn, siebzehn Jahren begann Simon, sich für Politik zu interessieren. Im Schulunterricht lernte er, wie ein Staat funktioniert. Genauso wichtig wie die Gesetze selbst, sei die Kontrolle darüber, dass sie auch eingehalten werden. Genau das hatte er schon von seinen Eltern gelernt. Bereits damals war er sich sicher, sie hätten sich gefreut, ihn beruflich bei der Polizei zu wissen.

Aber es gibt noch einen Grund, warum Simon Polizist geworden ist. Vielleicht ist es sogar der eigentliche Grund. Als Polizist kann er Berge besteigen. Die Leidenschaft mit dem Beruf verbinden. Denn sein Traum ist wahr geworden. Er ist Polizeibergführer und Mitglied einer alpinen Einsatzgruppe. Auch da fühlt er sich seinen Eltern, insbesondere seinem Vater, verbunden. Er hat ihm die Berge, das Klettern, das Tourenskigehen und so vieles mehr im alpinen Bereich beigebracht. Ein Vermächtnis erfüllen, das klingt bedeutungsschwer. Aber ist es nicht so? Woher sonst kommt seine Begeisterung für die Berge? Manchmal glaubt Simon, über die Berge mit seinem Vater auf unsichtbare Weise verbunden zu sein. In den Felsen hört er seine Stimme, seine Anweisungen. Er sieht ihn, wie er die Limo auf dem Gipfel öffnet und mit ihm anstößt. Als sei er, Simon, nicht ein Polizist von neunundzwanzig Jahren, sondern immer noch der neugierige Junge, der nicht genug von den Bergen bekommen kann.

Damals, nach dem tragischen Brand, wollte er einige Zeit gar nichts mehr von den Bergen wissen. Der Schmerz, in Zukunft ohne den Vater die Berge besteigen zu müssen, war einfach zu groß. Wer hätte auch sonst mit ihm in die Berge gehen sollen? Der Großvater war zu alt für echtes Klettern. Eiger Nordwand, Rupal-Flanke, das waren plötzlich hohle Worte. Weit, weit weg.

Doch dann wuchs die Sehnsucht nach den Bergen wieder. Stärker als je zuvor. Er meldete sich im Kletterzentrum an, trat dem Deutschen Alpenverein bei. Als

Gymnasiast bestieg er alles, was die Berchtesgadener Alpen an Wänden und Klettersteigen zu bieten hatten. Mit dem Mountainbike fuhr er die steilsten Wege hinauf, wagte mit den Tourenskiern schwierigste Abfahrten auf abseitigen Strecken und trainierte seine Fitness im Berglaufen.

Als Polizeibergführer kommt ihm das jetzt zugute. Zu den Aufgaben der alpinen Einsatzgruppen zählen die Aufnahme von Berg-, Ski- und Lawinenunfällen. Die Suche von Vermissten und Straftätern im Gebirge, auch in schwer zugänglichem Gelände. Der Personenschutz, wenn Prominente, aus welchen Gründen auch immer, die Berge aufsuchen. Genau solche Bergaktionen hat er sich immer erträumt. Was für ein spannender Beruf!

Sein Abitur war ordentlich gelaufen. Er ging ins Bewerbungsverfahren für den gehobenen Dienst, wurde angenommen. Studierte bei der Polizei, erst in Sulzbach-Rosenberg, dann in Fürstenfeldbruck. Nach seiner Ausbildung war er drei Jahre in Rosenheim im Polizeipräsidium in der Verwaltung tätig. Gleichzeitig erwarb er den Abschluss des staatlich geprüften Polizeiberg- und Skiführers. Mit siebenundzwanzig Jahren wechselte er schließlich zur Polizeiinspektion Berchtesgaden – als Polizeikommissar, Dienstgruppenleiter und Polizeibergführer.

Hier organisiert er seitdem die Schichten der Schutzpolizei, koordiniert die Einsätze. Und wann immer etwas im Gebirge passiert, wechselt er in seine zweite Haut. Die des Polizeibergführers. Seine Ausrüstung dafür liegt in einem Spind auf der Dienststelle bereit. Einen zweiten Satz Ausrüstung hat er in seiner Wohnung im Schönerlehen.

Das Schönerlehen. Berchtesgaden, Bischofswiesen. Seine Heimat. Hier ist er aufgewachsen. Kennt fast jede und jeden. Lange hatte er überlegt, ob er dienstlich wirklich hierher zurückkehren wollte. Was, wenn er einen früheren Klassenkameraden mit Alkohol am Steuer erwischte? *Hey Simon, komm, jetzt sei doch mal kein Spielverderber, lass mich halt weiterfahren, ich fahr auch direkt nach Hause.* Mit solchen Situationen war zu rechnen. Aber egal, sagte er sich, alle haben sich an die Regeln zu halten. Nicht ich bin dann der Spielverderber, sondern die, die die Regeln brechen. Das half ihm, sich Berchtesgaden als Dienstort vorzustellen.

Aber da war noch etwas, was ihn in Hinblick auf Berchtesgaden verunsicherte und bis heute ins Grübeln bringt. War es richtig, wieder hier, auf dem Schönerlehen, zu wohnen?

Das Schönerlehen liegt in der Engedey, hoch am Hang des Söldenköpfls. Im 19. Jahrhundert fand ein Maler aus dem weiteren Umfeld der Münchner Schule den Hof so anmutig, dass er ihn malte. Seine Bilder wurden daraufhin in so mancher Ausstellung der Neuen Pinakothek in München gezeigt. Als Dank für Kost und Logis auf dem Schönerlehen bedachte der Maler das Haus mit denkmalgeschützter Lüftlmalerei. Die Motive stammten aus dem bäuerlichen Handwerk. Auch die Balkone und Balkenköpfe bemalte er bunt. So mancher Kunstpilger kommt bis heute den Weg zum Schönerlehen hinauf, um das Anwesen zu bewundern.

Ins Schönerlehen war Simon mit zwölf Jahren eingezogen. Ludwig und Maria Perlinger, seine Großeltern, haben den uralten Bauernhof von Marias verstorbenen Eltern übernommen. Das Wohnhaus wurde saniert und umgebaut. Im ersten Stock befinden sich heute zwei große Ferienwohnungen, die eine mit direktem Blick auf den Watzmann, die andere mit Aussicht auf den Kehlstein, den Hohen Göll, das Hohe Brett und den Jenner. Die Großeltern Perlinger wohnen im Erdgeschoss, dort, wo früher Marias Eltern lebten. Außer den Ställen gibt es auf dem Gelände auch ein Austragshäusl. Eigentlich erbaut für Marias Eltern, doch diese verstarben, noch bevor sie es beziehen konnten. Mit dem Austragshäusl wollten sie für Maria und Ludwig den Weg freimachen. Obwohl Ludwig eine Schnitzerei in Berchtesgaden betrieb und auf die sechzig zuging, hofften sie, er und Maria würden den Hof irgendwie weiterführen. Ludwig und Maria lebten damals im ersten Stock, kannten die Abläufe des Hofs. Wer sich seinen Besitz, wie die Perlingers und viele andere im Berchtesgadener Tal, über Jahrhunderte hinweg hart erarbeitet hat, wahrte die Tradition, so gut er konnte.

Doch dann kam der Brand, der alles verändern sollte.

Kapitel 6 · Gewissensfragen

Irgendwo in Franken,
Freitag, 30. Juli

Dr. Nils Füllkrug führt ein Doppelleben. Nein, er ist kein Ehebrecher, denn eine Partnerin gibt es nicht. Er ist mit der Wissenschaft verheiratet – und ein Guru. Sein Fachgebiet ist die Hirnforschung. Sein Fehler war es, sich zu sehr spezialisiert zu haben. Er war fixiert auf das Thema *Gewissen*. Wie entsteht das Gewissen? Welche Funktion hat es? Warum regt sich in bestimmten Situationen das Gewissen nicht? Kann man das Gewissen gezielt trainieren? Brauchen wir überhaupt ein Gewissen?

Mit seinen Büchern *Die gewissenlose Gesellschaft* und *Vom Gewissen wissen* waren ihm Bestseller gelungen. Aber das lag schon zwanzig Jahre zurück. Die Forschung hatte neue Schwerpunkte, und er, Füllkrug, war bei der Berufung auf Professuren immer leer ausgegangen. So dümpelte er auf einer befristeten Stelle als wissenschaftlicher Angestellter vor sich hin und suchte nach einer Alternative. Privat tat er sich zusehends schwer, Beziehungen aufzubauen. Alte Freunde wandten sich von ihm ab, neue kamen nicht hinzu. Frauen lernte er zwar manchmal kennen, aber sie erschraken schon bald vor seiner sprunghaften und unheimlichen Art. Er kicherte unvermittelt im Gespräch los oder brüllte Kommandos, ohne dass klar war, was er damit meinte. Bei Facebook pflegte er ein Konto und postete alle möglichen Verschwörungstheorien. Das World Trade Center hatte der amerikanische Geheimdienst gesprengt, die Corona-Pandemie war ein Werk von Bill Gates, demokratische Regierungen sind satanistische Eliten, die Kinder foltern und aus ihrem Blut Verjüngungsdrogen herstellen. Er postete und postete, manchmal im Minutentakt, ohne dass auch nur eine einzige Person darauf reagierte. Das juckte ihn aber nicht. Er hielt sich für den Mittelpunkt der Welt, der als solcher nur noch nicht von anderen erkannt worden war. Sprach man mit ihm, schaffte er es nicht, einem in die Augen zu schauen. Seine flackernden Blicke gingen am Gegenüber vorbei, entweder zur Decke oder zum Boden. Wenn man ihm so gegenübersaß und seine schneidende Stimme hörte, konnte es einen gruseln.

Dann sprachen die Orbitarier zu ihm. In einer kalten Vollmondnacht ging er über zugeschneite Stoppelfelder. Geisterwesen, die in einer elliptischen Bahn um die Erde kreisen, offenbarten sich ihm. Diese Orbitarier teilten ihm mit, wie man sein Gewissen erleichtere. Sie erkoren sich ihn als ihr Medium aus. Er war ihr Channel in die niedere Welt der Menschen. Von nun an verging keine Nacht bei Vollmond mehr, ohne dass er ausrückte, um neue Botschaften zu empfangen. Endlich folgten ihm jetzt auch Leute bei Facebook, die begierig aufsaugten, was ihm die Orbitarier verkündeten. Sein Doktortitel zahlte sich zum ersten Mal aus. Mit ihm verlieh er den Botschaften aus dem All einen pseudowissenschaftlichen Anstrich. Seine Follower und Freunde in den sozialen Medien feierten ihn dafür und untermauerten mit seinen orbitarischen Heilsworten ihre eigenen Verschwörungstheorien.

Nach einem halben Jahr war die Zeit gekommen, die Botschaften aus dem Orbit, dem Jenseits, dem All in eine Geschäftsidee zu überführen. Er gründete in einer fränkischen Kleinstadt das *Institut für Gewissenszugang*. Psychisch belasteten und labilen Menschen bot er fortan Kurse und Einzelsitzungen zur Selbstoptimierung an. Er versprach steigende Energieflüsse, das leichte Bewältigen von Stress, ein intensiveres Beziehungsleben. Voraussetzung war, sich von jeglicher Form des schlechten Gewissens zu befreien. Zu seinen Klienten zählten untreue Ehemänner, ehemalige Strafgefangene, Frauen, die abgetrieben hatten. Von Sitzung zu Sitzung, von Fall zu Fall spürte er, wie er Macht über andere Menschen gewann. Die Kurse und Sitzungen brachten frischen Wind in sein klägliches, verstaubtes Leben. Er band Menschen an sich, die ihn als Medium zu den Orbitariern akzeptierten.

Wer sich bei ihm anmeldete, bekam in einer ersten Sitzung Windgeräusche aus einer Soundbar vorgespielt. Füllkrug trat von hinten an den Stuhl, auf dem die zu behandelnde Person saß.

»Ich werde deinen Kopf jetzt an neunundzwanzig Stellen nacheinander berühren. Das dient dazu, Spannungen in dir zu lösen.«

Der Wind wehte, und Füllkrug drückte sanft verschiedene Stellen am Kopf. Viele empfanden das als lösend, befreiend, entspannend. Sie formulierten, oft stotternd, was sie bedrückte. Und Füllkrug – sprach sie frei. Am Ende seiner Sitzungen und Kurse mahnte er eindringlich, die Behandlung an dieser Stelle nicht abzubrechen. Sanft drückte er den Klienten ein Formular in die Hand, mit dem sie sich, vor seinen Augen, für die nächsten Termine anmeldeten. Mit Bankverbindung und Zahlungsfrist.

Die Orbitarier bescherten Füllkrug ein ansehnliches Einkommen. Im Gegenzug fühlte sich seine Kundschaft fürs Leben gestärkt, weil sie ihr oft schon lange belastetes Gewissen befreien konnte. Viele merkten erst spät, manche zu spät, wie er sie finanziell ausbeutete und psychisch abhängig machte. Wagte es jemand, Zweifel an Füllkrugs Methoden oder der Existenz der Orbitarier anzumelden, reagierte er schroff und radikal. Er blockierte die betreffenden Personen auf allen Social-Media-Kanälen, sprach Hausverbote aus und drohte mit Verleumdungsklagen.

Füllkrug beließ es nicht bei der Theorie, bei Kursen und Sitzungen. Um das Gewissen von Altlasten zu befreien, ging er zur Tat über. An sich selbst exemplifizierte er das. Denn auch in seinem Leben gab es einige Baustellen, die er nicht bereinigt hatte. Der Bruch mit seinem Vater zum Beispiel, der jetzt auf dem Friedhof seines Heimatdorfes lag. Ihm gegenüber konnte er sein Gewissen nicht mehr bereinigen. Was aber, wenn er es sozusagen *posthum* tat?

Sein Vater war nach dem Zweiten Weltkrieg aus Schlesien vertrieben worden. Einmal war er mit ihm in seinem alten Heimatdorf im Eulengebirge gewesen. Die Polen, die jetzt das Haus bewohnten, in dem sein Vater eine glückliche Kindheit verbracht hatte, waren nicht sehr freundlich. Nicht mal ins Haus hatten sie ihn gelassen. Er sah seinen Vater vor sich, die traurigen Augen, als sie unverrichteter Dinge wieder ins Auto stiegen. Wäre es nicht ein Weg, den späteren Bruch mit seinem Vater ein Stück weit zu heilen und sein Gewissen reinzuwaschen, wenn er noch mal nach Polen führe? In das besagte Dorf, zu besagtem Haus? Um dort das Gartenhaus in Brand zu setzen? Es musste ja nicht gleich das Wohnhaus sein. Nein, Menschenleben brauchte es nicht zu kosten. Aber so ein kleines Zeichen an die polnischen Jetztbewohner, dass sie auf diesem Grund eigentlich nicht erwünscht waren …

Füllkrugs Übergang von der Wissenschaft zum Fanatismus war fließend, aber unaufhaltsam. Auf viele Klienten wirkte er wie ein Erlöser. Katja aus Dresden zum Beispiel, die in einer schneidend kalten Nacht von einem Nachbarn auf dem Weg zur Wohnung vergewaltigt worden war. Sie wurde schwanger, ließ das Kind abtreiben. Der Täter war seit zwei Jahren wieder auf freiem Fuß. Sie erzählte Füllkrug von ihrem schlechten Gewissen, das Kind abgetrieben zu haben. Er ging bei Vollmond auf die Felder und befragte die Orbitarier. Danach schlug er Katja vor, den Vergewaltiger für ihre Abtreibung zu bestrafen. Allein fühlte er sich dazu jedoch nicht in der Lage. Also schleppte Katja ihm einen anderen Klienten an, den sie aus ihrer Dresdner Zeit kannte. Er hatte mehrere Jahre wegen Diebstahls im Gefängnis gesessen. Jetzt bereute er es, alte Rentnerinnen um ihre Ersparnisse betrogen zu haben. Um sein Gewissen zu beruhigen, schlug ihm Füllkrug ein gemeinsames Treffen mit Katja vor. Dort waren sie sich schnell einig, der Dieb könne sein Gewissen bereinigen, wenn er Füllkrug bei einem Überfall auf den Vergewaltiger unterstütze. Auf diese Weise wiederum werde Katjas Gewissen ebenfalls bereinigt. Zwei Tage lauerten Füllkrug und sein Verbündeter dem Vergewaltiger auf. Dann schlugen sie zu. Auf dem Parkplatz vor einem Wohnblock in Dresden-Gorbitz. Mit einem Baseballschläger von hinten. Als er auf dem Boden lag, traten sie ihm wechselweise in die Genitalien. Damit er auch merkte, woher der Wind wehte. Nie wieder sollte er in der Lage sein, eine Frau zu vergewaltigen.

»Doktor Füllkrug«, sagte sein Mittäter beim Wegfahren, »muss ich denn jetzt kein schlechtes Gewissen haben, wegen dem, was wir getan haben?«

»Nein«, lautete die klare Ansage, »müssen Sie nicht. Wir haben nur reagiert. Vorher gab es eine verwerfliche Aktion. Beim Reagieren gibt es kein schlechtes Gewissen. Das haben mir die Orbitarier glasklar mitgeteilt.«

Die Praxis des Dr. Füllkrug zog immer mehr Menschen aus ganz Deutschland an. Dass er mit ihnen, wenn nötig, auch Straftaten beging, sahen die meisten nicht so. Er stand in Verbindung mit außerirdischen Wesen, die ihn dazu legitimierten. Kein Wunder, dass er niemandem in die Augen sah. Er war mehr als ein Mensch. Ein Wesen zwischen All und Erde. Seine Blicke waren in anderen Sphären.

Füllkrug selbst lebte nach solchen Aktionen, in denen er belastende Dinge der Vergangenheit durch sein Handeln kompensierte, mit ziemlich reinem Gewissen. Ziemlich. Aber manchmal fand er immer noch Dinge bei sich selbst, die ihm ein schlechtes Gewissen bereiteten. Da half nur eins. Das Gewissen reinigen.

Wie dankbar war er da, als er vor ein paar Tagen einen Anruf aus Hamburg erhielt. Sie würde ihn abholen. Wie schön! Manchmal flogen einem die gebratenen Hühner direkt in den Mund!

Jetzt klingelt es an seiner Haustür. Sie ist da. Los geht's!

Kapitel 7 • Erinnerungen

Simons Eltern waren beide im Schichtbetrieb, seine Mutter als Krankenschwester, der Vater als Sicherheitsbeauftragter im Hotel Edelweiß. Als das Feuer am Nachmittag ausbrach, schliefen sie. Bemerkten nicht den Rauch, der als giftige Wolke ins Schlafzimmer eindrang und sie im Schlaf ohnmächtig werden ließ. Beide starben. Eine Tragödie, wie sie das Berchtesgadener Land lange nicht mehr erlebt hatte.

Wohin mit Simon? Ludwig und Maria Perlinger waren die nächsten Anverwandten. Seine anderen Großeltern waren bereits verstorben. Und so nahmen sie den Zwölfjährigen bei sich auf. Für ihn richteten sie das Erdgeschoss im Austragshäusl her, in dem sonst die Feriengäste gewohnt hatten. Ein großes Wohnzimmer, ein kleines Schlafzimmer, eine praktische Küche und ein grün gefliestes Bad mit Duschzelle standen ihm ganz allein zur Verfügung. Im mansardenartigen Geschoss darüber brachte Ludwig sein Archiv unter. Seit Jahrzehnten war er Hobbyhistoriker und Chronist der Ereignisse im Berchtesgadener Land.

Das Austragshäusl, ein Stück höher am Hang gelegen als das Wohnhaus, schaut wie ein Murmeltier aus der Wiese hervor, die im Sommer von Schafgarbe und wildem Salbei übersät ist. Von der Wohnung im Erdgeschoss führt eine Glastür auf die Terrasse. Von hier aus überblickt man das gesamte Ensemble des idyllischen Schönerlehens: der moosgrüne, mit Rohrkolben und Süßgras bewachsene Teich, den Ludwig für seine Laufenten angelegt hat; den kleinen Stall mit Ludwigs belgischen Zwerghühnern; den großen Hühnerstall mit Marias *richtigen* Hühnern; der nüchterne alte Kuhstall mit seinem bröckelnden Putz; das prächtige Wohnhaus; und über allem die majestätische Bergwelt Berchtesgadens.

»Mit den Eiern von deinen Zwerghühnern kannst nicht mal ein Spiegelei braten«, schimpft Großmutter Maria regelmäßig mit ihrem Mann. Während sie *richtige* Hühner hält, sind Ludwigs Tiere mehr Zwerg als Huhn, wie sie sagt. Oft zieht sie ihn damit auf. Vor allem, wenn ihre beste Freundin zu Besuch kommt, Kunigunde Pöppel.

Mit ihr singt sie im katholischen Kirchenchor im Alt, betet unzählige Rosenkränze in der kleinen Kapelle unweit des Hofs und tauscht Kochrezepte aus. Auch Kunigunde stammt aus einer alten Berchtesgadener Bauernfamilie. Die beiden Frauen fachsimpeln gern über die verbliebenen Tiere auf dem Schönerlehen: Neben den drei Dutzend Hühnern im Freigehege sind das acht Kühe, eine Schar Katzen und Rex Gildo, der blinde Schäferhund. Und natürlich Ludwigs Zwerghühner und Laufenten. Die Kühe halten sie aus Tradition, um das für das Berchtesgadener Tal so typische Anrecht auf die Bewirtung der Almen nicht zu verlieren. Denn insgeheim hegt Maria die Hoffnung, dass Simon eines Tages die Landwirtschaft als kleinen Nebenerwerb weiterführen wird.

Mit seinen Großeltern hat Simon viele Konflikte durchlebt. Sie waren ihm Elternersatz, klar. Auch für sie war es nicht einfach gewesen, nach dem großen Brand ein völlig neues Leben zu beginnen. Sie hatten ihren Sohn und ihre Schwiegertochter verloren! Es war schwer für sie, mit bald sechzig Jahren die Erziehung eines Zwölfjährigen zu übernehmen.

Als Simon vor zwei Jahren die Möglichkeit bekam, dienstlich nach Berchtesgaden zu wechseln, fragte er sich oft, ob er wirklich auf den Hof der Großeltern zurückkehren sollte. War seine Ausbildung bei der Polizei nicht auch ein Freischwimmen von diesem Ort gewesen? Natürlich hatte er viele schöne Erinnerungen ans Schönerlehen. Wenn sie nach der Christmette im Tal durch dichten Schnee den Hang hinaufstapften, wo ihnen ein roter Stern am Fenster der Stube den Weg wies. Wenn er im Sommer mit seinen Freunden im Stall herumschlich und sie gemeinsam Streiche ausheckten. Wenn er bei der Heuernte half und merkte, wie hart, aber auch erfüllend die Arbeit auf dem Hof war. Aber hingen solche Erinnerungen nicht am Alter, an der Zeit der Jugend? Würde er als Erwachsener genügend Distanz zu den Großeltern aufbauen können, um eigenständig auf dem Schönerlehen zu leben?

Außerdem war da noch seine Freundin Carolin. Sie wohnte in München, war Modebloggerin und aus der Partyszene der Landeshauptstadt kaum wegzudenken. Ein paar Mal hatte sie ihn auf dem Schönerlehen besucht. Einige Tage dort verbracht. Sie fand seine Großeltern *witzig*, den Hof *cool*, die Enten *süß*. Aber nach Berchtesgaden ziehen? Als er sie fragte, ob sie sich das vorstellen könnte, bekam er nur eine ausweichende Antwort. Würde sie es im Schönerlehen überhaupt dauerhaft aushalten, wenn über seiner Wohnung der Großvater in seinem Archiv rumste und rumorte? Wenn Maria und Kunigunde die Zwerghühner von der Wiese vertrieben, die den *richtigen* Hühnern vorbehalten war? Wäre ihr das nicht alles zu provinziell?

Wenn Simon ehrlich ist, fragt er sich genau das bis heute hin und wieder selbst. Zumindest in den dunklen Momenten. Ist ihm, nach Sulzbach-Rosenberg, Fürstenfeldbruck und Rosenheim, das Leben auf diesem Hof mit all den Erinnerungen an seine belastete Jugend nicht irgendwie fremd? Er könnte sich eine Wohnung in Berchtesgaden mieten. Aber das käme ihm auch komisch vor. Die nächsten Jahre wird er auf jeden Fall in Berchtesgaden Dienst tun. Polizeibergführer will er sein ganzes Leben lang bleiben. Sofern die Knochen mitspielen. Ein paar Konstanten gibt es also doch in seinem Leben. Und die will er auch nicht so schnell aufgeben. Zu groß ist sein Wunsch nach Stabilität im Leben.

Carolin zählt nicht unbedingt zu dieser Stabilität. Wer weiß, ob das nicht bald auseinanderbricht, fragt sich Simon manchmal. So wie heute. Er sitzt mit einem Weißbier auf der Terrasse und lässt seinen Blick über das Schönerlehen schweifen. Ja, das hier ist wirklich eine ganz andere Welt als München, denkt er sich. Ab und zu besucht er Carolin in der bayerischen Landeshauptstadt. Aber ihr Umfeld dort ist schon ein bisschen sehr schickimicki. Eindeutig nicht sein Ding. Aber er liebt Carolins Lachen, sie schauen gerne gemeinsam Comedy-Sendungen an, haben den gleichen Musikgeschmack. Doch reicht das? Eine Beziehung, die tagelang nur aus Whats-App-Verkehr besteht, ist auf ziemlich viel Sand gebaut.

»Ja bist du denn vollkommen narrisch geworden?«, hört Simon auf einmal die Stimme seiner Großmutter vom Hof herüberschallen. »Du hast eine Patenschaft für die Feldmaus übernommen?«

Simon kann sich ein Grinsen nicht verkneifen. Er ahnt, was nun folgen wird. Vor ein paar Tagen hat sich der Großvater in der Fußgängerzone von Berchtesgaden von einer jungen Aktivistin überzeugen lassen, eine Tierpatenschaft zu übernehmen. Dem Enkel hat er davon bereits erzählt, doch es seiner Maria zu sagen, das hat sich Ludwig noch nicht getraut. Aber jetzt war die Katze aus dem Sack. Beziehungsweise die Feldmaus. Amüsiert beobachtet Simon die Szene.

»Es ist doch für den Feldhamster. Nicht die Feld-maus«, wehrt Ludwig sich. Aber Maria und ihre Freun-din Kunigunde gehen nicht darauf ein.

»Zwanzig Euro im Monat sollen wir dafür zahlen?« Maria bekommt sich nicht mehr ein. Sie hält den von Ludwig unterschriebenen Beleg Kunigunde hin. Sofort unterstützt die sie mit heftigem Kopfschütteln und Hän-dezusammenschlagen. Beide Frauen tragen Dutt. Und beide Dutts hüpfen aufgeregt auf und ab.

»Da kämpfen wir den ganzen Sommer über gegen die Feldmäuse. Und du wirst zu ihrem Paten! Ja, gibt's denn so was!«

»Der Feldhamster ist vom Aussterben bedroht«, ver-sucht es Ludwig erneut. Aber Maria und Kunigunde sind schon von der Holzbank vor dem Wohnhaus auf-gestanden und watscheln, den Laufenten nicht unähnlich, davon. Bei so viel Verdruss wollen sie lieber nach den *richtigen* Hühnern schauen.

Der Großvater hat vor einiger Zeit sein ökologisches Gewissen entdeckt und überlegt ernsthaft, bei der nächsten Wahl bei den Grünen sein Kreuz zu machen. Und das, wo man doch seit Generationen im Hause Perlinger die Christsozialen wählt. Irgendwie bewundert Simon den Großvater, der auf seine alten Tage noch so aufgeschlossen und flexibel ist.

Aber immer wenn er positive Gefühle für ihn entwickelt, kommt auch die Wut in Simon hoch. Die Wut darüber, dass er von ihm nie wieder etwas zur Brandnacht gehört hat. Er ist immer noch auf dem Stand von vor siebzehn Jahren. Damals, als der Großvater ihm nur wenige Tage nach dem Feuer die schrecklichen Sätze entgegengeschleuderte. Sätze, die ihn schwer belasteten. Wie oft hat er sich schon dafür kasteit!

Aber gestern ist er beim Großvater im Archiv gewesen. Wollte etwas wegen der Stromrechnung mit ihm besprechen. Und dass er ihm gerne die Miete anheben könne, jetzt, wo er gut verdiene. Da hat er hinter dem Großvater einen Ordner gesehen. Auf dem Rücken waren nur fünf große Buchstaben zu lesen. In diesem Augenblick wusste er, was er tun musste. Hochgehen, wenn der Großvater mit dem Auto unterwegs war. Er würde ihn hören, wenn er wiederkommt. Hochgehen und sich den Ordner anschauen.

Die fünf Buchstaben auf dem Rücken waren:

B R A N D

Kapitel 8 · Windhund

Reederei Wineke & Söhne, Lübeck,
Freitag, 30. Juli

Harald Singer ist Stefan Winekes wichtigster Mitarbeiter. Formal übt er die Funktion des Prokuristen der Reederei aus. Aber er ist viel mehr für den Inhaber der Firma. Er ist seine rechte Hand. Und die linke oft auch.

Singer betrachtet Wineke als sein Geschöpf. Er selbst ist kein Mann für die erste Reihe. Aber er weiß, wie man Karrieren schmiedet. Wie man Menschen mit mittlerer Begabung für öffentliche Auftritte so formt, dass sie brillieren. Bei mehreren Politikern, einer Unternehmerin und einem Gewerkschaftsboss hat er das bereits unter Beweis gestellt. Für sie hat er hohe Vorstandsgehälter und machtvolle Positionen verhandelt, erkauft oder erpresst.

Je nachdem, wer seine Gegenspieler sind, wechselt er dabei die Methoden. Mal ist es sanfter Druck, mal direkte Drohung. Singer besitzt gute Kontakte in die Unterwelt. Da sind schnell mal ein paar Reifen zerstochen. Hätte der Autobesitzer doch gleich verhandelt! Oder die Chinchillas der Kinder sterben unversehens, weil das Futter auf rätselhafte Weise vergiftet war. Hätte der Vater den Herrn Singer doch nur mal ernst genommen!

Singer ist der Meister der Intrige, des Ruchlosen, der Heimtücke. Er ist abgekocht und abgebrüht. Nach außen meist diplomatisch und freundlich, handelt er, wenn nötig, eiskalt, berechnend und ohne Rücksicht auf menschliche Härten. Würde man eine Biografie über ihn schreiben, bräuchte man ein Register. Das der Seelenwracks, seiner Opfer.

Diesen Harald Singer ernannte Stefan Wineke vor zwei Jahren zu seinem Prokuristen. Das war eine Ansage. Denn fachliche Qualifikationen (Studium Jura, BWL oder Ähnliches) fehlten. Aber darauf kam es nicht an. Diese Aufgaben erledigten der Justitiar, die kaufmännische Geschäftsführerin und andere. Singers Aufgaben sind bis heute die halblegalen und illegalen Geschäfte der Reederei auf dem internationalen Markt, der politische Lobbyismus und das Kaltstellen eventueller Gegenspieler. Und er ist Stefan Winekes Karriereschmied.

Mit seinem gestreckten Hals, dem schmalen Kopf und dem glatten, nach hinten gekämmten Haar erinnert er an einen Windhund. Ein Tier, das in manchen Ländern auch heute noch für Hetzjagden eingesetzt wird. Genauso eine Hetzjagd steht nun an. Im Interesse der Reederei und ihres Inhabers Stefan Wineke. Dringlichkeitsstufe eins. Das sagt zumindest Singers Spürsinn. Und auf diesen Sinn ist Verlass. Mit Wineke selbst braucht es da keine großen Absprachen. Der Reeder vertraut ihm, und Singer wiederum liefert Taten, die dieses Vertrauen rechtfertigen. Nur die Ziele sprechen sie ab. Das aktuelle Ziel lautet: Wineke wird Vorsitzender des Wirtschaftsausschusses.

Der Gegenspieler ist Olaf Holtmann. Kein politisches Leichtgewicht. Seine medizintechnische Firma hat noch mehr Mitarbeiter als die Reederei. Er ist besser vernetzt als Wineke. Tritt häufig als Sponsor oder Mäzen auf. Hat eine Honorarprofessur im Studiengang Medizin an der Universität Lübeck. Eine honorige Persönlichkeit also. Aber Singer wäre nicht Singer, hätte er nicht längst die ersten Strippen gezogen.

Beim Finanzamt wurde vor Kurzen anonym Anzeige gegen Holtmann wegen Steuerhinterziehung erstattet. Diese Anzeige landete gleichzeitig in den Briefkästen aller Presseorgane in Schleswig-Holstein. Getarnt als exklusives Material, das nur diese Zeitung, dieser Sender erhalten habe. Zwar waren die Vorwürfe frei erfunden. Aber trotzdem blieb immer etwas Negatives hängen. Gerade bei einer in Steuerfragen so sensiblen Wahl wie der zum Vorsitzenden des Wirtschaftsausschusses. Kratzspuren am Holtmann-Lack. Zumal wenn die Anzeige mit so viel Erfahrung verfasst worden war, wie Singer sie hatte.

Holtmanns Privatleben spielte natürlich auch eine wichtige Rolle. Singer hatte dafür einen erprobten Privatdetektiv beauftragt. Und die polnischen Wurzeln von Holtmanns zweiter Ehefrau boten eine dankbare Angriffsfläche. War es nicht sie, die illegal Betreuungskräfte für private Haushalte aus ihrer Woiwodschaft Lublin busweise nach Schleswig-Holstein und in die Hansestadt Hamburg einschleuste? Haushälterinnen, von denen deutsche Finanzämter nie einen Euro Steuern zu sehen bekamen? Auch hierzu streute Singer gezielt Gerüchte über seine Kanäle. Drängte Holtmann in die Defensive. Vor laufenden Kameras musste dieser erklären, an den Vorwürfen gegen ihn und seine Frau sei überhaupt nichts dran. Aber glaubte man ihm? War da nicht schon mal was mit Steuerhinterziehung?

Singers Repertoire war damit aber noch lange nicht erschöpft. Der Detektiv berichtete ihm von einem Arztbesuch Holtmanns, bei einem Proktologen. Gleich am nächsten Tag ließ Singer einen Anruf bei Holtmann tätigen. Der Anruf kam von einem kroatischen Callcenter. Singers Connections waren gut, sehr gut. Die Dame am Telefon gab sich als Mitarbeiterin eines Labors aus. Dieses sei vom Lübecker Enddarmzentrum beauftragt, dem Herrn Professor Holtmann persönlich das Ergebnis der Untersuchung mitzuteilen. So konstruiert diese Geschichte auch war, Holtmanns Sekretärin glaubte sie. Sie wusste als Einzige vom Arztbesuch ihres Chefs. Am Hörer wähnte sich Holtmann direkt mit der Praxis verbunden. Die kroatische Nummer sah er nicht. Und das, was er zu hören bekam, schockierte ihn. Er habe eine schlimme Krebserkrankung und nur noch wenige Monate zu leben, sagte ihm die Frau. Zwar erwies sich das bald als Fake. Denn Holtmann hatte seinen behandelnden Arzt nach einer Stunde der Verzweiflung endlich erreicht. Aber die Aktion war Teil dessen, was Singer die psychische Destabilisierung des Gegners nannte.

Natürlich besaß Singer auch alle privaten Telefonnummern von Holtmann. Gerne ließ er daher in unregelmäßigen Abständen anonym bei ihm anrufen, bevorzugt mitten in der Nacht. Wenn Holtmann, seine Frau oder seine Kinder dann entnervt ans Telefon gingen, schlug ihnen Schweigen entgegen. Nur Atmen war zu hören. Ein. Aus. Ein. Aus.

Der Vorsitz im Wirtschaftsausschuss ist jedoch nur eine Art Probelauf. Perspektivisch geht es um etwas viel Größeres: Singer sieht Wineke als Spitzenkandidaten seiner Partei für das Amt des Oberbürgermeisters. Um das zu schaffen, muss Wineke bei der Bevölkerung als integer und skandalfrei gelten. Mit seinem falschen Ehrenwort vor einigen Jahren hatte er sich jedoch sehr geschadet. Wenn Wineke das nur endlich einsehen würde! Aber Singer kennt Mittel und Wege, um seinen Schützling wieder auf Spur zu bringen.

Daher hat er Wineke auch um ein schnelles Treffen gebeten, noch bevor dieser in seinen lächerlichen Berchtesgaden-Urlaub verschwindet. Die beiden Männer sitzen in Winekes Büro in der Reederei.

»Das mit dem Oberbürgermeister wird schwer werden«, gibt ihm Singer zu verstehen. »Gerade in Schleswig-Holstein ist man bei falschen Ehrenworten im politischen Raum besonders sensibel. Die Barschel-Affäre und ihre Folgen. Wenn ich da überhaupt eine Chance sehe, geht das nur über positive Darstellung von dir, Wineke. Und extremer Beschädigung der Gegenkandidaten.«

»Und wie soll diese positive Darstellung aussehen?« Der Reeder schaut seinen Prokuristen erwartungsvoll an. Singer legt die Beine übereinander, setzt sein Pokerface auf.

»Du musst deine Affären einstellen. Und deine Alte darf sich nicht mehr von Holtmanns Sohn vögeln lassen, verstanden? Klär das mit ihr. Jetzt, wenn du in die Berge fährst. Und teil mir mit, ob sie es kapiert hat.«

»Und wenn sie es weitermacht?«

»Dann muss deine Alte eben weg. Trauernder Witwer, das kommt auch gut an bei der Bevölkerung.« Singer lacht.

»HÄ? Singer, bist du jetzt vollkommen verrückt geworden?«

»Nein, war nur ein Scherz. Aber weise sie in ihre Schranken. Und hör selbst auf mit deinen Weibergeschichten. Sonst …«

»Sonst was?« Wineke kneift die Augen zusammen.

»Sonst geh ich zu Holtmann über.«

Sie sitzen sich mit kalten Blicken gegenüber. Der Reeder starrt auf die Flasche mit dem Segelschiff innendrin. Ein Weihnachtsgeschenk von Heike, das seit Jahren auf seinem Schreibtisch steht.

»Und noch was …« Singer hat sich erhoben. »Deine Versagerbrüder sollten auch nicht mehr in Lübeck auftauchen. Deren Asche fällt sonst auch auf dein Haupt. Auch da kann ich nachhelfen. Ich meine, dafür sorgen, dass die hier nicht mehr auftauchen.«

»Singer, warte doch mal …«

Doch die Tür fällt ins Schloss. Schritte hallen durch den Flur. Singer macht sich auf den Weg zu Vladimir Smirnow. Sein engster Mitarbeiter. Der Mann fürs Grobe. Mit direktem Draht in die Unterwelt. Singer hat das Gefühl, er muss bei Wineke ein wenig nachhelfen.

Eine halbe Stunde später stiefelt Vladimir, ohne anzuklopfen, in das Büro des Reeders. An der protestierenden Sekretärin vorbei, die er wie eine Schaufensterpuppe zur Seite schiebt. Da steht er nun, dieser Hüne mit Stiernacken und rosafarbener Narbe quer über die Stirn. Die breite und gewaltige Nase zeugt von seiner Vergangenheit als Boxer.

»Ende aller Weibergeschichten, verstanden?«

Er hat den Reeder unterhalb des Halses am Hemd gepackt und in seinen Schreibtischstuhl aus edlem Leder gedrückt.

»Und deine Frau sieht den jungen Holtmann nie wieder, kapiert?«

Nur langsam lockert er seinen Griff. Dann zieht er davon.

Wineke braucht einen Moment, um sich zu sammeln. Doch viel Zeit bleibt ihm nicht. Er hat Heike versprochen, nur kurz ins Büro zu fahren. In einer Stunde wollen sie aufbrechen. Nach Berchtesgaden. Schnell unterschreibt er noch ein paar Briefe. Dann eilt er los. Seine Frau abholen. Endlich ein paar Tage Ruhe vor Singer und Smirnow.

Kapitel 9 · Auf Abwegen

Lübeck,
Samstag, 31. Juli, Sonntag, 1. August

Er hat sich keine Fahrkarte nach Berchtesgaden gekauft. Ist ja auch abwegig! So viel Geld! Und er, ein Spanner. Aber jetzt meldet sie sich. Ihre Stimme zittert. Sie hat sich auf die Toilette eines Restaurants in Schönau am Königssee gestohlen, um heimlich mit ihm zu telefonieren. Es ist Samstagmittag, und sie gehen gleich auf einen Berg namens Grünstein. Zum Trainieren. Sie müsse das Verhältnis mit ihm beenden. Sonst leide unter Umständen der Ruf ihres Mannes darunter. Der wolle als Oberbürgermeister kandidieren. Zu viel würde über sie beide gesprochen. Die Reedersgattin mit dem jungen Liebhaber. Worte wie Keulenschläge für Pascal.

Ob sie das Verhältnis denn deswegen wirklich beenden wolle, fragt er sie. Nein, beschwichtigt Heike, aber es gäbe jemanden, der ihr deswegen drohe und sie unter Druck setze. Sie habe einen Anruf bekommen, von einem Russen. Vladimir Smirnow. Mit einem dreckigen Lachen nuschelte er ins Handy, er habe Übung darin, Menschen die Fingernägel auszureißen. Einen nach dem anderen, mit einer speziellen Zange, ratsch, ratsch, ratsch. Das dauere nur eine Sekunde pro Nagel.

67

Zehn Sekunden Arbeit für zehn Wochen Schmerzen. Das könne er sich durchaus gut bei ihren edel lackierten Nägeln vorstellen. Als er das gesagt habe, sei ihr ein Schauer über den Rücken gelaufen. Aber nicht Smirnow sei das Übel. Der sei nur ein Erfüllungsgehilfe ohne eigene Meinung. Der eigentliche Antreiber hinter dem Ganzen sei Harald Singer, der Prokurist ihres Mannes. Dieser Windhund!

Sie sagt tatsächlich Windhund.

»Wir müssen uns den vom Hals schaffen. Aber ich habe keine Ahnung, wie?« In ihrer Stimme klingt Verzweiflung. Sie müsse jetzt Schluss machen.

»Heike, ich werde den Windhund erledigen«, ruft er noch. »Auf uns wird er keine Hetzjagd machen.« Aber das hört sie nicht mehr.

Er googelt fieberhaft nach Harald Singer. Der sieht ja wirklich aus wie ein Windhund, denkt Pascal beim Anblick der Fotos. Aber er findet nicht wirklich viel über ihn. Er setzt sich hin, denkt nach. Singer erpresst Heike. Er ist ein Intrigant, der versucht, Stefan Wineke reinzuwaschen. Die Wahl zum Oberbürgermeister. Sicher nicht zum ersten Mal dreht er wegen und mit Stefan Wineke ein krummes Ding. Da müsste doch etwas zu finden sein. Nicht unbedingt im Internet. Aber vielleicht in der Reederei? Doch die ist sicher gut bewacht. Oder im Haus von … Im Haus der Winekes dürfte gerade niemand sein. Alina und Malte wohnen längst nicht mehr zu Hause.

Zum Glück kennt er die örtlichen Gegebenheiten etwas. Er ist technisch nicht sehr begabt. Eher der Künstlertyp. Aber das ist jetzt egal. Er muss es riskieren. Einen Wachhund gibt es nicht. Eine Alarmanlage hat er auch nie gesehen. Nur ein Scheinwerfer springt als Bewegungsmelder an, geht aber nach dreißig Sekunden wieder aus.

Als es endlich dunkel wird, schleicht er sich zum Haus der Winekes. Am schwierigsten ist es, die hohe Backsteinmauer und die Kirschlorbeerhecke dahinter ohne Leiter zu überwinden. Zum Glück sind keine Menschen auf der Straße. Er schiebt eine Mülltonne an die Mauer und klettert darauf. Mit einem kräftigen Ruck zieht er sich nach oben und schwingt sich dann auf die andere Seite der Mauer. Von dort springt er auf den Rasen, der die Villa einrahmt. Geschafft!

Er wartet, bis das Licht im Einfahrtsbereich verlischt. Dann stiehlt er sich um das Haus herum zum Arbeitszimmer. Die Scheibe muss er einschlagen, das ist ein kritischer Augenblick. Hören das die Nachbarn und rufen die Polizei? Egal! Dann ist das eben so. Er sieht sein ganzes Leben aufs Spiel gesetzt. Die Hormone und das Adrenalin leisten ganze Arbeit. Er muss jetzt etwas riskieren.

Die Scheibe fällt in sich zusammen. Irgendwo bellt heiser ein Hund. Er wartet ein, zwei, drei Minuten. Es bleibt still. Mit Handschuhen greift er durch die Scherbenreste der Scheibe und öffnet das Fenster, um einzusteigen. Mit der Taschenlampe beginnt er sein Werk. Systematisch durchwühlt er den Schreibtisch, die Aktenordner in den Schränken. Als er versteckt unter einer barocken Zigarrenkiste einen Zettel mit Passwörtern findet, macht er den Computer an. Er wählt sich auf dem Konto von Stefan Wineke ein.

Bald staunt er, was er da alles an Notizen in der Datei *Singer* entdeckt. Mit seinem Handy fotografiert er viele

Seiten ab. Auch Fotos von physischen Unterlagen macht er. Fast zwei Stunden hält er sich im Haus auf. Auch ins Schlafzimmer von Heike Wineke dringt er ein. Er weiß, dass sie und ihr Mann getrennt schlafen. Von Sehnsucht gepackt, schnüffelt er an ihrer Unterwäsche. Auch wenn sie gewaschen ist, glaubt er ihren Geruch wahrzunehmen. Mit zittriger Hand tastet er ihre Büstenhalter ab, stellt sie sich darin vor.

Draußen gibt es ein Geräusch. Es hört sich an wie gedämpfte Schritte auf dem Kiesweg vom Eingangstor zum Haus. Schnell verstaut er die Wäsche wieder im Schrank, eilt mit der Handytaschenlampe die Treppe hinunter und springt aus dem zersplitterten Fenster ins Freie. Er horcht in die Stille. Eine Katze huscht über seine Füße. Vor Schreck lässt er sein Handy fallen. Als er es endlich gefunden hat, will er nur noch weg. Der Einbruch wird sowieso auffallen. Da bringt es auch nichts, wenn er das Arbeitszimmer wieder aufräumt.

Mit Mühe klettert er die Hecke hoch, die das Grundstück parallel zur Mauer eingrenzt. Oben angekommen, hievt er sich auf die Mauer. Die Mülltonne steht noch immer da. Er springt auf sie und von dort zur Erde. Schnell schiebt er die Tonne wieder an den Straßenrand.

Zu Hause sortiert er seine Funde im Handy, die vielen Fotos von Dokumenten und Dateien. Die vielversprechendsten druckt er aus und steckt sie in Umschläge. Er adressiert sie an Lübecker Zeitungen, Radiosender und einige Stadträte.

Ungewollt tue ich damit auch meinem Vater einen Gefallen, denkt er sich. Singers Machenschaften gegen Holtmann, wenn die auffliegen, ist nicht nur Singer erledigt. Der Hauptgegner seines Vaters, Stefan Wineke, ebenfalls. Aber das ist ihm egal.

Glücklicherweise hat Stefan Wineke vieles aufgezeichnet, was der Windhund so an Schweinereien unternommen hat und unternehmen will. Wie Heike diesen Singer beschrieben hat, ist er ein Meister der Intrige, der selbst nie Spuren hinterlässt. Er würde sicher schäumen, wenn er von Winekes Aufzeichnungen und Dateien wüsste. Auch das ist ihm, Pascal, egal. Er will mit Heike zusammenbleiben. Irgendwie.

Es ist früher Sonntagmorgen, und er hat kaum geschlafen. Das kann er jetzt im Zug tun. Er kauft sich am Lübecker Hauptbahnhof ein Ticket. Mit dem nächsten Zug nach Berchtesgaden. In neun Stunden wird er dort sein.

Kapitel 10 · Watzschamanin

Resi spürt Schwingungen. Positive und negative. Solche, die aus Erde, Wasser, Luft und Feuer auf sie übergehen. Sie spricht mit Bäumen, herzt Felsen, badet in Bächen. Sie kennt die unsichtbaren Kräfte hinter den sichtbaren Dingen. Die Schwingungen kommen von den Spirits. Das sind Naturgeister, die sich ihr öffnen. Die Spirits leben in einem anderen Reich, der Anderswelt. Sie fühlt sich berufen, die Kräfte der Spirits weiterzugeben. Resi ist auf dem Weg zu ihrer tieferen Bestimmung. In ihr steckt eine Watzschamanin.

An diesem Abend spürt sie negative Schwingungen. Immer wenn sie von der Theke in die Gaststube des Watzmannhauses geht. Drei, vier Mal hintereinander trägt sie Spezi, Radler und Kasspatzn mit grünem Salat an die Tische. Endlich kann sie den Quellort der negativen Schwingungen genau lokalisieren. Es ist der längliche Tisch neben dem grünen Kachelofen. Gemütliche Wärme, aber eiskalte, böse Mienen. Jedes Mal ringt sie nach Atem, wenn sie an diesem Tisch bedient.

Zweiundzwanzig Uhr. Hüttenruhe. Resi hat die letzten Gläser weggeräumt und liegt im winzigen Zimmer der Bedienungen. Im Bett neben ihr atmet ihre Kollegin

Olga schon tief und gleichmäßig. Aber Resi schläft nicht ein. Sie fühlt dieses eigenartige Ziehen und Zerren im Herzen. Ausgelöst von einigen wenigen Menschen, die jetzt in den Räumen über ihr schlafen. Oder streiten. Negative Energien strömen zu ihr herunter. Sie müssen von denselben Personen stammen, die zuvor am Kaminofen saßen. Da ist sie sich sicher.

Nicht nur im Herzen zieht und zerrt es. Auch ihr Puls ist hochgegangen. Die Hände sind schweißnass. Sie konzentriert sich, versucht mit ihren Augen im Dunkeln den Umriss des Fenstersimses zu erkennen. Ihr Geist wandert in andere Sphären. Sie meditiert, sammelt sich, befindet sich auf einer schamanischen Reise. Nach einigen Minuten der Stille kommen sie. Visionen, Gesichter, Ereignisse. Sie ist in Trance. Manchmal passiert ihr das am helllichten Tag. Wenn sie eine Pause hat. Dann geht sie raus. Setzt sich zu Latschen, Flechten oder einer Alpenrose und führt ein Gespräch mit ihnen.

Die Ergebnisse, die sie von ihren psychedelischen Ausflügen mitbringt, sind oft verblüffend. Mal kündigt sie ein Gewitter richtig an, obwohl der Wetterbericht das erst für später vorausgesagt hat. Mal behauptet sie, nach Hüttenruhe um zweiundzwanzig Uhr kämen noch Gäste und würden um ein Notlager bitten. Später sieht der Hüttenwirt beim letzten Blick nach draußen tatsächlich Leute mit Stirnlampen den kurzen Anstieg von der Weggabelung zur Hütte hochkommen.

Auch dem Hüttenwirt selbst hat sie einmal eine zutreffende Prognose gegeben. Zuvor hatte sie ein Bergmandl auf seinem Zickzackweg über Stein und Moos beobachtet. Er werde bald gesundheitliche Probleme bekommen, prophezeite sie ihm. Am nächsten Tag erwischte ihn ein Bandscheibenvorfall, der sogar einen Einsatz der Bergwacht erforderte. Deren Hilfe war Ehrensache. Oft schon hatten die ehrenamtlichen Bergwachtler bei Hilfsaktionen kostenlos Notquartier oder warme Mahlzeiten auf der Hütte bekommen. Jetzt konnten sie sich endlich einmal revanchieren. Sie schafften den Wirt ins Tal. Dort rückte man dem Problem seit Wochen in einer Spezialklinik in Schönau konservativ mit Rotlicht und Fangopackungen zu Leibe. Eine Operation war nicht ausgeschlossen. Jedenfalls war die Saison für ihn gelaufen.

»Ich hoffe, ich hab das nicht bekommen, Resi, weil du das vorausgesagt hast«, rief er ihr zu, während die Bergwachtler ihn auf einer Liege nach draußen trugen.

Am nächsten Tag kam Josef Kummer auf die Hütte, den alle nur Sepp rufen. Er hat selbst schon mehrere Alpenvereinshütten geführt und ist im Ruhestand. Aber wenn Not am Mann ist, springt er gerne ein. Er hat von Resis übersinnlichen Fähigkeiten gehört. Sepp ist aber eher der Pragmatiker. *Was ich nicht seh, glaub ich nicht*, lautet seine Devise. Doch lernt er bald an Resi zu schätzen, wie sie in der Gaststube zupacken kann. Wie sie den Überblick behält, auch wenn viele Gäste da sind.

Resi trägt immer nichtssagende Röcke. Erinnert ein wenig an eine Amish-Frau. Weit und einfarbig und bis zu den Knöcheln. Ihr langes strohblondes Haar bändigt sie mit einfachen Küchengummis zu zwei Zöpfen. Fünfunddreißig Jahre ist sie alt, und eine kinderlose Ehe liegt so gut wie hinter ihr. Der Ehemann, ein Schreiner aus Freilassing, hat zu Jahresbeginn die Scheidung eingereicht. Er möchte nicht mit einer Watzschamanin verheiratet sein, hat er ihr gesagt. Sie sei ihm unheimlich.

Nachts, im Schlaf, murmele sie wirres Zeug. Vor allem aber glaube er, sie habe etwas mit diesem Bergschamanen. Wenn der nach ihr rufe, sei sie sofort mit dem Rad unterwegs. Mache jeden Schmarrn mit, den er von ihr verlange. Man habe die beiden beobachtet, wie sie ein und denselben Baum im Bergwald inniglich umarmten. Ach ja, und Kinder wolle er auch. Das ginge mit ihr nicht. Sie habe sich seit Jahren dem Sex mit ihm verweigert.

Resi fühlt sich erleichtert, seit der Schreiner die Scheidung vorantreibt. Sie möchte sich aus allen bisherigen Bindungen lösen. Frei sein, um mit Elfen und Zwergen zu sprechen, die im Watzmann leben. Da steht sie erst ganz am Anfang ihrer Entwicklung. Wenn der Wind am Watzmann weht, hört sie Geistwesen flüstern. Knallt die Sonne auf den Felsen, sieht sie indigene Völker im Berginneren tanzen. Sie lebt dann in einer Urzeit, fern von allen zivilisatorischen Verwerfungen. Ein Zustand, wie sie ihn sich erträumt hat. Zurück zu den Ursprüngen, zur Natur, zum eigentlichen Sein. Deswegen hat sie sich auch auf die Stelle als Bedienung im Watzmannhaus beworben. Ein gutes halbes Jahr auf ihrem Berg! Ihr war bei der Bewerbung schon klar, wie hart sie hier zu arbeiten habe. Aber es wird Pausen und auch mal freie Tage geben, dachte sie sich. Da könne sie sich dann ganz dem Watzmann hingeben. Dem großen, dem kleinen, den Kindern.

Ihr schamanischer Meister hat ihr zugesagt, sie oft im Watzmannhaus zu besuchen. Er ist ihr ganz persönlicher Heiler. Sie hat ihn bei einer einsamen Bergtour kennengelernt, als sie sich vom Schreiner erholen wollte. Der hatte sie mal wieder zur Schnecke gemacht. Angebrüllt, weil sie sich ihm körperlich verweigerte. Wie beruhigend klangen da die weichen Trommelschläge. Der Schamane schlug sanft auf eine mit beigem Naturfell bespannte Rahmentrommel. Sie entdeckte ihn, als sie aus dem Wald kam und an der Kührointalm vorbeiging, um zur Archenkanzel hochzusteigen. Fast niemand war im Herbst am späten Nachmittag hier noch unterwegs.

Die Klänge kamen vom Archenkopf, wohin sich der Bergschamane durch Bäume und Gebüsch gekämpft hatte. *Holy Mountains*, hörte sie ihn singen. Für sie waren das sphärische Klänge. Sie wartete auf den Mann, bis er vom Archenkopf herunterstieg. Der erste Blickkontakt. Sie wusste, sie würden sich verstehen.

»Gestatten, mein Name ist Rick Walker«, sagte er, als sie beim Abstieg kurz vor der Kapelle der Kühroint stehen blieben.

»Resi.«

Er bat sie, sich auf den Boden zu setzen, den Blick auf die beschatteten Berge zu richten. Die Nacht brach langsam ein. Noch einmal griff er zur Trommel, stellte sich hinter sie und hob zu einem zarten Tremolo an. In der Hand drehte sie einen Grashalm. Da hörte sie Gesänge von Elfen und Feen. Oder war es der Bergschamane, der so hoch sang? Später glaubte sie, einen Steinbock pfeifen zu hören. Sie war in Trance. Es war schon tief dunkel, als sie sich ins Tal davonstahlen.

Kapitel 11 · Hüttenorakel

Das Watzmannhaus ist ausgebucht, obwohl Montag ist. Doch in Bayern haben die Sommerfreien begonnen, und es ist Hochsaison. Das Wetter ist so lala. Am Dienstag soll es vormittags sonnig sein. Am Nachmittag werden Gewitter erwartet.

Gar nicht so schlecht, denken sich Stefan und Heike Wineke. Sie fühlen sich fit für den morgigen Tag. Gestern waren sie auf der Gotzenalm. In persönlicher Rekordzeit haben sie es hoch geschafft. Kein Muskelkater, keine Blasen an den Füßen. Für die Überschreitung des Watzmanns sind sie gut gerüstet: Klettergurte, Karabiner, Helme, Sportrucksäcke. Außerdem Teleskopstöcke. Für die Überschreitung brauchen sie die nicht, da sind normale Wanderstöcke hinderlich. Aber diese Stöcke können sie auf Armlänge verkürzen und seitlich am Rucksack befestigen. Beim langen Abstieg durchs Wimbachgries mit viel Schutt und Geröll werden sie noch froh um die Stöcke sein.

Schon seit drei Stunden sind sie auf der Hütte. Probeweise sind sie bereits ein Stück den Weg zum Hocheck hochgelaufen. Wie Pferde in der Startbox, die unruhig auf den Schuss warten. Natürlich sind sie auch nervös. Der Grat über den Watzmann ist nicht ohne. Vor allem, wenn man nicht ständig in den Bergen herumkraxelt. Auf der Hütte hat jemand erzählt, es seien Seilsicherungen entfernt worden. Das trägt nicht gerade zu ihrer Beruhigung bei. Aber sie haben den Grat schon einmal gemacht und wollen sich selbst beweisen, dass sie noch nicht zum alten Eisen gehören. Zudem haben sie vielen Bekannten angekündigt, dass sie den Grat *überschreiten* wollen. Da gibt es nun keine Ausrede mehr.

Achtzehn Uhr. Sie nehmen ein kräftiges Bergsteigeressen zu sich. Mit ihnen am Tisch sitzen die beiden Überraschungsgäste. Sie haben Glück. Da es Absagen gab, können auch sie im Watzmannhaus übernachten. In einem Vierbettzimmer sind noch drei Betten frei. Sonst hätten die Gäste von Heike und Stefan spätestens am Nachmittag absteigen und in Berchtesgaden übernachten müssen. Am nächsten Tag wollten sie ohnehin abreisen und die Winekes mit ihren Kindern am Abend allein feiern lassen.

»Und ihr wollt wirklich nicht den Grat mit uns machen«, fragt Stefan sie dennoch ein letztes Mal. Aber sie winken ab. Ihnen fehlt das Training. Die Überschreitung des Watzmanns macht man nicht einfach so nebenbei.

»Dann noch eine Flasche Rotwein«, ordert Stefan bei Resi. Es ist schon die dritte.

Das Watzmannhaus riecht noch nach Sanierung. Die neuen hellen Tische und Stühle aus Akazienholz zeigen keine Kratzer. Am Bestellbuffet kann man jetzt auch mit Kreditkarte bezahlen. Der auf alt gemachte Kaminofen verströmt eine behagliche Wärme. An diesem Abend sitzen wie immer gut gelaunte Bergsteiger voller Tatendrang neben erschöpften. Resi serviert Kaiserschmarrn und Radler. Auch Rick Walker bestellt bei ihr, spricht aber sonst kein Wort mit Resi. Als gäbe es keine schamanische Beziehung zwischen den beiden.

Der ehemalige amerikanische Soldat ist in Deutschland hängen geblieben. Erst der Liebe wegen, dann weil er sich als Bergschamane neu erfand. Bäume, Bäche, Berge entdeckte er als seine Zugänge zu den Spirits. Sein wichtigster Spirit ist auch sein Totemtier, der Steinbock. Dieser Steinbock begleitet ihn bei seinen Reisen ebenso in die himmlischen Sphären wie in die Unterwelt. Den Zugang zur Unterwelt findet Walker in den Höhlen des Watzmannmassivs. Dort zündet er ein Routenbündel an und räuchert den dunklen Raum aus. Er, als Schamane, bittet seine Mitreisenden, sich auf den Höhlenboden zu setzen. Sie beobachten den Tanz Walkers, der mit Indianerfeder am Kopf, Lederhosen und Fellschuhen auftritt. Er imitiert Steinbocklaute. Dann beginnt sie, die Reise zu den Geistern der Anderswelt. Vor allem eines beeindruckt Walkers Gäste: Ihm gelingt es, Kontakt zu den Ahnen, zu verstorbenen Vorfahren, herzustellen. Sie sprechen zu ihm – und er leitet die Worte unmittelbar an seine Schar auf dem Boden weiter.

Heute Abend, im Watzmannhaus, ist es jedoch Walker, der zuhört. Er ist auf die Hütte hochgestiegen, um sich am nächsten Vormittag mit seiner schamanischen Schülerin Resi zu besprechen. Mit ihr will er ein Stück des Weges zum Hocheck gehen und mit versteinerten und Millionen Jahre alten Muscheln und Korallen Kontakt aufnehmen. Die anderen Gäste sind ihm eigentlich egal. Trotzdem hört er mit, was sie so miteinander besprechen. Ein junges Paar, das morgen irgendetwas mit Seilen in der Ostwand plant. Zwei mittelalte Paare, die einen stark norddeutschen Akzent sprechen. Drei Abiturienten auf Selbstfindung. Nach dem deftigen Mahl machen Schnäpse die Runde. Manches, was er aufschnappt, missfällt ihm. Er holt ein Notizbuch hervor und notiert sich einiges. Macht auch eine Skizze von der Gaststube, aber das nur nebenbei und geistesabwesend. Denn in Gedanken ist er ganz bei einem der Gespräche am Tisch. Und plötzlich ist er richtiggehend elektrisiert. Was redet der eine da? Und die anderen? Wie ein Hautarzt beobachtet er jedes Fältchen in ihren Gesichtern. Hat er diese Gesichter nicht vor Kurzem als tanzende Fratzen in den Bäumen am Hasenbrunnen gesehen?

»Entschuldigung, wenn ich mich einmische …«, ruft er und rutscht heran.

Wenig später geht es am Tisch hoch her. Resi schaut ängstlich zu den Gästen, wenn sie neue Getränke bringt. Was ist da nur los?

•••

Dienstagmorgen. Zehn Uhr. Die Sonne strahlt heiß auf die ausgedorrten Grasmatten hinter dem Watzmannhaus. Nur ganz in der Ferne sind ein paar weiße Quellwolken zu sehen. Sie sehen aus wie fliegender Blumenkohl.

Resi hat mit zwei anderen Aushilfen den knapp zweihundert Gästen das Frühstück serviert. Längst haben die meisten ihre Rucksäcke gepackt, die Wanderschuhe geschnürt und sind talabwärts in Richtung Stubenalm oder gipfelwärts zum Hocheck aufgebrochen. Resi steht auf der steilen Freitreppe hinter dem

Haus. Sie beobachtet die immer kleiner werdenden bunten Punkte der Kletterer, die sich durch den Fels nach oben arbeiten.

Neben ihr lehnt Rick Walker an der Hauswand, das Notizbuch in der Hand. Er wartet geduldig. Gleich werden auch sie losziehen, den verwitterten Korallen auf der Spur. Resi hat bis zum Abend frei. Überraschend wird sie noch ein Dritter begleiten, den sie am Abend zuvor kennengelernt haben.

Sepp, der provisorische Hüttenwirt, tritt auf die Freitreppe. Resi zittert am ganzen Körper. Leise flüstert sie etwas vor sich hin.

»Alles gut, Resi?«, fragt er.

Resi grummelt etwas, sie hält sich mit den Händen am Geländer fest.

»Resi, was redest denn da?« Sepp schaut sie besorgt an.

Resis Nasenlöcher beben, sie räuspert sich. Dann spricht sie es klar und deutlich aus.

»Heut werden welche abstürzen.«

Kapitel 12 • Watzmannhatz

Luisa Sedlbauer ist Simon Perlingers Kollegin in der Berchtesgadener Polizeiinspektion. Wie er hat auch sie die Zusatzausbildung als Polizeibergführerin absolviert. Sie ist den Weg des Mittleren Dienstes gegangen und trägt nun die beiden Sterne einer Polizeimeisterin. Simon trägt zwar nur einen Stern, aber der ist aufgrund des polizeiinternen Studiums aus Silber. Als Dienstgruppenleiter in Berchtesgaden ist er, obwohl gleich alt, Luisas Vorgesetzter.

Die beiden kennen sich schon aus Jugendzeiten. Luisa stammt vom Tegernsee. Beide haben an einer Biwakweitwanderung des Deutschen Alpenvereins teilgenommen, da waren sie sechzehn. Danach haben sie über Facebook und WhatsApp losen Kontakt gehalten.

Für Simon waren die Angebote des Alpenvereins ein Rettungsanker. Seinen besten Berglehrer, seinen Vater, verlor er bei dem großen Brand. Später nahm er an vielen Kursen des Alpenvereins teil. Schweiz, Österreich, Südtirol. Klettern im Felsen, im Eis, im Wasserfall. Mit achtzehn Jahren die Marmolata, mit neunzehn der Großglockner, mit zweiundzwanzig die Dufourspitze.

85

Bei Luisa sind es beide Eltern, die ihr die Liebe zu den Bergen in die Wiege gelegt haben: der Vater ein staatlich geprüfter Berg- und Skiführer, die Mutter eine Ski- und Snowboardlehrerin. Luisa ist sportsüchtig. Anders kann man das nicht nennen. Sie fährt leidenschaftlich gern Mountainbike und Ski, spielt Volleyball und Eishockey. Vor allem aber liebt sie das Berglaufen. Ein harmloser Begriff für einen mörderischen Sport. Er bringt sie absolut an ihre Grenzen. Körperlich und psychisch. *Bergrennen* wäre das bessere Wort.

Frühmorgens, oft noch in der Dunkelheit und mit Stirnlampe, startet sie ihre Läufe im Berchtesgadener Land. Die ersten einhundert, zweihundert Höhenmeter führen meist auf breiten und unbedenklichen Forstwegen nach oben in die baumfreie Zone. Über Felsen und schmale Gipfelgrate springt sie wie eine Feder. Die Abgründe links und rechts scheinen nicht zu existieren. Das sieht leicht aus. Manchmal fahrlässig. Ist es aber beides nicht. Sie ist immer hoch konzentriert im Hochgebirge.

Damit das so ist, übt sie sich schon lange im Meditieren. Im Benediktushof bei Würzburg nahm sie mehrmals an Kontemplationskursen teil. Tagsüber verschafft sie sich immer mal wieder kurze Auszeiten, fünf Minuten, die sie mit meditativen Übungen füllt. Selbst im Dienst bei der Polizei versucht sie das. Auch vor ihren Bergläufen meditiert sie. Die geistige Fokussierung hält sie für genauso wichtig wie das körperliche Training.

Mit ihren neunundzwanzig Jahren ist sie sehr leistungsfähig. Mit Lungen wie Blasebälge und Beinen, die auch einer Eisschnellläuferin gut anstünden. Bei schlechtem Wetter verbringt sie viele Stunden im Fitnessstudio.

Sie trainiert jeden auch noch so kleinen Muskel. Fühlt sich am wohlsten, wenn sie nach den Trainingseinheiten an den Gewichten ihren Vitaminsmoothie an der Bar trinkt. Sie isst nur Bio und Müsli und fettfrei.

Denn sie hat ein klares Ziel. Was sie sportlich besonders beeindruckt, ist die Leistung von Toni Palzer. Der Ramsauer ist als Bergläufer eine Berühmtheit. Vor allem, seit er den Watzmann mit Gratüberschreitung in Rekordzeit geschafft hat. Davor hielt Toni schon einmal den Rekord mit drei Stunden und sechs Minuten. Dann kam doch tatsächlich ein Ruhpoldinger daher und nahm ihm den Rekord mit drei Stunden und knapp zwei Minuten weg. Das wollte sich der Toni nicht bieten lassen. An seinem Hausberg! Er startete drei Tage später an der Wimbachbrücke zu einem neuen Rekordversuch – und kam nach zwei Stunden, siebundvierzig Minuten und acht Sekunden ebendort wieder an.

Luisa fixt so etwas an. Drei Stunden, das war trotz ihrer Fitness nicht im Bereich des Möglichen. Aber vielleicht in vier Stunden die Strecke zu bewältigen, dafür trainiert sie. Mehr oder weniger heimlich. Denn sie möchte keine dicke Lippe riskieren. Dann fragen alle immer nach, wann es denn mit dem Rekordversuch so weit sei. Das stresst sie. Nein, manche Dinge müssen im Verborgenen wachsen. Erst wenn sie sich durch die Probeläufe sicher ist, wird sie den Rekordversuch anmelden und darüber sprechen. Mit den Bergwachtlern, den Polizeikollegen, den Freundinnen vom Tegernsee, ihren Eltern. Schnellste Watzmannüberschreitung durch eine Frau. Sie wird als erste eine Zeit setzen. Weil es einen solchen Rekordversuch durch eine Frau noch nie gab. Aber wenn sie es schon als erste versuchte, dann sollte es auch eine ordentliche Zeit sein. Nicht so weit weg vom Toni. Vier Stunden!

Daher hat sie diesen Sommer jede Woche einen Versuch unternommen. Manchmal war das nicht ganz einfach, vor allem bei sehr gutem Wetter. Dann tummeln sich viele Gipfelträumer auf den Felsen ab dem Watzmannhaus. Da ist es schwer, zügig den Weg hochzustürmen. Aber sie braucht diese Rennen, um ihre Pace zu verbessern. Zur Not schreit sie sich auch mal den Weg frei. Oder schiebt Leute ein wenig zur Seite. Die erschrockenen Gesichter machen ihr mittlerweile nichts mehr aus. Zu wichtig ist ihr das Ziel, der Erfolg. Schnellste Frau über den Watzmann. Das fände sie megacool!

An diesem Montag beendet sie ihre Schicht bei der Polizei um acht Uhr früh. Sie ist müde, aber auch das möchte sie erproben. Nach einer Nacht fast ohne Schlaf über den Grat des Watzmanns laufen. Das Wetter ist okay. Erst für den Nachmittag sind Gewitter angesagt. Da ist sie längst schon wieder unten. Vielleicht würden heute wegen der angesagten Gewitter nicht allzu viele auf den Gipfel steigen. Trotz Hochsaison. Hofft sie. Obwohl gerade wirklich viele Urlauber im Berchtesgadener Land sind.

Um acht Uhr dreißig kommt sie mit ihrem Mountainbike an der Wimbachbrücke an. Sie versteckt das Rad im Wald, schließt es ab. Umgezogen hat sie sich noch in der Polizeiinspektion. Sie meditiert ein paar Minuten. Dann legt sie das Sportarmband an, drückt die Stoppuhr auf ihrem Handy und startet. Schon bald merkt sie, was ihr der volle Parkplatz an der Brücke angedeutet hat: Sie hat sich getäuscht. Der Forstweg zur Stubenalm ist voller Wanderer. Das kann ja ab dem

Watzmannhaus heiter werden, befürchtet sie. Sie ist einfach zu spät dran heute. Auch spürt sie schon bald die Müdigkeit von der Nachtschicht.

Nun gut, dann ist es halt nur ein bisschen Konditionstraining, sagt sie sich. Ohne allzu viel auf die Uhr zu schauen. Nur für den Grat würde sie versuchen, eine neue Rekordzeit aufzustellen. Vielleicht schafft sie den ja in vierzig Minuten.

Das Watzmannhaus erreicht sie um neun Uhr achtundfünfzig.

»Da war Toni Palzer schon am Hocheck«, seufzt sie vor sich hin. Sie braucht jetzt eine Pause. Auf der Rückseite des Watzmannhauses lässt sie sich auf eine Bank fallen. Sie isst einen Proteinriegel, trinkt einen Energydrink. Beides hat sie in ihrem kleinen Sportrucksack mitgebracht.

Neben der Bank ist die große halbseitige Freitreppe, die in die Hütte führt. Dort steht eine Frau mit Schürze neben zwei Männern. Den einen kennt sie. Sepp Kummer, der als Hüttenwirt eingesprungen ist. Sie nicken sich kurz zu.

Dann murmelt die Frau mit der Schürze etwas. Hat sie das eben richtig gehört? Heute werden welche abstürzen?

Kapitel 13 · Gipfelsturm

Der Watzmann liegt inmitten des Nationalparks Berchtesgaden. Zum Watzmannhaus oder gar zum Gipfel gibt es
keine Lifte. Einen Rummel wie auf der Zugspitze möchte man vermeiden. Dort muss man für ein Foto auf dem
Gipfel schon fast Standgebühr zahlen, so groß ist der
Andrang der Massen, die die Seilbahn tagtäglich
ausspuckt.

Damit der Watzmanngrat mit seinen drei Gipfeln,
dem Hocheck, der Mittelspitze und der Südspitze, noch
natürlicher, noch ursprünglicher wirkt, ließ die National-
parkverwaltung 2017 Fixseile auf einhundertfünfzig
Metern Länge entfernen. Der Ötzi hatte auch keine
Drahtseile, als er den Similaungletscher vor fünftausend
Jahren querte. Jeden Sommer treten Tausende die Gratüberschreitung an. Doch viele sind überfordert. Das Entfernen der Seile könnte abschreckend wirken – und letztlich Leben retten. Denn je mehr Seile, desto leichter
unterschätzt man den schwierigen Weg. Also weg mit
den Seilen. Der Watzmann soll denen vorbehalten sein,
die nicht mit Turnschuhen und T-Shirts nach drei Maß

Bier auf der Hütte einfach mal ein bisschen auf dem Grat herumspazieren. Und dabei abstürzen.

Für alle, die den Watzmanngrat früher schon einmal gemacht haben und ihn jetzt wieder in Angriff nehmen, sind die fehlenden Seile jedoch oft eine böse Überraschung. So auch für die Winekes.

Zehn Uhr dreißig. Gar nicht mehr so fern ist ein Donnern zu hören. Über den Chiemgauer Alpen gehen Blitze nieder. Ist das heute wirklich ein guter Tag, den Watzmann zu überschreiten? Aber der Wetterbericht geht erst am Nachmittag von Gewittern aus. Außerdem ist noch eine ganze Reihe von Leuten unterwegs, sagen sich die Winekes. Also können sie nicht so falschliegen. Selbst wenn es beim Abstieg regnen sollte, das nehmen sie jetzt in Kauf. Diese Überschreitung *muss* sein! Es ist, als hänge die weitere Existenz ihrer oberflächlichen Ehe davon ab, an genau diesem Tag diesen Weg zu schaffen.

»Wie weit ist es noch bis zum Hocheck?«

Heike ist nach zweieinhalb Stunden konditionell am Ende. Oder hat zumindest einen großen Durchhänger. Sie braucht eine Pause, muss etwas trinken. Stefan ist vorausgegangen und schon fast außer Sichtweite. Obwohl sie eine Höhenmeter-App auf ihrem Handy hat, fragt sie einen bärtigen Mann, der gerade vom Berg absteigt, nach der Entfernung. Sie hofft auf ein paar aufmunternde Worte. Wäre doch nur schon das Gipfelkreuz des Hochecks in Sicht!

»Vielleicht noch fünfzig Höhenmeter, dann kommst du auf den Grat. Von dort geht's in leichten Kehren bergauf. Ist dann nicht mehr weit.«

»Waren Sie denn schon oben?« Heike fällt es schwer, Fremde einfach zu duzen, auch wenn das im Gebirge so üblich ist.

»Ja, mit meinem Kumpel, der kommt auch gleich. Nur auf dem Hocheck. Wir sind heute ganz früh los. Der Grat ist uns zu riskant.«

Der Wanderer mit norddeutschem Akzent blinzelt ihr etwas merkwürdig zu und setzt seinen Weg fort. Für einen Augenblick glaubt sie, ihn irgendwo schon einmal gesehen zu haben. Aber wo?

Der Grat ist den beiden zu riskant, denkt sie. Wegen des unsicheren Wetters? Oder weil er ihnen zu schwierig ist? Ihn fragen kann sie jetzt nicht mehr. Dazu ist er schon zu weit unter ihr im schrofigen Felsenmeer verschwunden.

Mit ihren Gedanken ist sie aber gar nicht wirklich beim Hocheck oder der Mittelspitze. Die Gespräche gestern Abend in der Hütte waren auch so eine Gratwanderung. Nicht die mit ihrem Mann. Nein, dieses Mal nicht. Im Gegenteil. Sie fühlte sich ihm beim Essen und Trinken sogar eher verbunden. Was ihr zu schaffen macht, waren die aggressiven Töne, die ihr am Vorabend von ihrem Besuch entgegenschlugen. Und dann auch noch von diesem komischen Fremden, der auf einmal mitdiskutierte. Irgendwie war dadurch die ganze Stimmung gekippt. Außerdem diese seltsame Drohung von Vladimir Smirnow ... Ihr ist, als sei sie von Dämonen umzingelt.

Jetzt kommt ihr eine ganze Gruppe von Leuten entgegen, die absteigt. Vielleicht ist da ja der Kumpel des Wanderers dabei, sagt sie sich. Sie macht immer noch Pause, nippt an ihrer Trinkflasche mit Eistee. Einer von ihnen sieht sie aufmerksam an und stolpert prompt über einen Stein. Seitwärts stürzt er auf den schmalen gerölligen Pfad.

»Alles in Ordnung?« Sie schaut ihn aufmunternd an.

»Jaja«, knurrt er, rappelt sich auf und geht ohne ein Wort weiter. Sie trinkt einen letzten Schluck, legt den Klettergurt an und hangelt sich die Fixseile hoch. Wirklich gefährlich ist die Stelle nicht, es ginge auch ohne Gurt. Aber sie möchte die Technik mit Karabinern üben. Es ist schon ein paar Jahre her, dass sie geklettert ist. Oben auf dem Grat braucht sie die dann aber wirklich. Dann müssen die Handgriffe routiniert sitzen. Spätestens dort wird sie auch ihren Helm anziehen.

Obwohl Heike den Aufstieg zum Hocheck kennt, kommt er ihr heute sehr lang, sehr steil und sehr anstrengend vor. Sie ist keine zwanzig mehr. Das merkt sie, wenn sie sich die Felsstufen hochzieht. Obwohl sie schlank geblieben ist. Stefan hat da schon ein paar Kilo mehr nach oben zu schleppen. Aber er tut so, als müsse er irgendjemandem etwas beweisen, vielleicht auch nur sich selbst. Warum sonst kämpft er sich die Felskanten im Eiltempo hoch, ohne sich auch nur einmal nach ihr umzuschauen?

Sie blickt zum Himmel, der sich immer mehr zuzieht. Die Situation erscheint ihr symptomatisch für ihre Ehe. Stefan steigt dem Gipfel entgegen und lässt sie in Schrofen, Geröll und Gefahr allein zurück. In schwierigen oder extremen Situationen zeigen Menschen ihren wahren Charakter. Hochalpines Gelände ist so eine Extremlage. Stefan ist ein Egoist, auch als Ehemann. Die übergroße Aufmerksamkeit, mit der er sie anfangs bedacht hatte, war spätestens nach der Geburt der Kinder vorbei. Nur als er ihr Geld brauchte, um seine Brüder auszuzahlen und die Reederei allein zu übernehmen, zeigte er noch mal etwas von dem anfänglichen Charme. Aber der ist wie weggeblasen, sogar heute an diesem besonderen Tag. Er stiefelt einfach davon. Sie ist für ihn ein Eimer Luft.

Elf Uhr zwanzig. Endlich erreicht sie das Hocheck. Nur noch wenige fade Sonnenstrahlen durchdringen den grauschwarzen Wolkenteppich. Stefan sitzt breitbeinig neben dem Kreuz und kaut einen Riegel. Sie lässt sich neben ihn fallen und japst nach Luft.

»Ich hab meine Jacke angezogen«, knurrt er. »Warte hier ja schon eine Dreiviertelstunde und kühle aus.«

»Ich mach den Grat nicht«, hechelt sie.

»Was? Das ist nicht dein Ernst! Wir sind extra hierhergefahren, betreiben den ganzen Aufwand, und dann kneifst du?«

Sie wühlt in ihrem Rucksack, kramt eine Tafel Schokolade hervor und isst sie mit Heißhunger.

»Ich fühle mich schwach. Und ich habe Angst, Stefan.«

Schon lange hat sie ihn nicht mehr mit Namen angesprochen. Das bleibt nicht ohne Wirkung. Er lenkt ein wenig ein.

»Ruh erst mal einen Moment aus. Wir können dann zusammen gehen, ja?«

Sie holt noch einen Apfel hervor und wischt sich mit ihrem Frotteearmband den Schweiß von der Stirn.

»Du musst dann aber wirklich bei mir bleiben. Ich bin keine fünfundzwanzig mehr. Und so ganz allein auf diesem gefährlichen Grat, das schaff ich nicht«, presst sie hervor und weint fast.

»Klar bleib ich bei dir. Sind halt nur ziemlich spät dran.«

Heike hört den vorwurfsvollen Unterton in seiner Stimme. Jetzt gehen Blitze über die Loferer Steinbergen nieder, und ein gewaltiges Donnern folgt. Aus den Wolken dort fällt ein dichter Regenvorhang ins Tal. Auf dem Hocheck gehen die letzten Kletterer den Grat an, andere steigen ins Tal hinab. Sie sind jetzt fast allein am goldenen Gipfelkreuz.

»Los, jetzt gilt es«, sagt Stefan und gibt Heike einen Klaps auf die Schulter. Sie schultern ihre Rucksäcke und werfen einen letzten Blick den Hang hinunter. Dort sehen sie ganz unten eine junge Frau mit Radlerhosen und viel Speed nach oben stürmen.

»Ganz so schnell gehen wir das nicht an.« Stefan lächelt Heike zu.

Aber ihr ist nicht nach Lächeln zumute. Ihre Beine zittern, als sie sich an der Unterstandshütte vorbei auf den Klettersteig begibt. Beide werfen zwischendurch ängstliche Blicke zum Wolkengedräue. Vom Lofer her, von Schneizlreuth, von allen Seiten kommt es schwarz auf sie zu. Als ob ein gigantischer Tintenfisch über den Wolken thront und ganze Tanks seines Sekrets verschießt.

»Stefan, ich brauch trotz allem eine Pause«, japst Heike nach einer halben Stunde anstrengenden Kletterns und Laufens. Ein Zurück gibt es nicht mehr.

»Aber nur ganz, ganz kurz!« Stefans Stirn ist gerunzelt wie Krepppapier. Auch ihm steht die Furcht der Gewitterfront ins Gesicht geschrieben.

Sie lassen sich auf einer vergleichsweise breiten Felsplatte nieder. Der Wind hat deutlich zugenommen. Mit beiden Händen halten sie ihre Rucksäcke fest. Heike hat sich an den Fels gelehnt. Ihre Beine schlottern. Nur mit festem Auftreten bekommt sie sie einigermaßen unter Kontrolle. Vor ihnen sind einige bunte Helme zu sehen, die sich in Richtung Südspitze bewegen. Nach hinten schauen sie erst gar nicht, die Zeit drängt.

»Komm, weiter«, treibt Stefan Heike an. Noch drei Kilometer auf dem Grat liegen vor ihnen. Sie müssen vor dem Gewitter wenigstens den steilen Abstieg in größtenteils ungesichertes Gelände von der Südspitze begonnen haben. Sich dort vielleicht irgendwo in Sicherheit bringen. Hier oben sind sie für die Blitze Schießbudenfiguren. Über ein kurzes ungesichertes Stück steigen sie westlich vom Grat aufwärts und dann über Rampen zur Mittelspitze.

»Keine Pause möglich«, schreit Stefan jetzt gegen den Wind an. Die Blitze schießen nur noch wenige Kilometer von ihnen entfernt ins Tal. Sie steigen weiter zur Südspitze, beginnen, den hier sehr ausgesetzten Grat zu überqueren. An einer Stelle sehen sie seitlich in die mächtige Ostwand. Sie bleiben stehen. Hier sind sie nicht gesichert, aber das Band ist relativ breit. Heike kann nicht mehr. Ihre Augen flimmern vor Angst. Jetzt kracht ein Blitz in die Ostwand. Gleich darauf ein infernalischer Donner. Es ist, als ob der ganze Watzmann zittert. Stefan packt den Rucksack nach vorne und holt die an der Seite herausragenden Teleskopstöcke mit ihren metallenen Spitzen raus. Auch die Stöcke von Heike wurstelt er aus ihrem Rucksack hervor.

»Die legen wir ein Stück weit weg auf den Pfad hier«, brüllt er. »Damit wir die Blitze weniger anlocken.«

Die junge Läuferin, die sie am Hocheck nach oben rennen sahen, stürmt keuchend heran. Wie Zinnsoldaten drücken sie sich an die Felswand, um sie passieren zu lassen.

»Wir ziehen unsere Regencapes an und kauern uns dann hier nieder, bis es vorbei ist.« Auch seine Stimme zittert jetzt. Weitere Blitze schlagen in der Ostwand ein.

»Stefan, schau mal …« Heikes Worte versiegen. Entsetzt schaut sie nach hinten, presst sich instinktiv noch mehr an die Wand, den Abgrund vor Augen, als wolle sie selbst ein Stück des Felsens werden.

»Mann, jetzt kauere dich nieder …«, brüllt er zurück und dreht sich mit einer ungeschickten Bewegung zu ihr um. Dann geht alles ganz schnell.

Kapitel 14 · Wutanfall

Schönerlehen, Bischofswiesen,
Dienstag, 3. August

Vor einer Stunde ist Ludwig Perlinger mit seinem silbernen Pritschenwagen vom Hof gefahren, um für seine Zwerghühner Ergänzungsfutter zu kaufen. Er machte ein gut gelauntes Gesicht, wie immer, wenn er in den Landhandel fährt. Dort trifft er andere Geflügelzüchter und Kleinbauern. Man spricht über das Wetter, die Milchpreise und was sonst noch in der Landwirtschaft gerade so ansteht. Das dauert in der Regel.

Für Simon ist der Zeitpunkt gekommen, um ins Archiv hochzusteigen. Er stößt sich den Kopf am Dachbalken wie fast jedes Mal. Siebzehn Jahre sind seit dem Brand vergangen. Zielstrebig geht er auf den Ordner B R A N D zu und zieht ihn heraus. Sofort erscheinen die Bilder von damals wieder vor seinem inneren Auge. Die Rauchsäule, die schon von der Strub aus zu sehen war. Seine Fahrt mit dem Rad die steile Aschauerweiherstraße hinauf. Reale Bilder vom Inferno, die wie Sickerwasser in sein Gehirn eindrangen. Der Großvater, der zum brennenden Haus kam. Die Nachricht vom Tod der Eltern, die beide im Schichtdienst arbeiteten und zum Zeitpunkt, als der Brand ausbrach, schliefen. Der giftige

Rauch hatte sie ohnmächtig werden lassen. Obwohl die Feuerwehr schnell eingetroffen war, kam jede Rettung zu spät. Und dann diese verfluchten, verdammten, vermaledeiten Sätze des Großvaters ein paar Tage später. Die ihm seitdem so viele Nächte den Schlaf raubten.

»Der Brand ist wahrscheinlich durch dein Heizgerät entstanden. Das war eingeschaltet und hat vermutlich ein Papier in Brand gesetzt, das davorgeweht wurde. Hab ich dir nicht so oft gesagt, dass du das Gerät ausschalten sollst! Deine Eltern würden noch leben, wenn du es getan hättest!«

Zwar hatte der Großvater die Anschuldigungen nie mehr wiederholt. Dennoch steigt in Simon seitdem immer wieder stiller Groll gegen ihn auf. Aber er will dem Groll nicht das Feld überlassen. Darum sagt er sich genauso oft, dass der Großvater damals in einer emotionalen Notlage war. Damit will Simon ihn sich als gütigen Vaterersatz bewahren. Als jemanden, der das damals nicht so böse gemeint hat.

Die Ermittlungen zur Brandursache lieferten damals keine eindeutigen Ergebnisse. Nur der Ort, von wo der Brand ausging, stand fest. Es war Simons Mansardenzimmer. In der verkokelten Ecke neben seinem Schreibtisch steckte das Kabel des Heizgerätes noch in der Steckdose. Seine Eltern hatten ihm das Gerät geschenkt, weil es unter dem Dach nie so richtig warm wurde und er oft fror. Das Heizgerät stand auf Position eins, also niedrigster Stufe, war aber dennoch angeschaltet. Das ergab die Brandinspektion. Simon hätte die Sätze des Großvaters, das sei die Brandursache gewesen, hinterfragen müssen. Aber er stand unter Schock. Und er war erst zwölf. Zu jung, um die richtigen Nachfragen zu stellen.

Jetzt findet er im Ordner des Großvaters das Brandgutachten. Abgeheftet in einer Klarsichtfolie. *Für die Versicherung*, steht handgeschrieben auf einem Etikett. Fiebrig erregt liest Simon es und bleibt an drei Wörtern hängen: Standpfeife aus Birnenholz.

Genau solche Pfeifen raucht sein Großvater. Eine davon hat die Brandinspektion in seinem Mansardenzimmer gefunden. Soweit er sich erinnert, besaß der Großvater damals einen Hausschlüssel. Er betrat das Haus, wie er es wollte, da er auch viele kleine Reparaturarbeiten verrichtete.

Neben den drei Worten entdeckt Simon einen verblichenen gelben Markierungsstrich. Das hatte jemand also besonders kenntlich gemacht. Daneben findet sich das Foto einer verkokelten Pfeife. Simon erkennt den konischen Kopf mit dem abgeflachten Boden. Zum Hinstellen. Sein Blick geht zum Schreibtisch des Archivs, zu der blau-weißen Schale aus Emaille. Dort liegen zwei dieser Pfeifen mit der charakteristischen Form.

Simons Gedanken wandern zurück. Als das Haus brannte, betrieb Ludwig Perlinger noch seine Schnitzwerkstatt mit Geschäft in der Ludwig-Ganghofer-Straße. Alpenländische Krippen stellte er her, die er bis nach Australien und Japan verschickte. Den ganzen Tag arbeitete er mit Holz und Sägemehl, auch mit Holzwolle, in die er die Krippenfiguren beim Versand bettete. Das machte seine Liebe zum Pfeifenrauchen jedoch zum Problem und war der Grund, warum er diese eher seltenen Standpfeifen bevorzugte. Sie kippten nicht so leicht um, sodass die Gefahr, durch den glimmenden Tabak die Holzwolle oder das Sägemehl zu entzünden, geringer war. Aber auch eine Standpfeife war nicht davor gefeit, einen Brand zu verursachen. Ein unbeabsichtigter Tritt mit dem Fuß gegen die Werkstattbank, eine ungeschickte Armbewegung, während er gleichzeitig telefonierte, oder eine klingelnde Ladentür und Ablenkung durch die Kundschaft – schon konnte es brennen!

»So ein Schmarrn!«, erinnert sich Simon jetzt an eine Szene zwischen seinem Vater und dem aufbrausenden Großvater. »Ich werde schon gut aufpassen. Ich bin doch kein Kind!«

Der Großvater stritt diese Gefahr immer ab oder redete sie klein. War das der Grund, warum er dieses spezielle Detail im Brandgutachten bislang verschwiegen hatte? Weil er sich selbst und seine eingefahrene Haltung hinterfragen musste? Weil eine solche Einsicht bei einem Menschen im Alter seines Großvaters, der ohnehin den Hang zum Sturen und Halsstarrigen hatte, nicht möglich war?

Laut Gutachten war nicht mehr festzustellen, ob die Pfeife zu Beginn des Brands noch geglommen hatte und durch Umfallen oder sonst wie die Ursache des Infernos war. Aber sie war mindestens genauso verdächtig wie das Heizgerät.

Simon sieht vom Ordner hoch und aus dem Fenster. Draußen laufen die Enten vorbei und schlagen mit ihren Flügeln. Warum hat der Großvater all die Jahre dieses Brandgutachten verschwiegen? Warum nur ließ er ihn in dem Glauben, mit schuld am Tod der Eltern zu sein, weil er das Heizgerät nicht ausgeschaltet hatte?

Die Antwort findet Simon auf einem rosa Klebezettel, der auf der Rückseite des Gutachtens befestigt ist. Es war die akkurate Schrift des Großvaters, in der vier Worte notiert waren: *Bekennen bricht den Hals.*

War das die Erklärung, warum der Großvater später alle Fragen zum Brand abblockte? So lange, bis er, Simon, es aufgab? Wollte er die Schadenszahlung der Versicherung nicht gefährden, weil es fahrlässiges Verhalten war? Oder war er nur zu feige, die Schuld am Tod des Sohns und der Schwiegertochter mit zu verantworten? Ließ er darum lieber ihn, Simon, im Glauben, der Schuldige zu sein?

Fassungslos starrt Simon auf den rosafarbenen Zettel. In ihm steigt eine unsägliche Wut auf den Großvater hoch. Am liebsten würde er runterrennen und ihn, sobald er mit dem Auto vorfährt, am Kragen packen und durchschütteln. Simon hatte schon immer mit Aggressionen zu kämpfen. Die ganze Jugend über war das so. So manchen Mitschüler hatte er aus nichtigem Grund verprügelt. Einmal schlug er einem Mitschüler so heftig an den Kopf, dass dieser ins Klinikum musste. Anschließend kam es zu einem ernsten Gespräch mit der Schulleitung, ihm und seinem Großvater. Die Folge war ein Termin bei Frau Dr. Stöckl, der Jugendpsychiaterin.

»Du hast ein Aggressionsproblem, Simon«, sagte sie ihm ins Gesicht. »Dagegen musst du etwas tun. Wenn du willst, kann ich dir eine Therapie vermitteln.«

Damals war er siebzehn Jahre alt. Noch war er uneinsichtig. Aber dann kam das Au-pair-Jahr in den USA. Sein Gastvater Archie, der Tim erschoss, hatte auch ein Aggressionsproblem. Er weiß noch genau, wie er Tim in der Blutlache in der Garage liegen sah. Die heulenden Sirenen, die sich dem Haus näherten. Archie, die Knarre in der Hand, den Arm jetzt abgesenkt. Simon war kurz davor, auf Archie loszustürzen und ihm die Zähne einzuschlagen. Die gerade noch rechtzeitig eingetroffene Polizei nahm Archie fest und verhinderte das.

Wenn er aber bei der Polizei arbeiten wollte, ginge das so nicht weiter. Nach seiner Rückkehr suchte er daher die Psychiaterin auf und nahm ihr Angebot an. Die Therapie half ihm, vorerst. Aber letztens, bei einem Streit mit Carolin, übermannte es ihn wieder. Er packte sie aus einer Wut heraus am Arm, griff ihr hart in den Nacken. Sie erschrak heftig, starrte ihn entsetzt an. Erst Sekunden später ließ er von ihr ab. Was war das für ein Tier, das da in ihm schlummerte? Gleich nach dem Anfall begann er zu weinen. Er entschuldigte sich tausendfach bei Carolin und versprach ihr, an einem speziellen Anti-Aggressionstraining teilzunehmen. Das tat er dann tatsächlich, heimlich, weit weg, in Köln, bei einem privaten Anbieter. Nahm dafür Urlaub. Bezahlte alles aus eigener Tasche. Denn wenn das bei der Polizei herauskäme, wäre sein Job in Gefahr. Der aber war ihm heilig.

Jetzt erinnert er sich an eine Übung im Kölner Kurs. Sich aufrecht hinstellen. Die Wut vom Kopf durch den Körper wandern lassen, bis sie in den Füßen angekommen ist. Dann ruhig sprechen, die Argumente sachlich vortragen, sich die Wutgeister im Kopf als kleine Wesen vorstellen, die man in die Flucht schlägt …

Er fühlt, wie er langsam zur Ruhe kommt. Hastig räumt er wieder alles zusammen und geht in seine Wohnung. Wenige Minuten später sieht er den Pritschenwagen auf den Hof fahren. Ja, jetzt ist er ruhig genug, um den Großvater zur Rede zu stellen. Er zieht die Luft tief durch die Nase ein. Dann steht er auf und geht raus, wo der Großvater Schrot an seine Hühner verteilt. Die Tiere gackern aufgeregt.

»Opa!«, ruft er ihm entgegen. Aber als dieser sich rumdreht, vibriert Simons Handy in seiner Hosentasche. Es ist die Leitstelle in Traunstein.

»Zwei Personen am Watzmanngrat abgestürzt. Bitte schnellstmöglich zur Bootslände am Königssee. Mehr Infos hat die Kollegin Luisa Sedlbauer.«

Simon dreht sich zum Watzmann hin. Der Himmel ist noch grauschwarz, aber die Blitze und der Donner haben sich verzogen. Vor ungefähr zwei Stunden ist dort ein kräftiges, aber kurzes Gewitter losgegangen. Er hat hingeschaut, unmittelbar bevor er ins Archiv ging. Blitze, die wie brennende Pfeile eines Kriegsgotts über das Gebirge schossen.

Kapitel 15 · Auf zur Ostwand!

Schnell packt Simon seine Bergausrüstung und wirft sie in den Golf. Er rast den Hang des Schönerlehens hinunter. Über die Freisprechanlage nimmt er einen Anruf von Michi entgegen. Michael Pregler. Er ist schon seit über zehn Jahren als Polizeibergführer in Berchtesgaden.

»Servus, Simon. Ich fahr gerade zum Wimbachgries und hol die Luisa ab.«

»Okay. Weißt du schon was Genaueres, wo der Absturz passiert ist?«

»Irgendwo im Bereich der Mittelspitz. Ein Mann und eine Frau, den Schreien nach.«

»Westlich des Grats? Oder zur Ostwand hin?«

»Ostwand. Da hat's gewaltig gewittert. Der Hias von der Bergwacht war im Biwak und hat von dort aus angerufen. Der hat welche abstürzen sehen.«

»Rufen wir den Polizeihubschrauber?«

»Im Moment wegen der Wetterentwicklung schwierig. Soll ja bald wieder gewittern. Pass auf, wir treffen uns am Königssee. Die Wasserwacht hält ein Boot für uns bereit. Damit fahren wir zum Ostwandlager und gehen dann zur Eiskapelle und suchen von dort aus systematisch.«

Pregler drückt das Gespräch weg. In Simons Kopf schwirren die Gedanken umher. Wieso holt der Michi die Luisa im Wimbachgries ab? Und wie ist es möglich, dass der Hias zum Zeitpunkt des Absturzes im Biwak in der Ostwand war? Das liegt auf 2380 Metern Höhe. Wenn die beiden wirklich im Bereich der Mittelspitze abgestürzt sind, dann wären sie quasi am Hias vorbeigeflogen. Ein so tiefer Sturz, kann man das überleben? Aber egal, wie klein die Chance auch sein mag, die Bergwacht tut alles, um Leben zu retten. Genauso wie er als Bergpolizist, wenn er mit vollem Einsatz nach Spuren und Beweisen sucht, wie es zu diesem tragischen Ereignis kommen konnte.

Endlich erreicht er die Bootslände am Königssee. Legt die Polizeikelle auf das Armaturenbrett, damit er nicht abgeschleppt wird. Leichter Nieselregen. Die vielen Besucher, die sich hier sonst durch die Geschäftsstraße drängeln, sind verschollen. Nur ein paar Japanerinnen springen kreischend durch Pfützen zu einem bereitstehenden Bus. Simon kontrolliert kurz seinen Rucksackinhalt und stürmt zum Steg. Gerade ist ein Boot mit fünf Bergwachtlern in Richtung Sankt Bartholomä ausgelaufen.

»Habe die Ehre, Simon. Wir suchen das Gelände am Fuße der Ostwand ab«, ruft ihm Robert Kopp aus der Ferne zu. Der Leiter der Berchtesgadener Bergwacht kennt ihn von Kindesbeinen an. Er ist ein guter Freund seines Vaters gewesen. Bei Dienstantritt in der Berchtesgadener Polizeiinspektion fand Simon ein Päckchen auf seinem Schreibtisch. Darin eine Powerbank zum Aufladen des Handys.

»Damit wir uns immer gut verständigen! Dein Robert«, stand mit Handschrift auf der beiliegenden Karte.

Simons Ungeduld steigt. Er möchte den Bergwachtlern nicht zu viel Vorsprung lassen. Ihm wäre es peinlich,
wenn sie die Opfer schon gefunden hätten, während er
noch unterwegs war. Er war früher selbst bei der Bergwacht. Da kam es schnell mal zu einem überheblichen
Spruch.

Nur einen Moment später fährt ein Streifenwagen
vor. Michi und Luisa. Sofort springen die beiden zu ihm
in das von der Wasserwacht bereitgestellte Boot, und sie
fahren los.

Luisa fischt sich ihre Fleecejacke aus dem Einsatz-
rucksack, den Michi ihr mitgebracht hat. Auch streift sie
sich eine lange Jogginghose über die kurze türkisblaue
Sporthose. Simon sieht, wie abgekämpft und durchge-
schwitzt sie ist.

»Kommst du vom Sport?«

Luisa nickt. »Ja, ich war laufen. Den Watzmann über
den Grat.« Sie erzählt das ungern. Auch vor den Kollegen hat sie ihre Pläne mit dem Berglaufen und dem
Rekord bisher geheim gehalten. Natürlich wussten sie
von ihren vielen sportlichen Aktivitäten. Inlineskaten,
Mountainbiken, sie war ja im Stadtbild auch als Sport-
lerin nicht zu übersehen. Aber das mit dem Berglaufen
hütete sie als Geheimnis.

»Dann warst du also oben, als die abgestürzt sind?«,
fragt Simon prüfend.

»Ja, ich bin schnell gelaufen. Nach der Schicht bin ich
gleich los. Das Gewitter war so nicht abzusehen. Um
12:14 Uhr war ich auf dem Weg zur Südspitze. Etwa auf
halber Strecke zwischen Mittel- und Südspitze. Da habe
ich die Schreie gehört. Ich bin dann wieder zurückgelaufen. Aber das Gewitter hat mich ausgebremst. Hat ja

auch geblitzt. Da ging das mit den Drahtseilen gar nicht. Ich hab sofort versucht, die Leitstelle anzurufen. Aber an der Südspitze ist ja kein Empfang. Als das Gewitter nachgelassen hat, bin ich weiter den Weg zurückgegangen. Mir sind einige Leute begegnet, die ich auf der Strecke überholt habe. Sie haben sich im Unterstand am Hocheck niedergekauert und das Ende des Gewitters abgewartet. Die waren kreidebleich. Alle hatten die Schreie gehört. Aber niemand wusste, wer da abgestürzt ist. Ich wollte mir die Namen und Telefonnummern notieren. Aber die sind weitergedrängt, weil sie Angst hatten, ein neues Gewitter könnte kommen. Andere sind wohl auch die Strecke zurückgegangen, um vom Hocheck abzusteigen. Ich hab aber auf die Schnelle viele Fotos gemacht. Und alle, die ich später überholt hab, habe ich gebeten, sich unbedingt als Zeugen bei uns zu melden. Aber ich musste ja schnell runter, weil ich nicht wusste, ob jemand die Bergwacht erreicht hat. Wegen des schlechten Empfangs.«

Luisa ist aufgeregt. Auch wer bei der Polizei arbeitet, hat Emotionen. Sie ist mitgenommen von dem, was da passiert ist. Natürlich kennt sie als Bergfex die Gefahr. Aber das Gefühl, ganz in der Nähe des Unglücks gewesen zu sein, hinterlässt Spuren.

Simon saugt Luisas Informationen auf und ruft sich die einzelnen Stellen des Grats vor Augen. Es gibt da diese ungesicherte Stelle am Grat, gleich nach der Mittelspitze. Wo man den Blick in die Ostwand hat. Sollten sie dort abgestürzt sein, ging es im freien Fall ganz nach unten in die Tiefe.

»Auf der Leitstelle ist ein Anruf wegen des Absturzes eingegangen«, sagt jetzt Michi. »Vom Hias. Also dem

Matthias Brandtner von der Bergwacht. Der hat die kleine Ostwand abwärts von der Mittelspitz gemacht.«

»Die Route auf dem Wiederband wollte ich auch schon mal gehen«, antwortet Luisa gedankenverloren.

»Er hat die Schreie gehört und im Biwak gewartet, bis das Gewitter vorbei war. Schätze mal, der kommt uns von oben nachher entgegen«, spricht Michi weiter.

Das Boot legt an, und sie machen sich sofort auf den Weg in Richtung Eiskapelle und Biwakhöhlen. Die Bergwachtler in ihrer rot leuchtenden Kleidung laufen rund zweihundert Meter vor ihnen. Sie verteilen sich über das Gelände, um systematisch nach den Abgestürzten zu suchen. In der kleinen Ostwand war ein orangener Punkt zu erkennen. Das muss der Hias sein. Diesen Weg abwärts nehmen nur die, die etwas Neues ausprobieren wollen oder die die normale Aufstiegsroute zur Genüge kennen. Brandtner ist so einer. Hat er die beiden Verunglückten wirklich abstürzen sehen?

Kapitel 16 · Leichenfunde

Am Fuße der Ostwand,
Dienstag, 3. August

Nach einer guten Stunde finden sie die Abgestürzten. Die Wucht des Aufpralls hat beim männlichen Opfer sogar den Helm gespalten. Auch ist ihm ein Arm abgerissen. Die Augen sind hervorgequollen, der Kiefer zu einem Klumpen zerquetscht. Aus der am Bauch aufgerissenen Jacke schaut blutiges Gedärm. Rund fünfzig Meter entfernt liegt eine Frau, die durch den Sturz noch übler zugerichtet ist. Das Gesicht entstellt, stehen ihre Beine in einer völlig verrenkten Stellung vom Körper ab. Als habe ein Riese versucht, sie ihr auszureißen. Beide mehr Matsch als Mensch. Selbst den gestandenen Bergwachtlern macht der Anblick zu schaffen.

»Stefan Wineke«, liest Michi Pregler im Personalausweis. Er hat ihn in der Brusttasche des Opfers gefunden. »Geboren 1970. Wohnhaft in Lübeck.«

Luisa geht mit dem Dienst-Fotoapparat umher und macht Bilder vom Fundort der Leiche und von dieser selbst.

»Schaut mal!« Michi dreht den Oberkörper des Mannes zur Seite. Die Reste des Rucksackgurtes baumeln ihm noch über der Schulter.

»Der hat einen Rucksack getragen, der beim Sturz abgerissen ist.«

»Dann muss der hier irgendwo liegen.« Simon sieht sich um. Das felsige Gelände hat viele Nischen und Ritzen.

Die drei Polizeibeamten begeben sich zur abgestürzten Frau. Ihr Rucksack befindet sich noch auf dem Rücken. Im Unterschied zum männlichen Opfer hatte sie ihr Regencape über den Rucksack gespannt. Das war zwar nur noch ein Fetzen, hat aber den Rucksack zumindest halbwegs geschützt.

»Heike Winecke. Geboren 1972. Wohnhaft in Lübeck.« Michi hat auch ihren Personalausweis gefunden, im Rucksack. Außerdem das Handy der Frau. Er packt es in einen Asservatenbeutel. Die Kripo Traunstein wird es auslesen und eventuell wichtige Informationen zum Absturz erhalten.

Simon ruft bei den Kollegen in der Polizeiinspektion Berchtesgaden an und gibt die Namen der Opfer durch. Nur wenige Minuten später erhält er erste Informationen zu den Abgestürzten. Die beiden waren ein Ehepaar.

»Auf den Tag genau fünfundzwanzig Jahre verheiratet«, stellt er verblüfft fest.

»Die wollten sich die Watzmannüberschreitung zur Silberhochzeit gönnen«, konstatiert Michi.

»Und haben sich übernommen, die Flachland-Tiroler«, gibt Chris zum Besten. Er ist vor Kurzem von Rosenheim nach Berchtesgaden gezogen und noch neu bei der Bergwacht. Flammen-Tätowierungen kriechen an seinem Hals empor bis unters Kinn.

»Wie wär's mit ein bisschen Respekt vor den Toten?« Robert Kopp, das Urgestein der Truppe, schaut ihn streng an.

114

Luisa steht etwas abseits und scrollt in ihrem Handy. Simon geht zu ihr hin.

»Der Mann war Reeder«, sagt sie mit belegter Stimme. »Schiffe hat der verkauft. Dreitausend Mitarbeiter.«

»Okay. Hast du die beiden da oben bei deinem Lauf gesehen?«

»Kann sein. Ich habe die sicherlich überholt. Aber wenn ich auf Zeit laufe, bin ich wie im Tunnel. Da beachte ich die Leute kaum, denen ich da begegne.«

»Du läufst auf Zeit?«, fragt Simon überrascht. »Scheinst das ja extrem zu betreiben, das Berglaufen. Man könnte fast meinen, du willst einen Rekord brechen.«

Luisa fühlt sich ertappt.

»Na, und wenn?«, gibt sie gereizt zurück.

Simon zieht es vor zu schweigen.

Kurz darauf kommt Michi auf sie zu. »Ich hab mit dem Ermittlungsrichter gesprochen. Ob ein Fremdverschulden für den Absturz vorliegt, können wir hier nicht beurteilen. Wichtig ist, dass wir Zeugen vernehmen. Luisa, du hast heute schon die Tour über den Watzmann gemacht. Und das nach einer vollen Nachtschicht. Du musst völlig fertig sein.«

Luisa sieht zu Boden, nickt nur leicht.

»Du gehst am besten nach Hause und schläfst mal. Aber Simon und ich, wir gehen zum Watzmannhaus hoch. Befragen den Wirt, die Bedienungen und Gäste, die eventuell gestern auch schon oben waren.«

»Geht klar«, sagt Simon. »Wisst ihr, was mir auffällt, wenn ich die beiden Toten sehe?« Er schaut von Michi zu Luisa. »Die beiden haben keine Stöcke dabei. Wenn die den Grat überschreiten wollten, hätten sie die aber für den langen Abstieg von der Südspitze gebraucht. Sind ja nicht mehr die Jüngsten. Und wenn die in Lübeck wohnen, sind sie sicher auch nicht so bergerprobt, dass sie das so einfach ohne schaffen. Vielleicht liegen die Stöcke noch irgendwo auf dem Grat. Weil sie die wegen der Blitzgefahr von sich entfernt haben.«

»Dann wären sie aber Profis, wenn sie das gewusst hätten«, antwortet Luisa. »Könnte aber auch sein, dass sie das Gegenteil waren. Absolute Laien. Wie dieser Bergwachtler gemeint hat. Die einfach das Hochgebirge unterschätzt und Stöcke nicht für nötig gehalten haben.«

»Es gibt noch eine dritte Variante«, wendet Michi ein. »Vielleicht haben sie die Stöcke im Trockenraum des Watzmannhauses gelassen und wollten dahin zurückkehren. Also vom Watzmannhaus zur Südspitze und wieder retour. Ist eher ungewöhnlich, aber nicht auszuschließen. Wir schauen uns nachher den Trockenraum im Watzmannhaus an und fragen ab, wem welche Stöcke gehören.«

Robert Kopp hat inzwischen einen Notarzt aus Berchtesgaden angefordert. Der war nun auf dem Weg von der Anlegestelle in Sankt Bartholomä zu ihnen hinauf, um offiziell den Tod der beiden Absturzopfer festzustellen. Als ob das nicht offensichtlich gewesen wäre. Aber Vorschrift ist Vorschrift. Als Todesursache würde später komplettes Organversagen auf dem Totenschein stehen.

Die drei Polizeibeamten machen noch ein paar Fotos, nehmen Haarproben und stellen den Rucksack sowie die Tascheninhalte der Opfer sicher. Im Anschluss beginnen die Bergwachtler, die beiden Leichen auf eine Liege zu packen.

»Hey! Halt! Ich will die mal sehen!«, hören sie auf einmal aufgeregt Schreie aus Richtung der kleinen Ostwand. Matthias Brandtner kommt auf sie zugerannt.

»Servus miteinand. Das ist der Wahnsinn!«, sprudelt er los. »Ich hab die Schreie gehört. Hab mich gerade im Biwak geschützt, weil das Gewitter losging. Dann sind die beiden wie Steinadler mit gebrochenen Flügeln an mir vorbeigestürzt. Der eine ist am Felsen aufgeschlagen und dann kopfüber weiter nach unten geflogen. Ich nehm an, der war nach dem Aufprall am Felsen schon bewusstlos.«

»Welcher eine?« Simon schaut Hias gebannt an. Er kennt ihn seit der Schulzeit. Sie waren mal zur gleichen Zeit in dasselbe Mädchen verliebt. Seitdem mochten sie sich nicht besonders. Aber das war lange her.

Hias schaut sich die beiden Leichen an. Er schluckt mehrfach, auch er ist erschrocken vom Anblick der entstellten Körper.

»Der da war es. Ich erkenn den blauen Helm wieder.« Er zeigt auf Stefan Wineke.

»Der Aufprall am Felsen würde auch erklären, warum der Rucksack abgerissen und hier nicht zu finden ist«, sagt Simon.

»Ich hab die beiden heute Morgen schon beim Frühstück beobachtet. Die haben Schampus getrunken. Vielleicht waren s' besoffen und haben das Gleichgewicht verloren.«

Der Notarzt ergänzt, er habe von beiden eine Blutprobe sichergestellt.

»Weißt du die Uhrzeit, wann das ungefähr passiert ist?«, hakt Simon nach.

»12:14 Uhr. Ich hab sofort die Bergwacht und dann euch angerufen.«

Genau dieselbe Zeit, die Luisa genannt hat. Wenigstens schon mal ein konkreter Anhaltspunkt, sagt sich Simon und schaut zu seiner Kollegin. Die macht weiter Fotos. Es beginnt stärker zu regnen. Michi und Robert besprechen sich kurz, telefonieren.

»Los, wir bringen die Leichen jetzt zur Bootslände«, sagt Robert schließlich. Michi steht neben ihm. »Ein Bestattungsauto erwartet uns am Königssee. Für die Gerichtsmedizin.«

»Und was ist mit dem Rucksack des Verstorbenen?«, fragt Simon.

»Willst du den bei diesem Regen suchen?« Robert hat die Unterlippe nach oben gezogen. »Den könnt ihr doch orten lassen. Wenn das Handy drin ist. Dann findet ihr ihn morgen. Wenn der oben auf der Höhe des Biwaks abgerissen wurde, dann kann er hier in diesem ganzen weiten Gebiet liegen. Das sind vier, fünf Quadratkilometer. Bei diesem Regen aussichtslos, den zu finden.«

Der Tross bewegt sich in Richtung Anlegestelle, um zur Bootslände am Königssee zurückzufahren.

»Wir gehen über den Hammerstiel und die Stubenalm hoch«, teilt Michi Simon auf dem Weg mit. »Wir fordern über die Polizeiinspektion Verstärkung an. Einige Streifen sollen die Wanderer abfangen und vernehmen, die an der Wimbachbrücke ankommen. Auch auf den Parkplatz Hammerstiel schicken wir eine Streife, die nach Zeugen fragt.«

»In Ordnung.« Es ist Simons erster größerer Einsatz bei der Bergpolizei. Zwar hat er schon öfter in unwegsamem Gelände nach Vermissten gesucht. Auch ein paar kleinere Bergunfälle musste er aufnehmen. Aber ein Absturz mit zwei Toten auf einmal, das ist ihm noch nicht untergekommen. Gerne überlässt er also dem erfahrenen Michi das Kommando. »Eine Frage aber habe ich noch.«

»Ja?«

»Sollten wir nicht auch die Presse bitten, uns zu helfen?«

Michi überlegt kurz. »Das müsste ich mit unserem Chef besprechen. Zu oft darf man diese Karte nicht ziehen. Sonst verpufft das. Vieles deutet ja auf schlichte Überforderung hin.«

»Du meinst, weil die beiden trotz Gewitter auf dem Grat waren? Es hat geblitzt. Sie haben sich an den Fixseilen festgehalten. Ein elektrischer Schlag. Einer lässt das Seil los. Der Wind tut sein Übriges. Ihm oder ihr wird schwindlig, er oder sie hält sich am anderen fest und zieht ihn oder sie mit in den Abgrund?«

»Nicht nur das Gewitter ist ein Grund, warum sie abgestürzt sein können. Luisa war ja auch oben, obwohl sie weiß, wie gefährlich das ist.«

Luisa blitzt Michi mit bösen Augen an. Sie hört einen Vorwurf in seinen Worten. »Ich war heute viel langsamer als sonst. Normalerweise bin ich um diese Zeit schon wieder im Tal. Ich hab zu lange Pause am Watzmannhaus gemacht. Bin dort auf der Bank weggedöst. Aber …«

»Ist schon recht, Luisa, brauchst dich doch hier nicht zu rechtfertigen«, beschwichtigt Michi. »Es ist nicht nur das Gewitter, das auf den ersten Blick für einen Unfall spricht. Auch die fehlenden Stöcke. Sie haben Alkohol getrunken. Dann kommen die aus Lübeck. Auch nicht gerade hochalpines Gelände. Klar können die aus Bayern stammen oder oft in den Alpen unterwegs gewesen sein … Aber das sind ja keine wirklich belastbaren Aussagen. Nur ein paar erste Anhaltspunkte. Leute auf dem Grat, die sich überschätzen, davon können die Bergwachtler ein Lied singen. Ich hoffe, wir erfahren mehr auf dem Watzmannhaus. Die Presse lassen wir erst mal draußen. Außer dass natürlich unsere Pressestelle über das Ereignis als solches informiert.«

Sie kommen an der Bootslände an. Luisa holt ihr Mountainbike aus dem Kofferraum des Streifenwagens.

»Michi, Simon«, sagt sie leise. Ihre Stirn kräuselt sich. Über der Nasenwurzel bildet sich eine tiefe Falte. »Ihr fahrt doch jetzt zum Watzmannhaus.«

Die beiden Kollegen schauen sie aufmerksam an.

»Heute Morgen war da eine Frau. Mit Schürze und langem Rock. Eine Bedienung. Blonde Zöpfe.«

Luisas Stimme stockt.

»Ja?« Simon schaut sie mit seinen kastanienbraunen Augen an.

»Wisst ihr, was die gesagt hat?«

Stille.

»Heut werden welche abstürzen ...«

Kapitel 17 · Resis Geheimnis

Wenig später machen sich Simon und Michi auf den Weg zum Watzmannhaus. Während der Fahrt sucht Simon Fotos von Stefan und Heike Wineke im Internet. Am Parkplatz Hammerstiel angekommen, laufen sie los. Der Himmel hat etwas Bleiernes. Es sind weitere Gewitter angesagt. Wenn es ganz übel kommt, werden die beiden Polizeibeamten auf der Mitterkaseralm Unterschlupf suchen müssen, um später, zur Not ganz früh am nächsten Morgen, zur Hütte weiterzuziehen. Denn am nächsten Tag soll es Sonne pur geben. Dann ist mit großem Andrang zu rechnen und eventuelle Zeugen des Unfalls werden nur noch schwer auszumachen sein.

Beim Aufstieg kommen ihnen nur wenige Bergsteiger entgegen. Dennoch zeigen sie allen die Fotos des verunglückten Paars. Aber keiner von ihnen war auf dem Grat. Wer den geht, steigt in der Regel auf der anderen Seite durchs Wimbachgries ab. Die Fundstelle der Leichen und Luisas Aussagen deuten auf einen Absturz im Bereich der Mittelspitze hin. Eher in Richtung Südspitze als in Richtung Hocheck. Wer schon einmal so weit gekommen war, ging nicht zum Watzmannhaus zurück. Die Wimbachgrieshütte anzustreben war da logischer.

Michi und Simon sind durchtrainierte Sportler. Und so ist der Anstieg über die Stubenalm zum Watzmannhaus nach gut zwei Stunden geschafft. Dort treffen sie auf eine Menge Leute. Alle, die am Berg waren und vom ersten kurzen Gewitter überrascht wurden, hat die Hütte wie ein Staubsauger aufgesaugt. Es geht laut zu. Denn wenn es am Berg stürmt und donnert, ist es auf einer Hütte besonders behaglich. Da bricht keiner freiwillig auf, und Radler und Kaiserschmarrn schmecken noch besser als sonst.

Michi und Simon begeben sich als Erstes zum Hüttenwirt. Informieren ihn über den Absturz. Sepp Kummer hat bereits im Radio von dem Unglück gehört. Auch eine ganze Reihe von Gästen hat im Internet davon gelesen. An vielen Tischen ist der Absturz Gesprächsthema Nummer eins. Noch ein Grund, warum man sich in der Hütte jetzt besonders geborgen fühlt. Man ist noch mal davongekommen.

Sie checken die Gästeliste des Hauses. Stefan und Heike Wineke hatten tatsächlich ein Zweibettzimmer gebucht. Sie waren also definitiv am Abend vorher hier. Simon und Michi werfen einen kurzen Blick in den Trockenraum. Aber auf die Schnelle herauszufinden, ob die Stöcke der Abgestürzten hier stehen, ist fast ein Ding der Unmöglichkeit. Daher entscheiden sie zusammen mit Sepp, eine kleine Ansprache an alle zu halten.

»Mach du mal«, fordert Michi Simon auf. Er wird morgen in Urlaub fahren. Da ist es besser, wenn Simon in diesem Fall stärker im Vordergrund steht und Ansprechperson ist.

Simon legt sich in Gedanken die richtigen Worte zurecht. Dann stellt er sich in den Durchgang vom Tresenraum zur Gaststube. Er schlägt mit einem Löffel an einen Bierkrug. Verschafft sich so Ruhe. Dann beginnt er zu sprechen. Stellt sich und Michi vor. Erzählt von den beiden Abgestürzten. Vom Fund der Leichen. Vom wahrscheinlichen Absturzort. Er reicht sein Handy herum, auf dem die beiden Opfer zu sehen sind. Fragt nach Augenzeugen. Immerhin zwei Männer melden sich. Erzählen, dass sie die beiden auf dem Anstieg zum Hocheck gesehen haben. Vor allem Heike Wineke habe schwer zu kämpfen gehabt. Kaum vorzustellen, dass sie den Grat noch in Angriff genommen habe. Zumal unter diesen widrigen Bedingungen. Simon bedankt sich bei den beiden Zeugen. Doch so richtig viel bringt deren Aussage nicht.

»Und niemand von euch war auf dem Grat?«, hakt er nach. Wieder melden sich zwei Personen, eine Frau und ein Mann. Sie waren auf halber Strecke zur Mittelspitze umgekehrt. Weil sich die Gewitterfront näherte. Sie waren anderen auf dem Grat begegnet, die in Richtung Mittel- und Südspitze weitergegangen sind. Ob das Ehepaar dabei war, daran konnten sie sich nicht erinnern. Zu sehr seien sie mit ihrer eigenen Flucht vom Berg beschäftigt gewesen. Einige hätten im Unterstand am Hocheck ausgeharrt. Aber sie seien noch zum Watzmannhaus abgestiegen. Das Gewitter hätte sie nur noch auf den letzten einhundert Höhenmetern erwischt. Ach ja, und eine junge Frau sei ihnen auf dem Grat aufgefallen. Die sei richtiggehend zur Mittelspitze gerannt.

Luisa, denkt sich Simon. Auch diese Aussagen helfen nicht wirklich weiter.

»Noch eine große Bitte. Wir suchen die Stöcke der Opfer. Kann sein, dass sie die hier auf dem Watzmannhaus gelassen haben. Wir würden alle bitten, ihre Stöcke aus dem Trockenraum zu holen.«

Ein großes Räumen und Schieben beginnt. Nach zehn Minuten haben alle Anwesenden ihre Stöcke in der Hand. Drei Stockpaare bleiben im Trockenraum übrig. Gehören die den Winekes? Aber als Sepp noch mal ins Matratzenlager schaut, sieht er dort ein Elternpaar mit Kind. Sie sind vor Erschöpfung schon am Nachmittag eingeschlafen und entpuppen sich als Besitzer der verbliebenen Stöcke. Die der Winekes bleiben damit verschwunden. Sofern sie überhaupt welche dabeihatten.

Sie gehen wieder in Sepps Büro zurück.

»Sepp, sind dir gestern Abend irgendwelche Leute in der Hütte aufgefallen? Gab's irgendeinen Streit?«

»Streit?«

»Na ja, ist es irgendwo laut geworden? Gab es Beschwerden? Irgendetwas Auffallendes?«

»Weißt, Michi, ich bin ja selten in der Gaststube. Mein Job ist in der Küche, am Tresen, bei der Anmeldung. Da müsstest du vielleicht besser unsere Bedienungen fragen.«

»Dann schick uns die bitte mal her.«

Sepp platziert die beiden Polizisten in seinem Büro und will los, um seine Bedienungen zu holen.

»Ach«, sagt Michi und hält Kummer kurz am Arm fest. »Vielleicht rufst zuerst mal die, die gesagt hat, heute würden welche abstürzen.«

Kummer schaut ihn mit überraschten Augen an. Woher wusste der Michi bloß von Resis Ansage? Es stand doch nur noch dieser verrückte Amerikaner mit draußen, als die Resi das sagte. Ob er den Polizisten von Resi und dem Schamanen erzählen sollte? Aber dann musste die Resi am Schluss noch zu Befragungen oder Gegenüberstellungen ins Tal. Und das in der Hochsaison. Er hatte eh schon so wenig Personal. Und der gspinnerte Walker, mei, sollte er den wirklich belasten?

»Dann hol ich euch die Resi. Die hat da heut früh so was Ähnliches gesagt, glaub ich. Aber ich sag's euch gleich. Ich brauch die Resi nachher wieder als Bedienung.«

Das Gespräch mit Resi verläuft ergebnislos. Sie ist maulfaul. Wagt es nicht, den beiden Polizisten in die Augen zu schauen. Sie verneint, irgendwelche Konflikte bemerkt zu haben.

»Nein, es war viel los. Aber alles ganz normal«, behauptet sie.

»Und woher hast du gewusst, dass heute welche abstürzen?«, fragt Michi und beugt sich von seinem Stuhl zu ihr vor. Aber Resi dreht das Ende der Tischdecke um ihren Finger und erwidert auch jetzt seinen Blick nicht.

»Resi, hallo! Ich hab dich gerade etwas gefragt.«

»Äh, wie? Was?«

»Woher hast du gewusst, dass heute welche abstürzen?«

Jetzt kneift sie die Augen zusammen und beißt sich auf die Lippen.

»Ach, hab ich das gesagt? Vielleicht sollte ich mal Lotto spielen. Bei so guten Prognosen. Kann ich jetzt gehen?«

Simon hält ihr die Fotos der Winekes hin und fragt sie, ob sie die beiden kenne. Resi schüttelt nur den Kopf. So würden sie nicht weiterkommen. Aber vielleicht gibt es ja auch nichts zum Weiterkommen, sagen sich die beiden Ermittler.

Die andere Bedienung namens Olga erkennt die Winekes immerhin auf den Fotos wieder. Die hätten mit mehreren anderen Gästen am großen Tisch am Kamin gesessen. Auch habe sie das Gefühl gehabt, dort sei es hoch hergegangen. Olga ist den ersten Sommer auf dem Watzmannhaus.

»Hast du irgendjemanden gekannt, der bei den Winekes am Tisch saß?«

»Nein, tut mir leid«, gibt sie mit ungarischem Akzent zu verstehen. »Ich kenne hier niemanden. Alles Fremde. Und für den Tisch am Kamin, da war zuständig meine Kollegin Resi.«

»Okay, dann war's das. Danke.«

Olga bleibt noch einen Moment stehen.

»Ist noch was?«

»Eine Sache, ich erinnere. Dieses Ehepaar hat getrunken einen kleinen Sekt zusammen.«

»Beim Frühstück?«

»Ja. Genau. Wegen silberner Hochzeit. Sie haben gefragt, ob sie das dürfen. Weil der Sekt nicht von unserer Hütte ist. Habe ich Wirt gefragt, und er hat gesagt, natürlich.«

»Und das war eine Flasche?«

»Ja. Eine ganz kleine. Piccolo. Ich habe ihnen zwei Gläser gebracht.«

Immerhin bestätigt das die Aussage von Hias. Die beiden hätten Schampus getrunken, hat er erzählt. Es war zwar nur Sekt. Aber ein Viertelliter für zwei Personen. Betrunken sind sie da nicht auf den Grat gegangen. War wohl eher symbolisch zum Anstoßen.

Sie bitten den Hüttenwirt noch um eine Aufstellung aller Übernachtungsgäste von gestern und heute. Die soll er ihnen zumailen, sobald sie den richterlichen Beschluss dafür haben.

Die beiden Polizeibeamten überlegen, wie sie weiter vorgehen. Sie haben mittlerweile von der Leitstelle erfahren, dass die Winekes zwei erwachsene Kinder haben. Zudem konnten die Kollegen in der Zwischenzeit bei Gericht einen Beschluss erwirken und in den Berchtesgadener Hotels nach dem Ehepaar Wineke recherchieren. Die hatten im Hotel Edelweiß eingecheckt, wo zwei Zimmer auf den Namen Wineke gebucht waren. Vermutlich gehört das zweite Zimmer den Kindern. Michi und Simon beraten kurz, ob sie nun absteigen sollen, um mit den Kindern zu sprechen. Ihnen die Todesnachricht überbringen. Oder ob sie doch besser weiter zum Gipfel laufen, um auf dem Grat nach Spuren zu suchen. Das draußen losbrechende Gewitter erübrigt die Antwort. Außerdem klingelt Michis Handy. Ein Kollege aus der Polizeiinspektion ruft durch. Michi stellt auf laut.

»Wir haben jetzt noch genauere Infos für euch. Das Ehepaar Wineke hat für zwanzig Uhr einen Tisch im Hotel Edelweiß reserviert. Mit Dekoration für eine Silberhochzeit. Für vier Personen. Die beiden anderen Personen sind ihre Kinder. Die haben sich hier gerade gemeldet. Ihre Eltern seien auf dem Watzmann und seit heute Mittag nicht erreichbar. Habt ihr Zeit, oder sollen wir das übernehmen? Ich hab ihnen gesagt, wir melden uns gleich.«

»Danke«, sagt Michi. »Ich glaub, das übernehmen wir besser. Wir haben die Leichen gesehen, den Abtransport und so weiter. Wir können ihnen mehr erzählen, wenn sie Fragen haben. Wir steigen jetzt runter. Ich schätze mal, wir sind gegen neunzehn Uhr im Hotel. Richte das den Kindern bitte aus.«

Nicht nur weil sie die Hintergründe des Absturzes besser kennen, will Michael Pregler die Nachricht selbst überbringen. Spontane Reaktionen sind bei Kriminalfällen oft am wichtigsten. Denn falls es kein Unfall war und es vielleicht einen dringend Tatverdächtigen gibt, würden das die Kinder aussprechen. Und sei es nur eine wilde Spekulation. Später wollte er sich auf jeden Fall nicht von der Kripo Traunstein sagen lassen, sie hätten nicht alle Optionen zur Aufklärung gezogen. Auch wenn hier wohl eher von einem tragischen Unglück auszugehen war.

Nachdem das Gewitter etwas abgeebbt ist, machen sich die beiden auf den Weg. Über die glitschigen Felsen und Wurzeln steigen sie hinab, den späteren Forstweg bis zur Stubenalm rennen sie fast hinunter.

»Willst du mit den Kindern sprechen? Ihnen die Todesnachricht überbringen?« Michi hat sich ans Steuer gesetzt und startet den Motor.

Simon zögert einen Moment. »Mach du das ruhig …« Seine Gedanken driften ab. Natürlich hat er schon Todesnachrichten überbracht. Und die Tipps, die er im berufsethischen Unterricht zu dem Thema bekommen hatte, haben sich in der Praxis bewährt. Allerdings waren seine bisherigen Toten immer alte Leute gewesen, deren Tod zu erwarten war. Kindern, die wahrscheinlich jünger waren als er selbst, den Tod der Eltern zu überbringen, das ist schon eine ganz andere Nummer! Unwillkürlich muss er an seinen Patenonkel denken. Damals, bei dem

Brand, war er als Feuerwehrmann im Einsatz. Er nahm Simon in den Arm und sprach nur sieben Worte.

Worte für die Ewigkeit.

Deine Mama und dein Papa sind tot.

Kapitel 18 · Todesnachricht

Hotel Edelweiß, Berchtesgaden,
Dienstag, 3. August

Es war in München. Ein Kind starb bei dem Zusammenprall mit einer Straßenbahn. Die Eltern waren Augenzeugen, blieben körperlich unverletzt. Sie hörten, wie der Rettungsdienst, die Polizei heranbrausten. Die Sanitäter, die Polizeibeamten, sie alle mussten ihren Aufgaben nachkommen. Wiederbelebungsversuche, Straße absperren, einen Sichtschutz gegen Gaffer errichten. Für die emotional schwer angegriffenen Eltern hatten sie kaum Zeit. Dann kam der Leichenwagen. Der Sarg. Das tote Kind wurde in die Pathologie gebracht. Rettungsdienst und Polizei mussten zum nächsten Einsatz. Und die Eltern? 1994 hat sich in München nach diesem tragischen Unglück das KIT gegründet. Das Kriseninterventionsteam.

Auch in Berchtesgaden gibt es solche Ehrenamtliche, die die Arbeit von Bergwacht und Polizei unterstützen. Das Überbringen von Todesnachrichten ist zwar Aufgabe der Polizei. Aber die Beamten und Beamtinnen sind immer froh, wenn auch jemand vom KIT mit dabei ist. Denn oft wartet schon der nächste Einsatz. Und es ist schwer, die Nachricht vom Tod nächster Angehöriger unter Zeitdruck zu übermitteln. Niemand möchte für Kurzschlussreaktionen verantwortlich sein. Wenn sich Angehörige im äußersten Fall das Leben nehmen, weil sie der Tod des Angehörigen völlig aus der Bahn wirft. Sie einfach so mit einer schlimmen Nachricht allein zu lassen, das geht nicht. Es sei denn, sie möchten allein sein. Aber das Angebot einer akuten Betreuung, die Option darauf zu haben, das ist wichtig.

Auch Michi und Simon haben daher auf ihrer Fahrt zum Hotel Edelweiß beim KIT angerufen. Eine Lehrerin im Ruhestand aus Laufen hat heute Bereitschaftsdienst. Sie fährt sofort nach Berchtesgaden los. Die beiden Bergpolizisten betreten das Foyer des Hotels. Alina und Malte Wineke erwarten sie bereits. Nervös schauen sie sie an.

»Ist unseren Eltern was passiert? Wir haben vorhin in den Nachrichten gehört, dass ein Ehepaar aus Norddeutschland am Watzmann abgestürzt ist. Sind sie das gewesen?«

»Mein Name ist Michael Pregler. Das ist mein Kollege Simon Perlinger. Einen Moment bitte.«

Er lächelt sanft, zeigt sonst aber keine Regung und geht zur Rezeption. Dort nimmt er eine Mitarbeiterin zur Seite, flüstert etwas. Dann führt sie ihn, Simon und die beiden Wineke-Kinder in ein Besprechungszimmer. Sie nehmen auf den nüchternen Konferenzstühlen Platz. Simon bleibt vorsorglich stehen. Falls eins der Kinder davonrennt aus Schmerz, sich vielleicht aus der Emotion heraus etwas antut. Sie kennen Alina und Malte nicht. Wissen nicht, in welchem Verhältnis sie zu den Eltern stehen. Wenn man so eine schlimme Nachricht überbringt, muss man auf jede Reaktion vorbereitet sein.

Michi hat sich kurz die Identität der beiden Geschwister bestätigen lassen. Auch zeigt er ihnen Fotos von den Personalausweisen der Eltern. Nichts wäre fataler, als eine falsche Todesnachricht zu überbringen. Nachdem es keine Zweifel mehr an den Personen gibt, teilt er ihnen direkt den Tod der Eltern mit. Nennt Uhrzeit und Ort. Mehr nicht. Alina schluchzt laut auf. Maltes Gesicht verrutscht, er hält sich mühsam an den Stuhllehnen fest. Dann schweigen alle. Die Nachricht braucht Zeit, bis sie in das Gehirn vordringt. Nur Schnaufen und Tränen.

»Wie konnte das passieren? Was ist da vorgefallen?«, bricht es schließlich aus Malte hervor.

Michi bietet den beiden ein Glas Wasser an.

»Wie genau es zu dem Absturz kam, wissen wir noch nicht. Bis jetzt haben wir auch noch keine direkten Zeugen. Es laufen noch Befragungen. Wir suchen nach anderen Bergsteigern, die ebenfalls auf dem Watzmanngrat waren, als Ihre Eltern in den Tod stürzten.«

Malte beugt sich nach vorne. Nervös spielt er mit seinen Fingern. Er schaut Michi in die Augen. Tränen laufen ihm über die Wangen.

»Unsere Eltern waren schon öfter auf dem Watzmann. Auch den Grat haben sie schon mehrmals gemacht. Sie waren trittsicher, schwindelfrei.«

Simon drängt sich eine Frage auf. Aber wenn jemandem der Tod eines Angehörigen mitzuteilen ist, spricht immer nur einer. So ist das üblich. Er will Michi nicht in die Quere kommen. Prompt stellt Michi genau die Frage, die Simon gerade durch den Kopf geschossen ist.

»Waren Sie denn schon mal gemeinsam mit den Eltern oben?«

Malte nickt. Alina weint in ein Taschentuch hinein und nickt ebenfalls.

»Und darf ich Sie fragen, warum Sie heute, an diesem besonderen Tag, nicht bei der Tour mit dabei waren?«

Michi spricht behutsam. Ein falscher Zungenschlag, und die Wirkung kann verheerend sein.

»Wollen Sie mir einen Vorwurf machen?«, gibt Malte scharf zurück.

»Nein. Überhaupt nicht. Ich wollte nur wissen, warum Ihre Eltern am Tag der Silberhochzeit allein eine solche Tour machen, während die Kinder im Tal warten.«

»Wir haben nicht im Tal gewartet. Wir sind erst vor zwei Stunden angekommen. Alina und ich, wir hatten gestern beide noch Prüfungen an der Uni. Und heute früh sind wir mit der Bahn von Hamburg aus hierhergefahren.«

Wieder ist es still. Es klopft, und die pensionierte Lehrerin vom Kriseninterventionsteam tritt ein. Simon weist ihr einen Stuhl zu. Stumm setzt sie sich hin.

»Herr und Frau Wineke, ich muss Sie das fragen«, ergreift Michi wieder das Wort. »Vieles spricht dafür, dass Ihre Eltern durch einen tragischen Unfall ums Leben gekommen sind. Oder sehen Sie auch einen Grund, der auf Fremdeinwirkung hinweisen könnte?«

Malte schaut Michi ungläubig an.

»Ein Verbrechen? Sie meinen, dass sie jemand runtergestoßen hat? Hier in den Bergen?« Er gibt ein scharfes Zischen von sich. »Wenn es einen Ort auf der Welt gibt, an dem meine Eltern Frieden hatten, dann hier. Deshalb sind sie ja immer wieder hierhergekommen. Nach Berchtesgaden. Und das seit über dreißig Jahren. Die stößt doch niemand einfach so vom Berg herunter!«

»Sie sagen, Ihre Eltern hatten *hier* in den Bergen Frieden. Hatten sie denn zu Hause in Lübeck keinen Frieden?«

»Ach, wissen Sie, Herr Kommissar, unsere Eltern sind Personen des öffentlichen Lebens. Unser Vater ist Arbeitgeber für dreitausend Leute. Er tätigt internationale Geschäfte. Wer ist da ohne Probleme, Gegner, vielleicht sogar Feinde? Genau kann ich Ihnen das nicht sagen. Darüber hat mein Vater nicht gesprochen. Aber dass jemand bis in den südöstlichsten Zipfel Deutschlands fährt, um ihn vom Berg zu stoßen, und meine Mutter gleich mit, ist absurd. Wenn jemand so was tun wollte, könnte er das doch auch in Lübeck machen.«

Michi sagt erst mal nichts. Lässt die Worte wirken. Schaut zu Alina, die weiter um Fassung ringt und pausenlos Tränen mit einem zerrupften Papiertaschentuch abwischt.

»Gut«, sagt Michi schließlich. Ein Mord in den Bergen hinterlässt kaum Spuren. Denkt er sich. Spricht es aber nicht aus. »Danke, Herr und Frau Wineke. Ich möchte Ihnen mein Beileid aussprechen. Hier haben Sie meine Karte. Mein Kollege hier gibt Ihnen seine. Ich bin ab morgen im Urlaub. Dann wenden Sie sich bitte mit allem Weiteren an ihn.«

Simon reicht Malte seine Karte. Die Geschwister stellen noch einige Fragen zum Fundort der Leichen. Simon fragt sie, ob sie morgen mit zur Gerichtsmedizin nach Rosenheim fahren können. Zur Identifikation der Leichen. Das sei notwendig. Sie stimmen zu.

»Wenn Ihnen noch irgendetwas einfällt, was für uns relevant sein könnte, lassen Sie es uns bitte wissen«, sagt Michi. »Aktuell gehen wir von einem schrecklichen Unfall aus. Eine kurze Gewitterfront ist aufgezogen. Die war zu diesem Zeitpunkt nicht unbedingt vorauszusehen. Vermutlich ist das Ihren Eltern zum Verhängnis geworden.«

Noch einige organisatorische Angaben macht er. Wo sich die Leichen der Eltern gerade befinden. Wie das mit der Überführung nach Lübeck läuft. Damit will er die Betroffenen aus der passiven Opferrolle herausholen. Sie sollen spüren, dass das Leben weitergeht. Dass es nicht stillsteht, auch wenn die Nachricht schockierend war. Dass sie selbst aktiv werden. Auch wenn es nur winzige Schritte sind. Es sind Schritte! Die Dame von der Krisenintervention wird an diesem Punkt weitermachen.

»Würden Sie uns bitte noch Ihre Handynummern geben«, sagt Simon und bedenkt dabei, dass Michi am nächsten Tag nicht mehr im Dienst ist. »Ich werde Sie beide dann morgen mit einer Kollegin nach Rosenheim fahren. Falls was dazwischenkommt. Damit ich Sie erreichen kann.«

Malte schreibt seine Handynummer auf einen Zettel und gibt ihn Simon. Michi und Simon verabschieden sich von den Geschwistern.

Auf dem Platz vor dem Hotel zündet sich Michi eine Zigarette an und stößt den Rauch in die Luft.

»So was kann man einfach nie gut machen«, zeigt er sich selbstkritisch.

»Glaub ich auch«, pflichtet Simon ihm bei.

»Feinde hatten die beiden offensichtlich schon.«

»Ja. Ein großer Unternehmer. Und in der Politik war er auch. Ich hätte da aber noch eine andere Idee …«, überlegt Simon weiter. »Natürlich völlig ohne Beweise. Aber man soll ja nichts ausschließen.«

»Na, was denn?« Michi schaut nun neugierig zu Simon.

»Die beiden haben hier Silberhochzeit gefeiert. Da denkt man gleich, sicher ein glückliches Paar. Aber ich habe mal in einer Zeitschrift gelesen, dass es an solchen Tagen manchmal extrem kracht.«

»Ah, du meinst, die haben sich da oben gestritten? Und dann gegenseitig runtergestoßen?«

»Ist wahrscheinlich eh ein Schmarrn. Und wenn es so war, könnten wir es kaum beweisen.«

»Ja. Der Berg behält viele Geheimnisse für sich.«

Sie fahren zur Polizeiinspektion. Dort wartet bereits eine Menge Nachrichten auf sie. Die Befragungen der Wanderer am Hammerstiel, am Königssee und an der Wimbachbrücke durch die Polizeistreifen haben keinerlei Anhaltspunkte für eine Gewalttat ergeben. Mehrere Personen erinnern sich, das Paar im Watzmannhaus oder beim Aufstieg zum Hocheck gesehen zu haben. Einige der Bergsteiger, denen Luisa auf dem Grat begegnet ist, haben sich ebenfalls gemeldet. Aber auch ihre Aussagen haben keinen wirklichen Wert aus polizeilicher Sicht. Die beiden Winekes haben auf dem Weg zur Mittelspitze auf einer größeren Steinplatte eine Rast eingelegt. Heike sah sehr erschöpft aus. Der Ehemann hat vorwärts gedrängt. Das tat er auch, weil ein geübter Kletterer aus Nürnberg an ihnen vorbeieilte, der wohl ein paar Worte mit den Winekes wechselte. Die Kollegen haben seine Telefonnummer notiert, und Simon ruft den Mann an.

»Ja, ich habe die beiden angesprochen«, erzählt der ein paar Augenblicke später. »Das Gewitter rückte immer näher. Ich habe ihnen zugerufen, dass wir schnell weiter müssen. Und dass sie sich hinkauern sollen, wenn es blitzt. Dann haben sie sofort ihre Rucksäcke angeschnallt.«

Er sei dann weiter über den Grat gestiegen, habe sie aus den Augen verloren. Auch weil er nicht mehr zurückgeschaut habe. Als das Gewitter kam, habe er sich auf ein Felsband gekauert und gewartet, bis es vorübergezogen war. Er habe dort auch die Schreie gehört. Aber wegen des dichten Regens nichts gesehen. Später, beim Abstieg ins Wimbachgries, sei er selbst sogar überholt worden. »Von so einer total durchtrainierten jungen Frau. Ich hab nur so gestaunt.« Sie habe ihm zugerufen, er solle sich unbedingt bei der Polizei melden. Sie müsse ins Tal. Den Absturz melden.

Luisa, denkt sich Simon. Sie ist nach dem Nürnberger ebenfalls an den Winekes vorbeigestürmt. Hat sie selbst gesagt. Und in diesem Augenblick befällt ihn ein furchtbarer Gedanke.

Kapitel 19 · Ein schrecklicher Verdacht

Rosenheim, Berchtesgaden,
Mittwoch, 4. August

»Du hast also meine Eltern noch am Grat gesehen?«

Die Wineke-Geschwister sitzen auf der Rückbank des Streifenwagens. Simon steuert. Neben ihm sitzt Luisa auf dem Beifahrersitz. Sie sind auf dem Weg zur Gerichtsmedizin in Rosenheim. Das »Du« zwischen den vieren hat sich wie von selbst ergeben. Sie sind altersmäßig nicht weit auseinander. Vierundzwanzig, fünfundzwanzig und zwei Mal neunundzwanzig. Nicht ganz professionell, das mit dem »Du«, denkt Simon. Aber so eine Extremsituation gestattet Ausnahmen.

»Ja, ich war zwar im Tunnel. Aber ich denke schon«, antwortet Luisa.

»Im Tunnel?«

Luisa zögert, auch weil Simon neben ihr sitzt. Aber dann erzählt sie doch von ihrem Hobby. Berglaufen. Speed-Begehungen. Dass sie auf Zeit über die Berge läuft.

»Und wie hast du meine Eltern wahrgenommen?«
Zum ersten Mal hört Simon Alina etwas sagen.

»Sie sind mir nicht sonderlich aufgefallen«, antwortet Luisa. »Das war ein gutes Zeichen. Denn angesichts des aufziehenden Gewitters wären andere in Panik verfallen. Aber soweit ich mich erinnere, waren sie verhältnismäßig gelassen.«

»Hast du sie denn angesprochen?«, will Alina nun wissen.

»Nein, leider nicht. Ich war ja in Eile … Ich bin nach der Schicht morgens los und war ziemlich müde. Da wollte ich schnell über den Grat und dann rasch runter, um endlich zu schlafen.«

»Als du oben am Hocheck angekommen bist, waren da eigentlich viele Leute?«, schaltet sich Simon nun ins Gespräch ein. Gerade ist er auf die A8 eingebogen.

»Relativ viele. Ich habe die gar nicht realisiert. Viele sind wegen des drohenden Gewitters wieder Richtung Watzmannhaus abgestiegen. Bin einfach an denen vorbeigelaufen. Ist nicht so mein Ding, diese Massenaufläufe auf dem Gipfel. Auf dem Grat war's dann deutlich ruhiger.«

»Weil sich den die meisten nicht getraut haben«, überlegt Simon.

»Ja. Und weil es ja gewittert hat.«

Je näher sie Rosenheim kommen, desto stiller wird es im Wagen. Alina und Malte fürchten sich davor, ihre Eltern zu identifizieren. Simon und Luisa warnen sie vor. Die Eltern seien durch den Sturz stark verunstaltet. Das würde ein schwerer Augenblick für die beiden. Aber für die weiteren Schritte sei das notwendig.

Zudem müssen sie sich, so schwer es fällt, um die Beerdigung der Eltern kümmern. Ganz abgesehen davon, dass sie noch keinerlei Idee haben, wie es mit der Reederei, der Villa am Brink und so vielem anderen weitergehen soll. Beide wohnen in Hamburg, studieren dort.

Das Leben der Eltern war seit einigen Jahren mehr oder weniger von dem ihren abgekoppelt. Weihnachten verbrachten sie noch in Lübeck. Manchmal ein Wochenende oder im Sommer auch mal eine ganze Woche. Aber die Schlagzahl der Besuche reduzierte sich von Jahr zu Jahr.

Auf der Rückfahrt von Rosenheim schweigen die vier jungen Leute. Zu sehr stehen Alina und Malte unter dem Schock des Anblicks. Die toten Eltern, die entstellten Gesichter. Der menschliche Körper besteht zu rund siebzig Prozent aus Wasser. Bei einem Aufprall aus zweitausend Metern Höhe zerplatzt er wie ein Ballon. Das kann die Gerichtsmedizin nicht wegretuschieren. Die Bilder werden die Geschwister nicht mehr wegbekommen. Aber sie haben Abschied genommen. Immerhin.

Erst als sie kurz vor Berchtesgaden den Pass Hallthurm überqueren, spricht Malte wieder.

»Wir haben so ein schönes Geschenk für unsere Eltern vorbereitet. Was machen wir damit jetzt? Und eine Beerdigung organisieren. Damit hat man in unserem Alter auch nicht unbedingt Erfahrung, oder?«

Luisa denkt an ihre kürzlich verstorbene Großmutter, die Trauerfeier. Das hatten alles ihre Eltern organisiert. Simon driftet in Gedanken ab zur Beerdigung seiner Eltern. Wie er danach nach Hause gehen wollte. Sich in seinem Zimmer auf den Bettrahmen stellen, um den Watzmann anzuschauen. Aber das Haus stand nicht mehr, und seine Großeltern nahmen ihn mit aufs Schönerlehen.

»Was habt ihr denn für ein Geschenk vorbereitet?«, fragt er und sieht zu Alina in den Rückspiegel.

»Wir haben ihnen ein Fotoalbum zusammengestellt. Über alle Jahre, seitdem sie sich kennen.«

»Cool. Wie lange bleibt ihr noch in Berchtesgaden?«

»Übermorgen früh fahren wir mit dem Auto unserer Eltern zurück. Wenn das bis dahin freigegeben ist. Sonst mit dem Zug.«

»Und was macht ihr bis dahin?«

»Wir haben uns gedacht, wir steigen morgen zum Watzmannhaus hoch. Auf den Spuren der Eltern. Dorthin, wo sie ihre letzte Nacht verbracht haben.«

»Finde ich eine gute Idee«, sagt Simon. »Habt ihr anständige Schuhe dabei? Richtige Kleidung?«

»Ja, haben wir.«

Er muss daran denken, wie viele Jahre er die Aschauerweiherstraße umfahren hatte. Mit dem Fahrrad, dann mit dem Auto. Er wollte nicht mit dem Ort des Schreckens konfrontiert werden. Das war ein Fehler gewesen. Man musste sich dem Geschehen stellen. Den Schrecken überwinden, indem man sich ihm aussetzt. Nur so konnte man die Ereignisse verarbeiten. Sein Patenonkel hatte ihm das damals geraten. Aber ihn schauderte davor, am abgebrannten Haus vorbeizufahren. Bald schon wurde es eingeebnet. Später fuhr er dann notgedrungen öfter daran vorbei. Es war jedes Mal schrecklich. Und ist es bis heute. Als müsse er in einen Abgrund springen, in dem ihn die Höllenhunde persönlich erwarten.

• • •

Zurück in der Dienststelle, ergänzt Simon die digitale Akte im Fall Wineke um die Identifikation der Opfer durch die Kinder. Alles deutet darauf hin, dass es ein Unfall war, verursacht durch einen Wetterumschwung. Anzeichen für einen Doppelsuizid gibt es keine. Das ist relevant für die Lebensversicherungen. Beide Ehepartner haben die erst vor zwei Jahren, nach dem Auszahlen der Brüder von Stefan Wineke, in Millionenhöhe wechselseitig abgeschlossen. Das Versicherungsvertragsgesetz sieht eine Auszahlung nur dann vor, wenn ein Suizid mindestens drei Jahre nach Abschluss des Vertrags erfolgt. Aber es gibt keinen Abschiedsbrief, keine Belege für einen Suizid. Die Versicherung würde sich schwertun, in diesen beiden Fällen einen Selbstmord nachzuweisen.

Noch einmal geht Simon alle Unterlagen durch. Nichts spricht für ein Fremdverschulden. Die Staatsanwaltschaft wird den Fall ebenso zu den Akten legen wie der zuständige Ermittlungsrichter, die Kripo Traunstein und die Kripo Lübeck. Vermutet er. Aber spricht wirklich nichts für einen Mord? Oder fahrlässige Tötung? Einen Unfall? Mit Beteiligung Dritter? Eine Frage nagt seit der Fahrt nach Rosenheim an Simon. Soll er sie wirklich stellen? Doch, er muss das tun. Auch wenn es schwerfällt. Sonst macht er sich später Vorwürfe.

»Luisa, kannst du bitte mal zu mir kommen?«

Als Dienstgruppenleiter hat er ein eigenes Zimmer in der Polizeiinspektion. Luisa kommt aus dem Aufenthaltsraum zu ihm. Er sieht ihr direkt in die Augen.

»Sag mal, Luisa, als du da an diesem Paar auf dem Grat vorbeigestürmt bist. Du hast sie nicht unglücklich berührt, ja? Nur damit ich das im Bericht an die Kripo definitiv ausschließen kann. Du stehst da ja auch als Zeugin drin. Und bevor die von sich aus damit auf dich zukommen, wollte ich … Versteh mich bitte nicht falsch … Hey, Luisa?!«

Wie in Zeitlupe sackt die junge Frau vor ihm in die Knie und fällt dann mit einem lauten Knall seitlich auf den Boden. Schnell hechtet Simon zu ihr, greift Luisa von hinten unter die Arme. Setzt sie auf einen Stuhl. Tätschelt ihr das Gesicht. Langsam kommt sie zu sich. Sie ist sehr blass. Auch noch, nachdem Simon ihr ein Glas Wasser gebracht hat.

»Du glaubst doch nicht wirklich, dass ich …«, stammelt sie.

»Nein, ich glaub das nicht. Nur manchmal läuft es ganz blöd, man macht was falsch und dann …«

»Das Einzige, was ich sagen kann, ist, dass die gerade ihre Regencapes angezogen haben, als ich an ihnen vorbeigezogen bin. Die Stelle war ungünstig, weil ziemlich ausgesetzt. Seitlich vor uns die Ostwand, der Königssee, fast zweitausend Meter Abgrund. Die Winekes standen direkt am Felsen. Ich musste mich ganz schön anstrengen, um mich an ihnen vorbei zu hangeln. Aber das ging gut, ich bin dann weiter. Es hat bestimmt vier, fünf Minuten gedauert, bis ich die Schreie hörte.«

Simon erinnert sich an den Fundort der Leichen. Dass Luisa keine genauen Angaben zu ihrer Begegnung mit den beiden Opfern gemacht hatte. Sie sprach vom Tunnel, in dem sie sich beim Laufen befand. Jetzt also doch diese Details. Er zieht es vor, den Widerspruch nicht zu thematisieren. Sonst fällt sie ihm wieder um. Ist ja gut möglich, dass die Erinnerung jetzt erst wiederkommt.

»Ich will ja nur ausschließen, dass aus Traunstein Fragen in diese Richtung kommen. Warte!«

Er tippt eine Weile auf seiner Tastatur. Dann liest er ihr vor, was er in den Bericht geschrieben hat. Die Polizeimeisterin Luisa Sedlbauer sei privat zufällig auch auf dem Watzmanngrat unterwegs gewesen. Die beiden

Opfer habe sie wenige Minuten vor dem Absturz überholt und keinerlei Auffälligkeiten festgestellt. Nach
dem Absturz (Simon betonte beim Vorlesen das *nach*)
sei sie aufgrund der Schreie umgekehrt und habe Fotos
von der möglichen Absturzstelle gemacht, soweit das
Gewitter das zuließ.

»Ist das okay so?«

Luisa nickt. Geschockt ist sie trotzdem noch. Was
Simon da vorhin gesagt hat! Wenn es so gewesen wäre,
hätte sie sich der fahrlässigen Tötung schuldig gemacht.
Das wäre das Ende ihrer Polizeikarriere. Und nicht nur
das. Auch eine Haftstrafe wäre dann nicht auszuschließen. Im Rahmen eines Praktikums hatte sie einmal die
Justizvollzugsanstalt in Bernau besichtigt. Sie war total
betroffen, wie klein die Zellen dort waren und wie
durchorganisiert das Anstaltsleben. Jetzt der plötzliche
Gedanke, sie könne selbst dort landen. Und das, obwohl sie unschuldig ist. Aber kann sie ihre Unschuld
auch beweisen? Wo es doch keine Zeugen gibt?

Simon schafft es, sie einigermaßen zu beruhigen.
Dankbar sieht sie ihn an. Obwohl er so alt ist wie sie,
empfindet sie ihn als reifer, erfahrener. Sie kennt seine
Geschichte, die Jugendzeit als Waise.

»Dich muss das doch ganz besonders mitnehmen.
Kinder, die ihre Eltern verlieren«, sagt sie. Und verlässt
sein Büro. Der Streifendienst ruft.

»Ja«, sagt Simon vor sich hin. »Das tut es.«

Kapitel 20 · Homunculus

Reederei Wineke & Söhne, Lübeck,
Mittwoch, 4. August

Singer schäumt. Er hat die Zeitung aufgeschlagen. Stefan und Heike Wineke sind in den Alpen abgestürzt. Nur eine kleine Meldung, weil bis zum Redaktionsschluss noch kaum Details bekannt waren. Singer schäumt aber nicht deswegen. Es ist der große Artikel daneben, der ihm den Hut hochgehen lässt. Denn der trägt sein Konterfei. Und die Überschrift ist auch eindeutig:

TRAVEGATE. Von den kriminellen Machenschaften des Harald S.

Der Artikel enthält feinsäuberlich aufgelistet alle seine Aktionen gegen Olaf Holtmann. Die erfundene Anzeige wegen Steuerhinterziehung, vorgetäuschte Anrufe aus dem Labor, eine angeblich illegale Geschäftstätigkeit von Holtmanns polnischer Ehefrau. All das habe er inszeniert in Absprache mit dem Reeder Stefan Wineke. Fieseste Tricks und Machenschaften, die an die dunklen Zeiten der Barschel-Affäre erinnerten. So der Kommentar.

Stimmt ja auch alles, sagt sich Singer. Aber so was hätte nie herauskommen dürfen. Hat etwa Wineke selbst das noch vor seinem Tod an die Presse gegeben? Das war eher unwahrscheinlich, weil er sich damit erheblich selbst geschädigt hätte. Doch andererseits war Wineke ein Gefangener. Sein Gefangener. So sieht er, Singer, das jedenfalls. Und Wineke hat das vielleicht auch so gesehen. Er hat schließlich von ihm, Singer, maximalen Druck vor der Abreise bekommen. War das vielleicht ein verzweifelter Befreiungsversuch des Reeders gewesen?

Jetzt entdeckt er noch einen dritten Artikel zu Wineke in der Zeitung. In dessen Villa am Brink wurde eingebrochen. Auffliegen von kriminellen Machenschaften, Tod in den Alpen und Einbruch – schon heftig, was da alles an einem Tag im Zusammenhang mit Wineke zusammenkommt. Ob die einzelnen Vorgänge etwas miteinander zu tun haben? Aber wenn ja, was?

Wieder und wieder schaut Singer auf die Überschrift und sein Bild in der Zeitung. Er muss sofort etwas unternehmen. Also formuliert er eine Gegendarstellung und schickt sie an alle Presseorgane. Droht mit einer Verleumdungsklage. Zeigt vorsorglich Holtmann an. Der habe diese Lügen über ihn bestimmt initiiert. Weil er Wineke kaltstellen wolle. Aber Singer spürt es selbst: Er ist jetzt in der Defensive. Und genau das kann er nicht. Das mag er nicht. Das steht ihm nicht. Er ist der geborene Aggressor. Doch woran soll er seinen aggressiven Teil jetzt ausleben? Jetzt, wo es keinen Stefan Wineke mehr gibt? Er fragt sich, wen er jetzt verteidigen, profilieren, kneten soll. Wen er als Marionette tanzen lässt. So was hat er immer gehabt, so ein Spielzeug, an dem er sich ausleben kann. Der Wineke war eine Pfeife, das hat er von Anfang an gespürt. Unfähig, ängstlich, skrupulös. Aus dem wäre nie etwas ganz Großes geworden. Oberbürgermeister, Ministerpräsident, da musste schon mehr Substanz da sein.

Er steht von Winekes drehbarem Bürosessel aus rotem Leder auf und läuft auf und ab. Sein Blick schweift nach draußen. Über die Hebebühnen, die orangefarbenen Kräne, die Montagehalle der Reederei. Was wird nun aus diesem Riesenbetrieb? Wo könnte jetzt seine, Singers, Rolle liegen? Natürlich beschädigt ihn der Zeitungsartikel. Da macht er sich keine Illusionen. Holtmann wird ihn anzeigen. Dem Zeitungsartikel zufolge gibt es stichhaltige Dokumente. Sonst würden sich die Pressefuzzis nicht so weit aus dem Fenster lehnen. Vielleicht hat der Depp von Wineke Notizen rumliegen lassen, die sich die Einbrecher angeeignet haben? Aber die hätten Wineke damit doch erst mal ordentlich erpresst. Um aus dem Fund Kapital zu schlagen. Was waren das bitte für Einbrecher?

Im Artikel heißt es, es seien nur in Winekes Arbeitszimmer Einbruchsspuren gefunden worden. Der oder die Täter hätten alles durchwühlt. Demnach waren sie wohl gezielt auf der Suche nach belastendem Material gegen ihn und Wineke. Waren das Holtmanns Leute? Hatte er auch einen wie ihn? Einen Singer zwei?

So viele Fragezeichen mag er nicht. Deswegen ruft er Vladimir an. Fordert ihn auf, so schnell wie möglich herauszufinden, wer bei den Winekes eingebrochen ist. Eine Anzeige von Holtmann wird er überleben. Was er braucht, ist eine Perspektive. Jetzt, wo sein Spielzeug hopsgegangen ist. Er könnte sich auf und davon machen. Sich in einem anderen Bundesland oder im Ausland eine neue Knetmasse suchen. Einen talentfreien Politiker, einen schlitternden Unternehmer, eine unterbemittelte Gewerkschaftstante, die er ins Rampenlicht hieven würde. Er ist Wagner, er braucht einen Homunculus.

Wieder schweift sein Blick über das Gelände der Reederei. Wem gehört die jetzt eigentlich? Mit der Unternehmensstruktur hat er sich bislang noch nicht intensiv auseinandergesetzt. Trotz der Größe der Firma ist sie ein Familienunternehmen geblieben. Auf jeden Fall gibt es die Kinder als Erben. Die Kinder, denkt er sich, die habe ich kaum kennengelernt. Dieser Junge mit den auffallenden blonden Locken. Er war für ihn Luft. Die Tochter, an die erinnert er sich noch eher. Hübsches Ding. Letztens war sie mit einem kurzen Rock über das Gelände gelaufen. Volles, wallendes Haar, unendlich lange Beine, leicht federnde Schritte. Die würde ihm gefallen … Was, wenn er sich der gegenüber als guter Freund des Vaters ausgäbe. Sich tief betroffen zeigt. Zugleich alles für sie erledigt. Sie unterstützt. Die Beerdigung vorbereitet. Den Nachlass mit ihr regelt. Die Firma in eine andere Struktur überführt. Ihr signalisiert, dass er immer für sie da sei. Komme, was da wolle. Ein väterlicher Freund, der sie in trüben Stunden gerne auch mal in den Arm nimmt.

Knetmasse. Die kleine Wineke würde er schon gerne mal durchkneten. Er leckt sich die brüchigen Lippen, steht auf und klappt den Wandschrank auf. Schenkt sich einen Cognac ein. Einen Hennessy Paradis Imperial. Feine Tropfen hat der Reeder. Zweitausend Euro die Flasche. Genau das Richtige für ihn.

Ja, der Gedanke gefällt ihm. Sobald die beiden Wineke-Kinder wieder da sind, wird er sie aufsuchen. Er ruft Vladimir ein weiteres Mal an und beauftragt ihn herauszufinden, wann sie zurückkommen. Sobald sie wieder da sind, würde er die Kontrolle über sie übernehmen. Durch den Tod der Eltern sind sie angegriffen. Weich, butterweich sind ihre Seelen. Idealer Nährboden, um sie psychisch noch weiter zu destabilisieren. Erst mal auf die sanfte Tour. Den Jungen wird er ignorieren. Aber diese süße Alena oder wie die heißt, derer wird er sich mal annehmen.

Goldbraun leuchtet der Cognac in seinem Schwenker. Er fühlt sich an den Chemieunterricht am Gymnasium erinnert. Der Lehrer, der die Flüssigkeiten im Glaskolben hin und her schwenkte. Ach, manchmal ist das Leben einfach nur gut zu einem. Die kleine Wineke mit den Grübchen in der Wange. Wie die Alte. Nur viel jünger, frischer, knackiger. Und falls sie sich nicht fügt, würde er die Peitsche auspacken.

Kapitel 21 • Erste Bilanz

Kann ich heute Abend noch mal kurz bei euch vorbeikommen? Eher privat.

Simon drückt auf Senden. Die Nachricht geht an Malte Wineke. Er ist sich unsicher, ob das wirklich gut ist. Bei der Polizei gibt es klare Strukturen. Er hat als Bergpolizist mit Michi und Luisa seinen Part geleistet. Sie haben die Leichen der Verunglückten gefunden. Die Überbringung in die Gerichtsmedizin gesichert. Die Todesnachricht an die Kinder persönlich übermittelt. Die Identifikation der Toten ist abgeschlossen. Dazu haben sie viele Fotos vom Fundort der Leichen wie auch von der vermutlichen Absturzstelle gemacht.

Er ist heute früh auf den Grat gestiegen und hat die ganze Strecke nach Spuren abgesucht. Der Starkregen in der Nacht von Dienstag auf Mittwoch hat alle Fußabdrücke weggeschwemmt. Nur ein paar kleine Gegenstände hat er gefunden und in Asservatenbeuteln mitgenommen: eine blaue Trinkflasche aus Plastik, eine neongrüne Rucksackschnalle, eine zerschlissene Wanderkarte. Ob diese Fundstücke etwas mit dem Ehepaar Wineke zu tun

153

haben, ist ungewiss. Die Fundorte hat er auf einer topografischen Karte markiert.

Wanderstöcke hat er keine gefunden. In Heikes Rucksack waren sie auch nicht. Theoretisch könnte Stefan beide Stockpaare in seinem Rucksack gehabt haben. Auf dem Grat haben sie sicher keine Stöcke verwendet. Das macht dort auch gar keinen Sinn, da sie nur hinderlich wären. Wahrscheinlicher war, dass das Ehepaar den Abstieg ins Wimbachgries unterschätzt hat. Auch wenn sie schon öfter oben waren. Vielleicht haben sie die Stöcke aber auch einfach nur vergessen.

All diese Details vermerkt Simon in dem digitalen Ordner, auf den auch die Kripo Traunstein Zugriff hat. Sie wird entscheiden, ob es noch weitere Ermittlungen im Fall Wineke gibt. Ermittlungen, ob eventuell Dritte etwas mit dem Tod des Ehepaars zu tun haben könnten. Die Traunsteiner Kollegen informieren auch die Kripo Lübeck. Die beiden Dienststellen entscheiden dann gemeinsam, ob sie den Fall als tragischen Unfall im Gewittersturm zu den Akten legen oder weiterverfolgen. Für ihn, Simon, ist die Sache rein dienstlich gesehen abgeschlossen, wenn nichts überraschend Neues mehr auftaucht.

Er liest sich noch einmal alles durch, was es bislang an Erkenntnissen gibt. Und wieder steigen Fragen in ihm auf, die ihm irgendwie keine Ruhe lassen. Wieso sind *beide* Winekes abgestürzt? Dass einer stolpert oder ihm durch die Höhe schwindlig wird, okay, das ist vorstellbar. Aber beide gleichzeitig? Die Obduktion hat kaum Spuren von Alkohol ergeben. Der Sekt am Morgen, von dem Hias sprach, war nur ein Gläschen gewesen. Restpromille vom Abend vorher waren auch nicht nachzuweisen. Jedenfalls sind sie nicht abgestürzt, weil sie betrunken waren.

Auf dem großen Bildschirm des Computers schaut sich Simon noch einmal ausführlich die Bilder an, die Luisa kurz nach dem Absturz vom Grat gemacht hatte. Er erkennt die blaue Trinkflasche wieder. Die war sicher aus irgendeinem Rucksack herausgefallen. Aber stammte sie von den Winekes? Was war überhaupt mit dem Rucksack von Stefan Wineke? Den haben sie bislang nirgends gefunden. Auch der Versuch, sein Handy zu orten, war fehlgeschlagen. Offenbar war es ausgeschaltet oder im Flugmodus. Und eine Suche erschien zwecklos. Das Gebiet, wo der Rucksack nach Stefan Winekes Aufprall am Felsen hingeflogen sein könnte, war riesig.

Aber was ist das dort? Auf dem Felsband, kurz vor der ausgesetzten Platte? Simon zoomt den Ausschnitt so weit wie möglich heran. Er erkennt die dreigezackte neongrüne Rucksack-Schnalle wieder, die er eingesammelt hat. Sie liegt in einem Plastikbeutel vor ihm auf dem Schreibtisch. Ist das die Schnalle von Stefan Winekes Rucksack? Das würde bedeuten, dass sie schon *vor* dem Sturz abgebrochen war. Womöglich hat sich der Rucksack selbstständig gemacht? Vielleicht hat Wineke aus einem Reflex heraus versucht, ihn festzuhalten? Dabei hat er dann das Gleichgewicht verloren. Ist ins Fallen gekommen. In einem weiteren Reflex hat er womöglich nach seiner Frau gegriffen. Und dann …

In einer anderen Datei sucht Simon die Fotos vom Fundort der Leichen. Er schaut sich die Gurte an Stefan Winekes Schultern und Bauch an, von denen der Rucksack abgerissen war. Doch die Schnallen am Gurt sind schwarz. Also scheidet auch diese Theorie aus. Die

Schnalle auf dem Grat stammt nicht von Stefan Winekes Rucksack. Wer weiß, wie lange sie schon da oben gelegen hat.

Dennoch ruft Simon bei der Traunsteiner Kripo an. Fragt, ob sie schon etwas zum Handy von Heike Wineke sagen können. Ja, können sie. Sie hat außer mit ihren Kindern noch mit zwei weiteren Personen in den Tagen vor der Silberhochzeit telefoniert. Mit einer Clara Mertes und einem Pascal Holtmann. Nachrichten bei WhatsApp gibt es nur wenige, mit den Kindern und auch wieder mit diesem Pascal Holtmann. Der war offenbar ihr Geliebter. Rasch notiert sich Simon die Namen Clara Mertes und Pascal Holtmann auf einem Zettel.

Auch die Worte von Olga, der Bedienung im Watzmannhaus, gehen ihm im Kopf herum. Die Winekes saßen offenbar nicht allein am Tisch neben dem Kamin. Und es sei *hoch hergegangen* dort. Das musste aber nichts bedeuten. Wanderer sind am Abend oft ziemlich ausgepowert. Trinken sie dann ein Bier oder Hochprozentiges, geht das schnell ins Blut über. Sie sind dann besonders kontaktfreudig, selten auch aggressiv. Andere brauchen den Alkohol, um sich in einen komatösen Schlaf zu beamen. Vor allem, wer ein Problem mit Schnarchorgien oder raschelnden Tüten hat, macht sonst im Matratzenlager kein Auge zu. Aus Olgas Aussage lässt sich also auch nichts weiter ableiten.

Simon sieht sich die Liste mit den Übernachtungsgästen des Watzmannhauses an. Manche Namen sind durchgestrichen und durch andere ersetzt worden. Da haben welche storniert, folgert er. Nachrücker bekamen so eine Chance, doch einen der begehrten Schlafplätze zu erlangen. Rick Walker, liest er und glaubt, den Namen schon einmal irgendwo gehört zu haben. Mit ihm im Zimmer waren zwei Personen namens März. Er gibt den Namen Rick Walker bei Google ein. Taucht häufig auf, der Name. Allerdings meist ohne Bezug zu Berchtesgaden. Nur in einem esoterischen Forum berichtet jemand, Rick Walker sei ein Alpenschamane. Der biete in den Berchtesgadener Alpen entsprechende Rituale und Geisterreisen an. Aber eine eigene Seite hat dieser Walker nicht.

Wo er schon mal am Googeln ist, sucht Simon noch nach weiteren Informationen zu den Winekes und staunt nicht schlecht, was er da aktuell findet. *Travegate*, liest er in der Onlineausgabe einer Lübecker Zeitung. Gestern ist aufgeflogen, dass ein gewisser Harald Singer einen Stadtpolitiker namens Olaf Holtmann verfolgen und einschüchtern ließ. Eine ganze Reihe von Schmuddeleien. Und alles im Auftrag von – Stefan Wineke. So zumindest die Behauptung. Es gäbe geheime Aufzeichnungen. Von Singer wurde bereits eine dröhnende Gegendarstellung veröffentlicht. Es gäbe keinerlei Beweise, alles sei von Holtmann selbst inszeniert. Um sich als Opfer zu gerieren und seine miserablen Wahlchancen zu verbessern.

Schmutzig waren diese Machenschaften auf jeden Fall. Hatte Wineke im Vorfeld von dem Artikel Wind bekommen? Gemerkt, dass er danach politisch und gesellschaftlich erledigt sein würde? War es also doch ein Suizid, getätigt aus Verzweiflung? Von Winekes Tod berichtete die Zeitung fast gleichzeitig. Gestern eine kurze Meldung. Heute ein großer Artikel mit Würdigung der Leistungen des Unternehmers, Honorarkonsuls und Rotariers. Für seine Frau fällt nur ein einziger Satz ab. Nirgendwo in dem Artikel findet sich ein Bezug zu den

Machenschaften des Harald Singer. Dabei wäre es doch absolut denkbar, dass all das etwas miteinander zu tun hat!

Vorgestern, am Tag des Absturzes, war die Enttarnung Singers als Winekes Spitzel noch nicht öffentlich. Wenn, dann hätte Wineke über andere Kanäle davon erfahren müssen. Hier wäre das Handy natürlich hilfreich. Aber das liegt vermutlich irgendwo am Fuße der Ostwand.

Simon sieht sich die Fotos von Winekes Auto noch einmal an. Das stand verlassen auf dem Parkplatz an der Wimbachbrücke. Nachdem die richterliche Genehmigung vorlag, hatten sie es von einer Autowerkstatt öffnen lassen. Im Wageninneren war nichts Verdächtiges, was auf eine Gewalttat gegen das Ehepaar hindeutete.

Simon grübelt. Sollte er jetzt den Ordner schließen? Den Absturz des Ehepaars auch innerlich abhaken? Das ginge. Wäre da nicht dieses undefinierbare Gefühl, das ihm sagt, dass dieser Absturz kein Unfall war. Aber selbst wenn, wäre das dann nicht Sache der Kripo? Was hatte er sich bloß dabei gedacht, die Wineke-Kinder heute Abend privat zu treffen? Wenn es dumm läuft, wird man ihm fehlende Loyalität vorwerfen. Er überschreitet seine Kompetenzen. Aber auf der anderen Seite sieht er immer wieder den geschockten Malte und die weinende Alina vor sich. Die verlorenen Blicke. Die Polizei schließt die Ermittlungen ab. Für die Kinder jedoch würde es ein ewiges Rätsel bleiben, warum ihre Eltern abgestürzt waren.

War es ein Unfall, dann müsste man weiter untersuchen, wie es dazu kommen konnte. Ob die abmontierten Fixseile die beiden zu sehr gestresst hatten. Welchen

Verlauf genau das Gewitter nahm. Ob es Einschläge von Blitzen auf dem Grat gegeben hat. Die Aufgabe der Polizei war das jedoch nicht. Auch nicht die der Bergpolizei. Dazu fehlten Zeit, Technik und spezialisiertes Personal. In Traunstein, so liest er gerade, ist es zu einem tödlichen Verkehrsunfall gekommen. So viele Fälle, die zu bearbeiten sind. Da kann die Polizei nicht lange nachforschen, warum eine Gratüberschreitung manche überfordert. Entscheidend ist, dass ein Fremdverschulden ausgeschlossen werden kann. Und genau danach sieht es in diesem Fall aus. Auch nach Sichtung aller Unterlagen durch Kripo, Ermittlungsrichter und Staatsanwaltschaft würde man wohl zu keinem anderen Ergebnis kommen. Keine Anhaltspunkte für Fremdverschulden.

Simon zögert. Es fällt ihm schwer, einfach zum nächsten Fall überzugehen. Damals, beim Brand des Hauses, blieb auch er mit tausend offenen Fragen zurück. Die Brandursache. Die brutalen Sätze seines Großvaters. Jetzt erst, siebzehn Jahre später, hat er in den Unterlagen des Großvaters den Hinweis auf die Pfeife entdeckt. Hätte er den schon früher bekommen, wie entlastend wäre das für ihn gewesen! Natürlich schließt das Gutachten nicht aus, dass das Heizgerät die Brandursache war. Aber die Pfeife des Großvaters kam genauso infrage. Hauptsache, es hätte noch eine andere mögliche Erklärung gegeben. Das hätte ihm so geholfen damals!

Er versetzt sich in Alina und Malte hinein. Sie würden für den Rest ihres Lebens darüber grübeln, warum ihre Eltern abgestürzt sind. Ihnen sollte es nicht so ergehen wie ihm. Wenn es irgendeine andere Erklärung für den Absturz gibt, dann will er sie ihnen liefern!

Er blättert weiter in den Unterlagen und im digitalen Ordner. Auch in seinen Aufzeichnungen im Handy. Da hat er sich auch diese mysteriöse Bedienung Resi notiert. Diese Frau mit den orakelhaften Sätzen. Was, wenn sie wirklich mehr wusste? Dass die Winekes sterben würden, weil jemand hinter ihnen her war? Sie hatte am Tag des Absturzes bis abends frei, wie Sepp Kummer, der Hüttenwirt, angegeben hat. Mit dem amerikanischen Alpenschamanen und einem Gast sei sie über die Grasmatten davongezogen. Wohin wisse er nicht. Abends sei sie pünktlich wieder da gewesen.

Der Alpenschamane. Da ist er wieder, dieser Rick Walker. Sein Name steht ebenfalls auf der Liste der Übernachtungsgäste. Aber welche Verbindung könnte es zwischen ihm, dieser Resi und dem Ehepaar aus Lübeck geben?

Da leuchtet Simons Smartphone auf. Eine Nachricht von Malte Wineke.

Wir sind wieder im Hotel. Komm vorbei bitte. Wir haben etwas Merkwürdiges im Watzmannhaus erfahren.

Kapitel 22 • Der Pakt

Alina und Malte warten mit einer Überraschung auf.
Simon trifft sie in der Bar des Hotels Edelweiß. Es ist
später Nachmittag. Die Geschwister sind erschöpft von
der Wanderung zum Watzmannhaus und trinken Bier.
Simon bestellt eine Cola. Malte erzählt von ihrem Aufstieg. Simon ist ihnen nicht begegnet, da er viel früher
zum Grat aufgebrochen war.

Auf der Hütte angekommen, haben die Geschwister
sich Sepp Kummer vorgestellt. Der war sehr betroffen,
bat sie in sein Büro. Als sie ihm sagten, sie kämen aus
Lübeck, habe er gestutzt. Aus Lübeck seien noch zwei
andere Männer auf der Hütte gewesen, am Montag-
abend. Das sei ihm jetzt erst eingefallen. Darum habe er
das der Polizei auch nicht erzählt. Die hätten bei der Anmeldung einen starken Akzent gehabt. Daher habe er sie
gefragt, ob sie von der Küste kommen. Fast, hätten sie
gesagt, aus Lübeck. Wenn sie im Stadtteil Travemünde
leben würden, dann wären sie direkt von der Küste.
Aber sie wohnten beide mit ihren Familien in der Innenstadt, sagten sie.

Komisch, denkt sich Simon. Noch vor einer Stunde hat er mit Sepp telefoniert. Da erwähnte der Wirt die Lübecker mit keinem Wort. Dabei wäre das doch wichtig gewesen. Aber Sepp war kein Kriminalist. Vielleicht kam ihm das auch zu belanglos vor.

»Wir haben ihn gefragt, ob er uns die Namen aus der Buchungsliste raussuchen kann«, sagt Malte.

»Und?«

»Hat er verweigert. Das dürfe er nicht, wegen Datenschutz und so.«

Simon denkt nach. Er hat die Buchungsliste für die Nacht von Montag auf Dienstag durchgesehen. Er erinnert sich auch an Adressen aus Norddeutschland. Bremen, Cuxhaven, Hamburg. Aber Lübeck war definitiv nicht dabei. Das wäre ihm aufgefallen. Die beiden Männer mussten also eine andere Adresse benutzt haben. Und dafür musste es Gründe geben.

»Glaubst du, unsere Eltern sind einfach so abgestürzt?«, holt Malte ihn aus seinen Grübeleien.

»Dass andere Lübecker auf der Hütte waren, hat nichts zu heißen«, antwortet Simon abwesend.

»Nein, aber es könnte etwas heißen.« Trotz seiner Trauer findet sich Malte nicht einfach mit dem Tod der Eltern ab. Er will wissen, was genau geschah. Alina sitzt schweigend neben ihnen. Ab und zu weint sie leise vor sich hin.

»Habt ihr heute mal in die *Lübecker Nachrichten* geschaut?«

Malte zuckt mit den Schultern. »Nein. Aber da scheint der Tod unserer Eltern drinzustehen. Uns haben eine ganze Reihe von Beileidsbekundungen erreicht.«

»Von wem?«, erkundigt sich Simon weiter.

»Von Klassenkameraden. Von Freunden unserer Eltern. Auch von Ingo und Hanno.«

»Ingo und Hanno?«

»Die Brüder unseres Vaters.«

»Hatten die ein gutes Verhältnis zueinander?«

»Nein. Aber auch kein wirklich schlechtes. Eher gar kein Verhältnis. Mein Vater hat sie ausgezahlt.«

»Mit dem Geld unserer Mutter«, wirft Alina ein.

Simon zieht es vor, nicht weiter nachzufassen. In solche familiären Angelegenheiten will er sich nicht einmischen. Es sei denn, Malte oder Alina erzählen selbst davon.

»Du hast meine Frage nicht beantwortet«, insistiert Malte nach einer Weile des Schweigens. »Glaubst du, unsere Eltern sind durch einen Unfall abgestürzt? Wegen des kurzen Gewitters? Oder ist es denkbar, dass es einen Täter gibt?«

Maltes Blick hat etwas Flehendes. Was denn für einen Täter, denkt sich Simon. Ja, da waren die Schlagzeilen aus Lübeck. Und Stefan Wineke, der Geschäftsmann, war in Intrigen verstrickt. Der hatte sicherlich viele Feinde. Vielleicht ja auch im kriminellen Milieu? Dazu die Berge als wunderbarer Ort, um einen unliebsamen Menschen unauffällig um die Ecke zu bringen …

Muss er nicht an dem Fall dranbleiben? Zumindest so lange, bis auszuschließen ist, dass es ein *Fall* ist? Polizeibeamte, die eine Todesnachricht überbringen, graben sich ein Leben lang ins Gedächtnis der Angehörigen ein. Werden Alina und Malte ihn als jungen teilnahmslosen Polizisten in Erinnerung behalten? Als einen, der nur mit den Schultern zuckte, als sie ihn nach dem Absturz fragten? Nein, er will dranbleiben. Auch wenn das offiziell nicht geht. Kompetenzen, Kripo, Karriere hin oder her.

Wenn kein Weg zum anderen Ufer führt, muss man eben ins kalte Wasser springen.

»Malte, Alina, ich biete euch einen Deal an.« Simon holt tief Luft. »Ich kenne euch kaum. Und ihr mich auch nicht. Aber ich will nur so viel sagen. Auch ich habe meine Eltern verloren. Da war ich halb so alt wie ihr. Durch einen Unfall.«

»Einen Unfall?« Alina sieht ihn mit großen Augen an.

»Unser Haus ist abgebrannt. Aber das will ich jetzt nicht weiter vertiefen. Als Polizeibeamter kann ich nicht weiter ermitteln, was den Tod eurer Eltern betrifft. Das ist Sache der Kripo Traunstein. Ich vermute, die werden den Fall bald zu den Akten legen. Aber …«

Simon schweigt. Schafft es nicht, weiterzureden.

»Aber was?«, muntert ihn Malte auf.

»Aber ich würde gerne privat noch etwas weiter ermitteln. Zumindest will ich etwas mehr absichern, ob es ein Unfall war.«

»Wie willst du das tun?«, fragt Malte.

»Tja, das geht nur, wenn ihr beiden mitspielt. Das, wegen der *Lübecker Nachrichten,* habe ich euch nicht nur gefragt, weil dort vom Tod eurer Eltern berichtet wird. Schaut mal hier!«

Er hält den Geschwistern das Smartphone hin. Sie überfliegen den Bericht über *Travegate.* Harald Singer. Die gemeinsamen Intrigen gegen Olaf Holtmann.

»Das gibt's ja gar nicht!«, stößt Malte hervor. »Der Sohn von Olaf Holtmann, Pascal, ist mein Kumpel. Allerdings haben wir uns aus den Augen verloren.«

Simon weiß, wer Pascal Holtmann ist. Offenbar der Geliebte von Maltes Mutter. Doch das will er ihm lieber nicht ins Gesicht sagen.

»Wisst ihr, ob eure Mutter mit Pascal Holtmann in Kontakt stand?«

»Mit Pascal?« Malte sieht Simon ungläubig an. »Kann ich mir nicht vorstellen. Wieso?«

»War nur so eine Frage.«

Malte schüttelt verwundert den Kopf. Seine Mutter und der alternative, eher links orientierte Pascal. Nein, das passt ja nun gar nicht.

»Den Singer kenne ich«, sagt nun Alina und streicht sich die Haare aus der Stirn. »Ein eiskalter Typ. Bin ihm mal begegnet, als ich meinen Vater im Büro besucht habe. Der hat meine Hand ganz fest zusammengedrückt. Mich nicht mehr losgelassen. Der wirkte irgendwie lüstern und pervers auf mich.«

Simon räuspert sich. »Okay. Zurück zu meinem Deal. Privat kann ich für euch noch ein Stück weiter ermitteln. Ich darf das offiziell aber gar nicht. Also kann ich es nur unter einer Bedingung machen.«

Malte blickt Simon neugierig an. »Möchtest du das bezahlt haben? Daran wird es nicht scheitern.«

Simon stößt einen Seufzer aus. Auf so einen Gedanken wäre er nie gekommen. Die Vorstellung kränkt ihn.

»So ein Quatsch. Natürlich nicht. Meine Bedingung ist, dass ihr mich nicht verpfeift. Niemandem etwas sagt, dass ich weiter an dem Fall dran bin. Ich riskiere meinen Job damit ...«

»Das kann ich dir zusagen«, sagt Malte. Alina nickt stumm.

»Zusagen reicht nicht. Ihr müsst es mir versprechen.«

»Versprochen!« Die Geschwister reichen ihm beide die Hand. Sie schließen einen Pakt.

»Was willst du als Nächstes tun, Simon?«

»Sobald ich Zeit habe, fahr ich nach Sankt Bartholomä und steige noch mal zu der Stelle, wo wir eure Eltern gefunden haben. Ich werde nach dem Rucksack eures Vaters suchen. Dort müsste auch sein Handy drin sein. Habt ihr eine Ahnung, welche Passwörter und Codes euer Vater hatte?«

»Nein, aber ich kann in seinem Schreibtisch nachschauen. Dort gibt es vielleicht einen Zettel, ein Heft, in dem er seine Passwörter notiert hat«, sagt Alina.

Simon zeigt den Geschwistern auch den Artikel vom Einbruch ins Wohnhaus der Eltern. Davon haben sie allerdings schon erfahren. Die Haushälterin hat sie angerufen und informiert. Sie haben auch schon eine Glaserei beauftragt, die zerbrochene Scheibe zu ersetzen. Die drei jungen Leute überlegen hin und her, was es mit dem Einbruch auf sich haben könnte. Alina und Malte sind abgelenkt, vergessen sogar für einen kurzen Moment ihre Trauer.

Alina holt aus ihrem Zimmer das Geschenk zur Silberhochzeit. Ein dickes, großformatiges Fotoalbum, in dem sie die gemeinsame Zeit ihrer Eltern Revue passieren lassen. Die Eltern kannten sich schon seit der Gymnasialzeit. Seit über dreißig Jahren. Im Album sind neben Familienaufnahmen auch Fotos von Betriebsfeiern, Rotarier-Treffen und der Ernennungsfeier Stefan Winekes zum Honorarkonsul der Republik Slowenien.

»Da, das ist Singer«, stöhnt Alina auf und zeigt Simon einen schlüpfrigen Typen mit gegelten Haaren.

»Und das dahinten ist Olaf Holtmann!« Maltes Finger tippt auf einen breitschultrigen Mann mit modischer Brille. Im Vordergrund überreicht der slowenische Botschafter Stefan Wineke die Ernennungsurkunde im Lübecker Rathaus.

»Eure Mutter schaut viel jünger aus als fünfzig!«, fällt Simon auf.

»Ja, sie war immer top gestylt. Mit Mode von Clara Mertes.«

Clara Mertes, schießt es Simon durch den Kopf. Mit der hatte Heike Wineke laut Kripo in den letzten Tagen mehrfach telefoniert. Jetzt ist ihm auch klar, warum. Designerkleider.

»Und hier …«, Malte ist bewegt. »Da haben meine Eltern den Watzmann bestiegen.«

Eine ganze Reihe von Fotos zeigt die Eltern, manchmal auch mit den Kindern, beim Wandern, Klettern und Skifahren in den Bergen. Sie waren oft in Berchtesgaden. Sind richtige Stammgäste.

»Das ist Ingo. Und das Hanno.« Malte zeigt auf die Brüder ihres Vaters.

»Darf ich mir ein paar Fotos machen?«

Die Geschwister nicken, und Simon fotografiert fast alle Seiten des Albums ab.

»Ihr fahrt morgen früh nach Lübeck zurück, oder? Da kommt was auf euch zu. Die Beerdigung organisieren. Bei so bekannten Leuten wie euren Eltern kommen sicher viele zur Trauerfeier. Und ihr seid vollkommen besetzt mit dem Thema. Trotzdem, wenn euch irgendetwas auffällt, zu Ohren kommt, was verdächtig erscheint, lasst es mich bitte wissen, ja?«

»Klar, machen wir. Und du schreibst uns, falls du den Rucksack findest und so«, erwidert Malte.

Zum Abschied umarmen sie sich, als würden sie sich schon lange kennen. Sie teilen ein gemeinsames Gefühl.

Jung die Eltern zu verlieren. Da rutscht einem der Boden unter den Füßen weg. Man versinkt in einem finsteren Erdloch, wo einem die Höllenhunde mit sabbernden Mäulern um die Knie streifen.

● ● ●

Als Simon das Hotel verlässt, ist er aufgewühlt. Er kann jetzt noch nicht zu seiner Wohnung bei den Großeltern am Schönerlehen fahren. Daher steuert er seinen Golf nach Bischofswiesen und biegt gleich am Ortseingang ab. Der steile Hang. Die Aschauerweiherstraße. Vor siebzehn Jahren ist er hier mit dem Fahrrad hochgefahren. Heute, nach der Begegnung mit Alina und Malte, will er sie ganz bewusst fahren. Zwar ist es schon dämmrig, aber er hält an der Straße, dort, wo der Stichweg zu seinem Haus abzweigte.

Er steigt aus. Zum ersten Mal seit damals wagt er es, zu der Stelle zu gehen, an der sein Elternhaus stand. Er sieht sich als Jungen mit seinem Fahrrad. Spürt sein zwölfjähriges Herz schlagen. Als ob es seinen Körper verlassen würde und irgendwo im Gras weiterschlüge, so kam es ihm damals vor. Er kämpft gegen die Tränen an. Aber er weint nicht. Als er wieder ins Auto steigt, atmet er tief durch. Sein Brustkorb ist ein Pumpspeicherwerk. Er fühlt sich stark, lebendig, motiviert.

Er fährt die Straße weiter und kommt auf der Höhe des Kreisklinikums an. Schon sieht er die Biegung der Locksteinstraße, die ins Zentrum führt. Aber Moment! Hat er das im Augenwinkel gerade richtig gesehen? Er steigt in die Bremsen, wendet auf der engen Straße. Tatsächlich! Ein VW T5. Er steht auf dem Parkplatz des

Klinikums. Direkt an der Straße. Was ihn für Simon interessant macht, ist das Kennzeichen. HL. Hansestadt Lübeck. *Holtmann Medizintechnik* liest er auf der Seite des VW-Busses.

Er weiß sofort, welcher Holtmann hier gemeint sein muss. Simon steigt aus und umrundet den Transporter. Durch die Heckscheibe sieht er allerlei Metallstäbe, Sägen, Werkzeugkisten. Doch das alles interessiert ihn nicht. Wohl aber, was da neben der Seitentür zu erkennen ist. Zwei Paar Bergschuhe, groß. In den Schuhen stecken dicke Socken. Seitlich an den Sohlen kleben Reste von Lehm und Gras. Sind das die Schuhe der beiden Männer, die am Montag im Watzmannhaus übernachtet haben?

Kapitel 23 · Dösbaddel

Simon stellt sein Auto auf einem der markierten Parkplätze ab. Grillen zirpen, als wollten sie mit ihren Fühlern die untergehende Sonne festhalten. Er ist müde. Der Aufstieg zum Watzmanngrat in aller Frühe, die Bearbeitung der Akte Wineke im Büro, das Gespräch mit Malte und Alina. Dennoch geht er zur Rezeption, fragt nach den Mitarbeitern der Firma Holtmann. Eine Dame weist ihm den Weg in Richtung Radiologie.

»Die richten unser neues Computertomografiegerät ein«, gibt sie ihm zu verstehen.

Wegen Bauarbeiten vorübergehend geschlossen, liest er an der Tür mit dem strukturierten Fensterglas. Man kann zwar Licht hinter der Tür erkennen, aber keine weiteren Details. Er klingelt. Keine Reaktion. Noch mal. Die Tür öffnet sich halb. Ein hagerer Mann mittleren Alters mit schütterem Haar und dichtem grauem Bart schaut ihn durch den Spalt herausfordernd an. In der Hand hält er einen Zollstock.

»Ich suche die Herren von Holtmann Medizintechnik.«

»Das sind wir. Was gibt es?« Der norddeutsche Zungenschlag ist nicht zu überhören.

Simon stellt sich als *Simon Müller* vor. Gibt sich als Mitglied der Bergwacht aus. Das ist er ja unter anderem auch. Wenn auch nicht mehr aktiv. Er geht aufs Ganze.

»Sie waren vorgestern im Watzmannhaus. Haben mir Kollegen berichtet. Und am nächsten Tag waren Sie auf dem Watzmanngrat. Sie wissen, was da passiert ist?«

Sein Gegenüber sieht ihm scharf in die Augen.

»Armin, kommst du mal?« Ein zweiter Mann erscheint. Auch er im Blaumann. Er hat eine Lesebrille ins volle schwarze Haar gesteckt und schaut aus wie ein Professor, den man aus seinem Archiv hochgeschreckt hat. Er öffnet die Tür nun bis zum Anschlag. Dort rastet sie ein. Niemand muss die Tür mehr festhalten. Aber es kann sich auch niemand mehr an ihr festhalten.

»Der Herr ist von der Bergwacht. Er fragt, ob wir wissen, was vorgestern auf dem Watzmann passiert ist.«

Dem als Armin Angesprochenen ist die Verblüffung ins Gesicht geschrieben. Er schaut mal zu dem Kollegen, dann zu Simon. Als ob das alles ein abgekartetes Spiel wäre.

»Jo, wenn Sie das mit dem Absturz meinen, das haben wir in der Zeitung gelesen.«

Simon stellt weitere Fragen. Nur ganz langsam tauen die beiden Techniker auf. Sie erzählen, warum sie in Berchtesgaden sind. Sie kommen tatsächlich aus Lübeck. Heißen Armin Zöllner und Jens Petersen. Das neue CT-Gerät hat ein spezielles Transportfahrzeug am Freitag letzter Woche ans Kreisklinikum ausgeliefert. Ihre Aufgabe ist es, das Gerät aufzubauen. In Zusammenarbeit mit örtlichen Firmen montieren sie es in der Radiologie. Prüfen die Funktionalität.

»Und zwischendurch haben Sie auch noch Zeit, um den Watzmann zu besteigen. Sogar mit Hüttenübernachtung!« Der leichte Zweifel in Simons Stimme ist nicht zu überhören.

Die beiden Techniker schauen sich an, als hätte man sie beim Pinkeln an die Kirchenmauer erwischt. Die Situation ist ihnen sichtlich peinlich.

»Also, eigentlich sind wir Ihnen ja keine Rechenschaft schuldig«, sagt Zöllner trotzig.

»Sind Sie nicht, das stimmt. Aber vielleicht sagen Sie mir trotzdem, warum Sie auf dem Watzmann waren? Und warum Sie dem Hüttenwirt eine falsche Adresse angegeben haben?«

Jetzt starren ihn beide an wie einen Wolpertinger.

»Woher …«

»Das ist egal.«

»Wir haben keine falsche Adresse angegeben. Nur dass wir nicht die Lübecker Kontaktdaten eingesetzt haben, sondern die unserer Unterkunft hier in Berchtesgaden. Ist doch auch sinnvoller«, sagt Petersen. Der Hagere mit dem Bart.

Simon zieht es vor zu schweigen. Die beiden sind sichtlich verunsichert. Er muss nur abwarten. Sie werden plaudern. Etwas preisgeben, weil sie sich vorher nicht abgesprochen haben. Dazu ist er viel zu überraschend aufgetaucht. Er hat sie jedenfalls schnell in die Defensive gedrängt.

»Wir haben uns diesen Ausflug gegönnt, weil wir ja sowieso erst ab Mittag hier arbeiten. Mehr noch in den Abendstunden. Dann stören wir die Abläufe im Klinikum nicht so«, versucht Zöller eine Erklärung.

»Genau, und wir haben unsere neun, zehn Stunden jeden Tag gearbeitet«, ergänzt Petersen. »Uns ist da nichts vorzuwerfen. Haben halt Gleitzeit gemacht. Da haben sich Überstunden angehäuft. Sodass der eine Abend auf dem Watzmannhaus drin war. Am nächsten Tag sind wir ganz früh rauf und dann wieder runter.«

»Wobei rauf auch nur zum Teil stimmt«, ergänzt Zöllner. »Wir waren nur am Hocheck. Dann sind wir wieder runter. Den Klettersteig auf dem Grat, da haben wir keine Übung für. Auf dem Hocheck war ich schon mal vor zwanzig Jahren mit meiner Verlobten. Die ist jetzt meine Frau …«

Simon beobachtet Petersen die ganze Zeit. Bei den letzten Sätzen von Zöllner hat er leicht gezuckt.

»Hören Sie, meine Herren«, übernimmt er jetzt wieder das Gespräch. »Mich interessiert das alles nicht. Das ist Ihre Privatsache, was Sie hier in Ihrer Freizeit machen. Offenbar haben Sie Ihre Gleitzeit recht großzügig ausgelegt. Mehr, als es die Firma wohl erlaubt. Aber wie gesagt, das interessiert mich nicht. Sind Ihnen diese beiden Personen beim Aufstieg begegnet?«

Er hält den beiden das Handy mit den Porträtfotos von Stefan und Heike Wineke hin. Petersen hat seine Mimik erneut nicht im Griff.

»Nicht dass ich wüsste«, sagt Zöllner und schüttelt den Kopf.

»Doch«, stottert Petersen. »Doch. Äh, also, die kennen wir. Die sind in Lübeck stadtbekannt. Das Ehepaar Wineke.«

»Na, du Dösbaddel, Jens. Die Frage war, ob die beiden uns beim Aufstieg begegnet sind. Und hast du die da gesehen?«

Zöllner schaut ihn mit aufgerissenen Augen an.

»Jo, hab ich. Die Frau hat mich gefragt, ob es noch weit ist bis zum Gipfel. Damals hab ich sie nicht erkannt.

174

Aber als ich das von dem Unfall gelesen habe, dachte ich mir das schon. Und du hast mir doch erzählt, du bist vor ihr hingefallen, Armin!«

»Mann, Jens, du alte Plapperschnute. Halt doch mal endlich deinen Rand!« Zöllner sieht aus, als wolle er gleich auf seinen Kollegen losgehen.

»Okay«, wechselt Simon das Thema. »Noch eine Frage. Sie haben am nächsten Tag aus der Presse erfahren, was auf dem Watzmanngrat passiert ist. Sie stellen fest, das sind zwei Menschen aus Lübeck wie Sie. Sie sind ihnen auf dem Weg zum Hocheck begegnet. Haben Sie sich als Zeugen bei der Polizei gemeldet?«

Simon ist gemein. Er weiß genau, dass sie das nicht getan haben. Aber die beiden sollen ruhig ein bisschen schmoren. Betreten schauen sie zu Boden.

»Haben Sie die Polizei kontaktiert?«, insistiert Simon. »Sonst mach ich das gleich. Und die Polizei meldet sich vielleicht bei Ihrer Firma. Dort erfährt man dann, dass Sie zur besten Arbeitszeit mal eben so einen kleinen Ausflug über den Watzmanngrat gemacht …«

»Wir waren nicht auf dem Grat!« Zöllner ist empört. Aber auch Angst liegt in seiner Stimme. Angst, der junge Mann könne die Polizei und diese wiederum ihren Chef in Lübeck informieren.

»Sicher? Wirklich nicht? Sie haben ja auch bestreiten wollen, dass Ihnen die Winekes beim Aufstieg zum Hocheck begegnet sind. Wissen Sie was, ich glaube Ihnen gar nichts!«

Simon geht zum Fenster am Flur. Er sieht den Waldrand nur noch schemenhaft. Die Nacht erobert sich das Terrain. Ein paar Fledermäuse huschen draußen als Schatten vorbei. Er dreht sich wieder zu ihnen um.

»Okay. Sie sind am Morgen früher aufgestanden als die anderen und dann zum Hocheck hochgestiegen. Auf dem Rückweg sind Ihnen die Winekes entgegengekommen. Sie haben sie nicht erkannt. Dann sind Sie ins Tal zurück und haben mittags hier wieder Ihre Arbeit aufgenommen. Ist das Ihre Version?«

Beide nicken. Aber irgendetwas stimmt hier nicht. Ungutes Karma. Ein Knistern. Vibratoklänge von der Klimaanlage. Als ob eine unsichtbare und schlecht gestimmte Geige im Raum wäre.

»Haben Sie dem noch etwas hinzuzufügen?«, fragt Simon jetzt streng.

Schweigen.

»Warum haben Sie sich nicht bei der Polizei gemeldet, als Sie das mit dem Unfall gelesen haben?«

Petersen tropft der Schweiß von der Stirn auf die Brusttasche des Blaumanns.

»Ich … ich …«, stottert er wieder. »Ich wollte sagen, also, wir wussten, dass die beiden Winekes in Berchtesgaden sind.«

Zöllner wirft Petersen einen vernichtenden Blick zu.

»Wir haben das Wineke-Auto am Wochenende ein paarmal hier gesehen«, fährt der Hagere fort. »Ich meine, wenn so ein Lübecker Kennzeichen am anderen Ende der Republik auftaucht, schaut man schon mal genauer hin. Und das Kennzeichen der Winekes ist in Lübeck bekannt. HL-SW 1. Da weiß fast jeder in Lübeck, wem das gehört. Der Chef unserer Firma hat ja auch …«

»Mann, Jens, jetzt quatsch doch mal nicht so viel Zeugs hier rum. Wir müssen einem von der Bergwacht gar nichts sagen. Der tut ja so, als wäre er die Polizei.«

Simon weiß, dass es vielleicht ein Fehler ist. Aber er tut es trotzdem. Er zückt seinen Dienstausweis.

»Ich bin auch die Polizei.«

Von den beiden hat er nichts zu befürchten, sagt er sich. Die sind heilfroh, wenn sie niemand mehr mit dieser Geschichte behelligt.

»Und jetzt noch mal: Warum haben Sie die Polizei, also uns, nicht kontaktiert, nachdem Sie den Aufruf gelesen haben?«

»Weil …«, murmelt der eingeschüchterte Zöllner, »weil wir für Holtmann arbeiten. Und weil wir uns nur Ärger einhandeln. Stellen Sie sich das doch mal vor! Der Erzfeind unseres Chefs ist auf dem Watzmann und stürzt mit seiner Frau ab. Und wir Mitarbeiter von Holtmann sind zufällig, ja, zuuuufällig auch dort. Da muss man doch nur eins und eins zusammenzählen und hat die Schuldigen! Nein, diesen Ärger wollten wir nicht.«

»Den Ärger haben Sie jetzt aber. Weil Sie geschwiegen haben. Und man Ihnen alles aus der Nase ziehen muss.« Sollen sie doch ruhig ein wenig Angst bekommen, denkt sich Simon und kramt in seiner Jackentasche. »Hier ist meine Handynummer. Wenn Ihnen noch ein paar Geschichten zum Watzmanngrat einfallen, lassen Sie es mich wissen.«

Kapitel 24 · Prioritäten

Schönerlehen, Bischofswiesen,
Donnerstag, 5. August

Wenig später verlässt Simon das Klinikum und fährt zum Schönerlehen. Es ist noch immer schwül, obwohl es schon zehn Uhr abends ist. Er holte sich ein Weißbier aus dem Kühlschrank und setzt sich auf die Bank vor dem Austragshäusl. Was für Tage liegen da eigentlich gerade hinter ihm! Zum ersten Mal kommt er zum Durchatmen.

Der Tod des Ehepaars Wineke bewegt ihn, weil er darin irgendwie auch den Tod seiner Eltern wiedererkennt. Ein schreckliches Unglück – und zwei Menschen sind für ihre Kinder einfach nicht mehr da. Das ist auch der Grund, warum er sich Alina und Malte so geöffnet hat. Mehr als er dürfte. Er riskiert gerade seinen Job. Aber er tut es ganz bewusst. Denn manchmal muss man im Leben Prioritäten setzen. Etwas riskieren. Das hat ihm Robert Kopp, sein väterlicher Freund von der Bergwacht, einmal gesagt. Damals, als er sich bei einem Einsatz aus dem Hubschrauber abseilte. Ein Wanderer, Vater von zwei kleinen Kindern, war in eine Felsspalte gestürzt. Robert riskierte sein eigenes Leben, um ihn zu retten. Er hingegen riskierte im schlimmsten Fall seinen Job – was war das schon dagegen?

Simon weiß, er kennt den Watzmann wie seine Westentasche. Das ist seine Chance. ER MUSS DIESEN RUCKSACK FINDEN. Den Rucksack von Stefan Wineke. Vor allem das Handy, das sich vermutlich darin befindet.

Bilder laufen an seinem inneren Auge vorbei. Wie beim Intro eines Filmes, das die Schauspieler vorstellt. Resi, die etwas unheimliche Bedienung, sie mauert. Kummer, der Hüttenwirt, der offenbar wichtige Dinge wie die beiden Lübecker vergisst. Oder mauert er auch? Aber welches Motiv sollte er haben? Nicht so viel Polizei auf seiner Hütte, weil das den Ruf schädigt? Eher unwahrscheinlich. Petersen und Zöllner, die mauern. Luisa, die sich irgendwie merkwürdig verhält. Dieser Alpenschamane. Ihn wird er auf jeden Fall aufsuchen. Er war immerhin am Abend vor dem Absturz auf der Hütte. Genauso wie Hias. Matthias Brandtner, der Bergwachtler. Walker und Hias wird er befragen, ob sie etwas von dem großen Tisch am Kaminofen mitbekommen haben. Es soll schließlich hoch hergegangen sein. Von Alina und Malte erhofft er sich Infos über die Lübecker Verstrickungen ihrer Eltern. Dieser Singer, zugleich Prokurist der Reederei, der im Auftrag von Stefan Wineke intrigierte. Auf den ersten Blick. Denkbar war aber auch, dass er Wineke nur benutzte. Um seine eigenen Ziele zu verfolgen. So ist das ja oft bei nach außen hin mächtigen Personen. Später entpuppen sie sich als Marionetten von zwielichtigen Hintermännern.

Simon merkt, wie er sich in Spekulationen verliert. Wie könnte er sonst noch an Informationen über das Leben der Winekes in Lübeck kommen? Außer über Alina und Malte? Lübeck. Lübeck ...

Plötzlich erinnert er sich. Ja, das Trainingszentrum der Bundespolizei auf der Kührointalm. Direkt unterhalb des Watzmanns. Vor ein paar Jahren hat er dort mal vorbeigeschaut. Damals arbeitete er noch bei der Polizeidirektion Rosenheim. Er war interessiert an dem, was die Bundespolizei zu Füßen seines Berges so trieb. Einer der Ausbilder dort hieß Ansgar Blei. Er war kaum älter als Simon. Damals zeigte ihm Ansgar alles, was ihn interessierte. Sie verstanden sich auf Anhieb gut. Simon bot ihm daher eine gemeinsame Bergtour an. Von der Kühroint, über die Mittelspitze, die kleine Ostwand hinunter und von dort wieder zur Kühroint hoch. Ein strapaziöser Ritt. Aber sie waren glücklich, als sie am Abend beim Weißbier auf der Kührointalm zusammensaßen. Jetzt erinnert er sich: Die Akademie der Bundespolizei hat ihren Sitz in Lübeck! Bingo!

Schnell holt Simon seinen Laptop aus der Wohnung. Geht auf Ansgars Facebook-Account. Ansgar arbeitet nach wie vor an der Akademie in Lübeck. Er schickt ihm eine Nachricht. Fragt, ob er ihn morgen anrufen kann. Es ist schon halb elf. Doch kaum ist die Nachricht raus, summt sein Telefon. Er spricht über eine Stunde mit Ansgar. Dessen Vater sitzt im Stadtrat von Lübeck. *Travegate.* Über seinen Vater kann Ansgar ihm auf jeden Fall Informationen beschaffen. Das sagt er Simon sofort zu.

»Ich gehe auch auf die Trauerfeier für die Winekes. Schau mich dort mal unauffällig um, Simon. Ist doch Ehrensache!«

»Ansgar, eins ist mir wichtig. Ich tue das für die Wineke-Kinder privat. Nicht als Polizist. Verstehst du?«

Eine kurze Zeit bleibt es stumm am anderen Handy. Nur die Verbindung knackt ein bisschen.

»Ja, klar. Ich doch auch. Denn sonst hätte ich einen Konflikt mit meinem Chef. Ich müsste ihn informieren über das, was ich tue. Und dich dann auch zur Sprache bringen. Dann hättest du ein Problem.«

»Ich weiß.«

»Ich gehe als Privatmann auf die Trauerfeier. Wenn ich mit meinem Vater rede, ist das sowieso privat. Und mit Lübecker Intrigen haben wir Bundespolizisten nichts zu tun. Es sei denn, die Reederei Wineke & Söhne verkauft illegal Schiffe nach Russland oder in den Iran.«

Zwei Weißbierflaschen stehen inzwischen leer auf dem Tisch vor Simon. Ludwig Perlinger schleicht mit Rex Gildo über den Hof und schließt das Tor zum Hühnerstall ab. Kurz bleibt er vor Simon stehen und fragt, ob alles in Ordnung ist.

»Alles in Ordnung«, gibt er zurück. Er ist zu müde, um den Großvater wegen der Pfeife und dem Gutachten zur Rede zu stellen.

Als Simon im Bett liegt, öffnet er noch einmal die Homepage der *Lübecker Nachrichten*. Den Bericht über den Tod der Winekes hat er heute im Büro nur überflogen. Jetzt liest er ihn noch einmal Satz für Satz. Und dann sieht er das kleine Detail, das angesichts des Todes des Ehepaars Wineke so läppisch daherkommt. In ihre Villa am Brink ist am Wochenende *vor* dem Absturz eingebrochen worden. Die Putzfrau hat es erst am Dienstag bemerkt. Der Tag, an dem die Winekes abstürzten. Mussten sie *wegen* dieses Einbruchs sterben? So wie es aussieht, wurde nur das Arbeitszimmer von Stefan Wineke durchwühlt. Was fehlte, wüsste der Reeder selbst wohl am besten zu berichten. Aber der redet nicht mehr.

Kapitel 25 · Gespräche mit Toten

Berchtesgaden, Watzmann Ostwand,
6. und 7. August

Rick Walker zwirbelt sich gerade seinen Bart. Da klingelt es. Simon stellt sich durch die Freisprechanlage vor. Die Tür summt. Durch ein enges Treppenhaus geht er nach oben in den ersten Stock. Walker steht in Lederhosen und Fellschuhen da. Auf dem Kopf eine Indianerfeder. Der halbseitig gezwirbelte Oberlippenbart wirkt schräg. Dazu das ungewöhnliche Outfit. Simon muss sich das Lachen verkneifen.

Der Schamane bittet ihn in die Wohnung. Nur mühsam findet Simon blanken Fußboden, auf den er einen Schritt setzen kann. Denn Rick Walker ist ein Messie. Der ganze Wohnraum steht voller Regale und Kommoden. Diese sind dicht an dicht befüllt mit glitzernden Steinen, Spielzeugindianern, silbernen und goldenen Kettchen, langstieligen und bunt verzierten Holzpfeifen, Amuletten, Tierknochen, Wackeldackeln, Karten vom Watzmann, Konservierungsgläsern mit toten Spinnen, Zetteln mit rätselhaften Formeln, Glaskolben, Pfauenfedern, brennenden Räucherkerzen … Im Hintergrund sind Schalmeienklänge aus einer Soundbar zu hören, die sich mit gregorianischen Chorälen abwechseln.

Walker hat sich auf ein abgewetztes Sofa gesetzt und die Augen geschlossen. Simon nimmt auf dem einzigen Stuhl Platz und lässt alles auf sich einwirken. Bestimmt drei, vier Minuten sitzen sie schweigend da. Simon erinnert sich nur schwer, wann er zum letzten Mal so eine Ruhe empfunden hat. Er erinnert sich, wie er sich damals, mit dreizehn, vierzehn Jahren, immer heimlich in die Andreaskirche stahl. Dort zündete er zwei Kerzen an, faltete die Hände und sprach mit seinen Eltern. Erzählte ihnen alle seine Sorgen. Ob sie ihn gehört hatten, das wusste er nicht. Aber nach solchen Gesprächen in der Kirche ging es ihm besser.

Was die katholische Kirche und diesen Alpenschamanen verbindet, ist die Kraft, jemanden in Trance zu versetzen. Denn genau so fühlt er sich gerade. Fast ist er traurig, als die Musik ausklingt und Walker ihm direkt in die Augen sieht.

»Was kann ich für Sie tun?«

Walkers Stimme ist sanft, zugewandt. Simon wagt es deshalb, zunächst noch nicht das eigentliche Thema anzusprechen.

»Sie nennen sich Alpenschamane. Wie sind Sie dazu gekommen? Ich finde Ihr Inventar hier, wenn ich das so nennen darf, beeindruckend.«

Walker gelingt es nicht, seine Überraschung zu verbergen. Er hat mit Fragen zum Absturz auf dem Watzmann gerechnet. Wo er zu diesem Zeitpunkt war? Ob er ein Alibi hätte? Und jetzt interessiert sich dieser Polizist für seine Lehre. Freimütig erzählt er Simon, wie er in seine Rolle als Channel, als Medium, zwischen der sichtbaren Welt und der Anderswelt gekommen ist. Seine Erweckung, als er im Geröllfeld des Watzmanns einen

herzförmigen Stein fand. Seine Beziehung zum Steinbock, der ihm in den Höhlen des Watzmannstocks den
Weg zur Anderswelt weist. Simon fühlt sich an die Er-
zählungen von Huckleberry Finn erinnert. An ein Höh-
lenreich. Unheimlich, mythenreich. Aber auch faszinie-
rend und attraktiv.

»Ich kann über den Berg Verbindung zu den Toten
herstellen«, raunt Walker jetzt. Er ahnt nicht, wie sehr er
Simon damit ins Herz trifft. Simon, der auf dem Watzmann immer die Stimme seines Vaters hört. Damals, als
sie zum ersten Mal oben waren, auch später. Seine klaren
und so hilfreichen Ansagen, in denen neben Sorge immer auch väterliche Liebe mitschwang. Fast ist er versucht, dem Schamanen davon zu erzählen. Ihn zu fragen,
ob er für ihn eine Beziehung zu seinen Eltern herstellen
könne. Aber dann klingelt der Postbote an der Tür und
bringt ein Päckchen. Als Walker zurückkommt, gibt sich
Simon einen Ruck. Er sei wegen der Ermittlungen im
Fall Wineke hier. Privat. Falls es denn überhaupt einen
Fall gäbe.

Von Walker erfährt er, dass dieser sich in der Nacht
vor dem Absturz ein Vierbettzimmer mit zwei weiteren
Personen geteilt hat. Die hätten Glück gehabt, weil sie
nicht vorgebucht hatten. Aber es hatten welche storniert.
Deswegen bekamen sie kurzfristig die Plätze. Das vierte
Bett sei leer geblieben. Wie die beiden hießen, wisse er
nicht.

»Haben Sie denn was vom Tisch neben dem Kaminofen mitbekommen? Dort, wo es hoch herging? Saßen
Sie in der Nähe?«

Walker zuckt nur mit den Schultern.

»Sie werden doch wissen, wo Sie gesessen haben?«

»Ehrlich gesagt, nein. Ich habe Nachrichten von einer anderen Galaxie erhalten. Da war ich vollkommen weggetreten. Ich habe alles in mein Notizbuch aufgeschrieben, was mir die Anderswelt mitteilte.«

Er hält Simon das Buch hin, das viele wilde Kritzeleien, Diagramme und Zeichnungen enthält. Die konnte er natürlich irgendwann gemacht haben.

Mehr ist aus Walker aber nicht rauszuholen. Er füllt etwas Weihrauch in sein Räucherstövchen und reißt gedankenversunken ein Streichholz an. Kaum entzündet, steigen Rauchwölkchen im Raum auf. Es riecht wie zu Beginn einer Eucharistiefeier. Simon verabschiedet sich.

Draußen auf der Straße atmet er erst einmal tief durch. Der Walker ist auf den ersten Blick ein Spinner. Aber irgendetwas Faszinierendes hat er an sich, ohne dass Simon es genau benennen könnte. Vielleicht, weil er wie er selbst die Berchtesgadener Berge so liebt? Oder ist es, weil er behauptet, eine Verbindung zu den Toten herstellen zu können?

Egal. Er muss weiter. Zu Matthias Brandtner ins Kletterzentrum.

Dass er dort zu finden ist, hat ihm Hias' Mutter am Telefon gesagt. Er wohnt noch immer bei ihr. Das Mädchen, um das Hias und Simon sich in der Schulzeit fast gebalgt hätten, war tatsächlich Hias' Freundin geworden. Aber irgendwann, in den letzten Jahren, ging die Beziehung in die Brüche. Zumindest hat Simon das mal gehört. Den persönlichen Kontakt zu Hias hat er verloren, seit er bei der Polizei ist.

Jetzt beschreibt ihm Hias detailliert, wie er den Absturz des Ehepaars erlebt hat. Er war bereits ein ganzes Stück die kleine Ostwand abgestiegen, als das Gewitter kam. Er eilte zu dem Biwak in der Wand, weil er dort am besten geschützt war. Wenn er irgendwo frei in der Wand gehangen hätte, wäre er für die Blitze wie ein Magnet gewesen.

»Die beiden haben entsetzlich laut geschrien. So konnte ich die Richtung ausmachen, wo sie wohl zuletzt gestanden haben. Auch der blaue Helm des Mannes ist mir aufgefallen. Deswegen konnte ich ihn auch unten als die Person identifizieren, die gegen den Felsen geknallt ist.«

Simon holt eine topografische Karte des Watzmanns hervor. Er bittet Hias, ihm so genau wie möglich zu zeigen, wo der Aufprall auf dem Felsen passiert ist. Das würde ihm bei der Suche nach dem Rucksack helfen, den möglichen Radius des Fundorts einzuschränken.

»Noch was, Hias. Hast du am Abend auf der Hütte irgendeinen Streit mitbekommen? Ist es irgendwo hoch hergegangen? Zum Beispiel an dem langen Tisch am Kaminofen?«

Hias überlegt kurz.

»Weißt du, Simon, ich bin ja oft oben. Im Sommer geht es dort fast jeden Abend hoch her. Wenn fast zweihundert körperlich ausgepumpte Menschen in dünner Luft viele Halbe trinken, dann geht's halt nicht zu wie in einem Nonnenkloster. Du kennst das doch auch!«

»Schon. Aber vielleicht gab's ja auch richtigen Streit? Dort, wo die Winekes saßen? Und lauter Streit, das kommt auf Hütten ja eher nicht so vor. Davon hast du definitiv nichts bemerkt?«

»Nein. Nicht dass ich wüsste.«

»Wo hast du denn eigentlich gesessen?«

Für einen Augenblick zögert Hias. Er ist so oft auf Hütten und scheint es gerade nicht zu wissen.

»Äh, ich habe genau an dem Tisch zwischen Kaminofen und Ausgang zur Terrasse gesessen. Dieser lang gezogene Tisch, von dem du gesprochen hast. Da saßen acht, neun, zehn oder noch mehr Leute. Aber wenn du wissen willst, was die gesprochen haben, sag ich dir gleich: Sorry! Bei so vielen Leuten im Raum verstehst du kein Wort. Musik war ja auch noch im Hintergrund. Wenn ich mich richtig erinnere, hatte einer eine Ziach dabei.«

Auf dem Weg zur Polizeiinspektion fällt Simon noch eine Frage ein, die er Hias gerne gestellt hätte. Was er eigentlich gemacht habe, als sich alle unterhielten. Einsam seine Halbe getrunken? Oder hat er vielleicht doch etwas an den Winekes bemerkt? Etwas, was ihm damals belanglos erschien, heute aber vielleicht hilfreich wäre? Aber vermutlich hätte Hias das vorhin beim Gespräch von allein gesagt. So wichtig war das nicht. Als er den Computer hochfährt, hat er die Frage schon wieder vergessen.

Als Erstes geht er noch mal den Belegungsplan des Watzmannhauses durch. Die Gäste, die dort von Montag auf Dienstag übernachtet haben. Petersen und Zöllner findet er in der Tat unter der Adresse einer Berchtesgadener Pension. Die Winekes waren in einem der wenigen Zweibettzimmer untergebracht. Bei einem anderen Zweibettzimmer steht nur *Bergwacht*. Hier muss wohl Matthias Brandtner übernachtet haben. Ein anderer Bergwachtler war an dem Tag nicht oben, sonst hätte der sich schon gemeldet. Die Wirte lassen die Bergwachtler in bayerischen Alpenhütten gerne allein in einem Zimmer schlafen. Sie wollen ihnen ein bisschen Komfort bieten. Denn umgekehrt brauchen die Hüttenwirte auch mal die Bergwacht. Zum Beispiel bei einem Bandscheibenvorfall. Eine Hand wäscht die andere.

Im Zimmer von Rick Walker waren tatsächlich noch zwei Personen unter dem Namen März untergebracht. Genau wie er es gesagt hat. Luisa steht wie erwartet nicht auf der Liste. Sie war in dieser Nacht im Dienst. Am nächsten Morgen ist sie gleich nach Schichtende zum Grat aufgestiegen. Schon Wahnsinn, diese Frau, denkt er sich. Ehrliche Bewunderung.

Nach Ende seiner Schicht macht Simon sich auf den Weg nach Schönau. Es ist ein sonniger Tag. Wenige weiße Wölkchen geben dem Himmel etwas Verspieltes. Gleich könnte ein Märchenkönig über den See tanzen. Simon nimmt das ganz normale Touristenschiff und steigt in Sankt Bartholomä aus. Er hat noch drei Stunden bis zum Einbruch der Dunkelheit. Eine halbe Stunde braucht er bis zur Eiskapelle, in deren Nähe sie die Leichen gefunden haben. Am Abend fahren keine Boote mehr. Er wird deshalb nach der Suche über die Archenkanzel zur Kührointalm hochsteigen und von dort aus nach Schönau zum Parkplatz zurücklaufen. Den Weg kennt er in- und auswendig, den kann er auch im Dunkeln gehen.

Bei der Suche nach dem Rucksack geht er systematisch vor. Wälder, Grasmatten, Geröll. Baumwipfel, Felsnischen, Erdlöcher. Alles schaut er sich an. Wie ein Traktor auf dem Feld zieht er Spur für Spur. Etwa ein Drittel des Geländes schafft er so an diesem Abend. Ohne Erfolg bricht er die Aktion schließlich ab. Morgen wird er weitersuchen. Zur Not auch den ganzen Tag.

•••

Ein heißer Samstag soll es werden. Der Königssee zeigt der Sonne noch die kalte Schulter. Nebelschwaden hängen wie Watte über der Oberfläche. Es ist früher Morgen. Simon nimmt das erste Boot nach Sankt Bartholomä. Wieder zieht er seine Bahnen unterhalb der Ostwand. Das Ganze hat fast schon etwas Meditatives. Oft denkt er an diesen Walker, der mit den Bergen spricht. Die gregorianischen Gesänge hallen in seinem Ohr nach.

Nach zwei Stunden sieht er plötzlich etwas Blaues im Fels leuchten. In einer breiten, aber nicht tiefen Spalte. Ein Rucksack! Die Gurte fehlen. Man sieht die Fäden des Gurtansatzes wie zerzauste Haare abstehen. Auch der Rucksack selbst ist beschädigt. Etwas zerdatscht, weil der Sturz ihn in die Spalte gequetscht hat. Simon löst ihn, öffnet ihn. Immerhin ist er weitgehend wasserdicht. Der starke Regen von Dienstag auf Mittwoch ist kaum nach innen vorgedrungen.

Er kramt einen blau-weiß gestreiften Sportpulli mit Reißverschluss, eine gelbe Trinkflasche und ein paar Powerriegel hervor. Der Rucksack hat mehrere Innentaschen mit jeweils eigenem Reißverschluss. Hustenpastillen, Kopfwehtabletten, ein Schweizer Taschenmesser entdeckt er. Langsam öffnet er die letzte Innentasche. Er holt eine kleine gepolsterte Tasche hervor. Öffnet sie. Da ist es. Das Handy. Ein iPhone. Durch die Tasche und den Rucksack geschützt, ist das Display nicht zerschellt. Auch sonst ist kein äußerer Schaden zu erkennen. Ob es noch funktioniert?

Kurz beschleicht ihn ein schlechtes Gewissen. Eigentlich müsste er den Fund nach Traunstein an die Kripo weitergeben. Aber er hat sich für einen anderen Weg entschieden. Der Deal mit Malte und Alina. Den kann er jetzt nicht ständig infrage stellen.

Was fehlt, ist der Code für die SIM-Karte. Da hofft er auf die Geschwister. Dass sie irgendwo das Passwortverzeichnis des Vaters finden. Sonst müssten sie den Hersteller kontaktieren. Die Todesurkunde vorlegen. Sich als Kinder ausweisen. Dann würde ihnen das Handy entschlüsselt. Aber das würde dauern …

Gerade setzt er an, Malte eine Nachricht zu schreiben. Doch dann stoppt er wieder ab. Besser nichts schriftlich hinterlassen. Schon gar nicht, dass er den Rucksack gefunden hat. Manchmal laufen die Dinge komisch. Vielleicht liegt Maltes Handy irgendwo unverschlüsselt herum, und jemand geht an die Nachrichten. Oder Malte stirbt plötzlich, und die Polizei liest das Handy aus. Dort entdecken sie seine Nachricht, er habe den Rucksack des Vaters gefunden … *Ich muss die Kontrolle über das Geschehen behalten.* Da ist er wieder, sein alter Kontrollzwang. Er malt sich das Gespräch mit seinen Vorgesetzten aus. Wenn sie ihn ins Präsidium zitieren. *Herr Perlinger, es tut uns leid, hier ist Ihre Entlassungsurkunde.* Das darf nicht passieren. Also lieber alles tausendfach absichern. Manchmal hat er einfach keine Kontrolle über den Kontrollzwang.

Er ruft Malte an. Der berichtet ihm vom Arbeitszimmer des Vaters. Wie verwüstet das ist.

»Aber in einer Hinsicht haben uns die Einbrecher einen Gefallen getan.«

»Einen Gefallen?«

»Ja, die waren auch am Computer meines Vaters. Wir haben nämlich das Passwort gefunden. Das steht auf so einem Zettel. In der Handschrift meines Vaters. Vermutlich war der Zettel in der Schublade unter der Schreibplatte versteckt. Die haben sie ganz rausgezogen und umgestülpt. Alles lag auf dem Boden. Nur dieser Zettel, der lag direkt neben der Tastatur.«

»Steht da auch der Code für das Handy drauf?« Simon merkt, wie seine Stimme leicht zittert. Sie sind an einem entscheidenden Punkt angelangt.

»Warte. Du hast ja nur drei Versuche.«

Simon hört ein Rascheln. Sekunden, die sich strecken.

Dann, endlich: »Okay, probier es mal damit!«

Malte nennt ihm vier Zahlen. Gebannt tippt Simon sie ein. Fehlanzeige, das war nicht der Code. Dann kommen noch mal vier Zahlen von Malte. Ob sich das Handy damit öffnen lässt? Werden sie nun endlich eine Erklärung finden, warum Stefan und Heike Wineke abgestürzt sind?

Kapitel 26 · Evangelisches Barock

Lübeck,
Dienstag, 10. August

Kränze über Kränze vor den beiden Särgen am Altar. Eine riesige Menschenansammlung. Trauerfeier in der majestätischen Marienkirche gleich hinter dem Rathaus. Stefan Wineke war eine Person des öffentlichen Lebens. Er war Arbeitgeber für dreitausend Menschen. Sein Ruf hat durch die Veröffentlichung von Singers Machenschaften eine Delle erfahren. Aber sein Tod bekommt dadurch eine noch größere Tragik. Nie wird er sich zu den Vorwürfen, die die Presse veröffentlicht hat, äußern können. Inwieweit Singer eigenständig oder im Auftrag Winekes gehandelt hat, wird für immer im Dunkeln bleiben. Die Vorwürfe an Wineke stehen einfach als Faktum da. Nur der Pastor hat nun noch die Möglichkeit, ein Korrektiv zu geben. Nicht in der Sache. Aber indem er Versagen und Vergeben aufeinander bezieht. Nicht wenige Gäste der Trauerfeier erhoffen sich dahingehende Aussagen.

Die Tragik des Todes von Stefan und Heike Wineke steigert sich noch durch die Umstände. Am Tag der Silberhochzeit stürzten sie ab. In Lübeck weiß niemand so wirklich von den Untiefen ihrer Beziehung. Kulissenschieben. Man stellt sich die beiden glücklich vor. Oben, auf dem Gipfel. Händchen haltend. Küsschen gebend. Dann so ein böser Sturm, der sie ins Verderben bläst. Gibt es etwas Schrecklicheres?

Der Pastor steht am Ambo. Lübecker Ornat mit zweigeteiltem Talar. Die Halskrause in Form eines gefächerten Mühlsteins. Evangelisches Barock. Er lässt das Leben des Ehepaars Wineke Revue passieren. Alina und Malte haben ihm das Album für die Eltern ausgeliehen, wie er erzählt. Der Pastor spricht bedächtig. Man glaubt, seit Philemon und Baucis habe es kein größeres Liebespaar unter Gottes Sternenzelt gegeben als die Winekes. Aber man kann dem Pastor keinen Vorwurf machen. Niemand hat ihm die Liebschaften des Stefan Wineke gesteckt. Niemand hat ihm von Heikes Ausbruch in die Arme eines Studenten berichtet. So treibt er seine Rede nicht ohne Geschick auf emotionale Höhen. Viele Taschentücher werden gezückt. Auch weil einem die eigene Vergänglichkeit deutlich wird. Die beiden Opfer waren noch gar nicht alt!

»Ich hebe meine Augen auf zu den Bergen. Woher kommt mir Hilfe?«, zitiert er jetzt einen Psalm. Er schaut zur Kirchendecke. »Meine Hilfe kommt von dem, der Himmel und Erde gemacht hat«, antwortet er mit dem Psalmisten. Die Orgel setzt ein und rüttelt die erschrockenen Seelen mit ihrer Klangmacht durch.

Unter den Trauergästen ist auch ein Dozent der Akademie der Bundespolizei. Ansgar Blei kennt die Winekes nur vom Sehen. Aber er hat einen kleinen Auftrag für seinen Bergfreund Simon Perlinger zu erledigen. Kurz vor Beginn der Feier hat er sich im Handy noch einmal die Beteiligten angeschaut. So wie sie ihm Simon geschickt hat. Es dauert eine Weile. Aber dann entdeckt er sie alle. Olaf Holtmann sitzt in einer der vorderen Reihen, neben ihm seine Frau Danuta. Der Tod schüttet Gräben zu. Es gehört sich, zur Trauerfeier des Gegners zu gehen, trotz aller Machenschaften. Weiter hinten entdeckt er Harald Singer. Armin Zöllner und Jens Petersen kennt er von einem Foto, das Simon heimlich beim Gespräch mit den beiden gemacht hat. Petersens grauer Vollbart und seine Größe machen es Ansgar leicht, ihn und Zöllner zu identifizieren. Von Pascal Holtmann hat ihm Simon ein Foto von dessen Instagram-Account zugesandt. Am Ende des Kirchenschiffs entdeckt er einen jungen Mann in Jeans und Kapuzenpulli. Er wird immer wieder von Weinschüben durchgeschüttelt. Einmal schaut er kurz hoch. Jetzt weiß Ansgar Bescheid. Es ist Pascal Holtmann.

Nach der Trauerfeier findet die Beisetzung auf dem Vorwerker Friedhof statt. Auch dorthin pilgern Hunderte Menschen. Ansgar Blei beobachtet, ob es besondere Blickkontakte oder versteckte Gesten gibt. Manches notiert er sich in sein Handy. Am Abend erstattet er Simon am Telefon Bericht.

»Fangen wir mal mit Olaf Holtmann an«, schlägt er Simon vor. Der ist gerade dabei, Stefan Winekes Handy auszulesen. Zu Hause im Schönerlehen. Ganz heimlich. Sogar drinnen in seiner Wohnung und nicht auf der Terrasse. Obwohl es schwül ist. Aber er will neugierige Blicke der Großeltern ausschließen.

»Dem müsste der Tod der Winekes doch in die Karten spielen«, sagt Simon.

»Ja, Holtmann wird jetzt mit Sicherheit Vorsitzender des Wirtschaftsausschusses. Gibt ja sonst keinen Gegenkandidaten mehr.«

»Aber weißt du, ich kann mir kaum vorstellen, dass jemand wie Holtmann einen Mord anzettelt, nur um so einen blöden Ausschussvorsitz zu bekommen«, überlegt Simon. »Der wurde doch mit Auszeichnungen und Ehrungen überhäuft, ist beruflich total erfolgreich mit seiner Firma.«

»Schon. Aber der Wineke und der Singer haben ihn terrorisiert«, gibt Ansgar zu bedenken. »Allein die Sache mit dem angeblichen Laboranruf und der schlimmen Erkrankung. Das ist echt krass.«

»Stimmt. Du meinst also, da war viel Hass vorhanden. Der vielleicht sogar einen Auftragsmord erklären würde?«

»Keine Ahnung. Das sind ja nur Gedankenspiele. Ohne Indizien oder Beweise kommen wir eh nicht weiter.«

»Hast du auch diesen Harald Singer gesehen?«, fragt Simon neugierig.

»Ja, habe ich. Der sah sehr verhärtet aus. Allerdings habe ich ihn noch nie vorher gesehen. Vielleicht sieht der immer so aus. Mir ist aufgefallen, dass er eine Art Bodyguard bei sich hatte. Einen riesigen Kerl. Der war auf Schritt und Tritt an seiner Seite.«

»Okay. Ist dir noch jemand aufgefallen? Waren die Brüder von Stefan Wineke da?«

»Ich vermute, das waren die beiden Männer neben den Wineke-Kindern. Einer hatte so eine Asiatin an seiner Seite. Der andere eine stark Geschminkte mit Riesendekolleté. Fotos von ihnen hatte ich ja nicht. Auch Pascal Holtmann habe ich gesehen. Der hat die ganze Zeit geweint.«

»Klar, weil er ein Verhältnis mit Heike Wineke hatte.«

Kurz ist es still. »Äh, woher weißt du das?«, fragt Ansgar überrascht.

»Geht aus Heikes Handy hervor. Das haben die Kollegen von der Kripo Traunstein ausgelesen und mir mitgeteilt.«

»Ich wollte dir das auch gerade erzählen. Ich habe einem Ehepaar auf der Trauerfeier zugehört. Die haben genau das getuschelt. Heike Wineke sei die Geliebte von Pascal Holtmann gewesen. Dem Sohn des Erzfeindes ihres Mannes.«

Heike Wineke telefonierte in den letzten Tagen ihres Lebens viel mit Pascal. Aber mit ihrem Ehemann war sie in den Bergen, um ihre Silberhochzeit zu begehen. War ihr Verhältnis zu Pascal vielleicht zum Streitthema zwischen den Ehepartnern geworden? War das der Grund, warum es am Vorabend der Silberhochzeit *hoch herging* im Watzmannhaus? Gab es auf dem Grat eine ultimative Konfrontation, ein Gerangel, bei dem schließlich beide in die Tiefe stürzten? Simon denkt an Archie, seinen Gastvater in den USA. Wie er einfach abgedrückt hat, weil er glaubte, jemand wolle ihn überfallen. Blind, unkontrolliert, überreizt. So handeln wir manchmal, wenn es Schlüsselreize gibt. Eifersüchtige Ehefrauen, die den Ehemann wegen einer jüngeren Geliebten mit dem Schirm verprügeln. Ein betrogener Ehemann, der seine Frau von sich stößt, als er von ihrem jüngeren Liebhaber hört? Direkt die Watzmann-Ostwand hinab?

»Simon? Bist du noch dran?« Ansgars Stimme reißt ihn aus den Gedanken. »So richtig weiterhelfen wird dir das nicht, was ich beobachtet habe, oder?«

»Äh, danke Ansgar. Super, dass du mir geholfen hast. Wirklich. Ob es mir weiterhilft, wird sich zeigen. Ich hätte da noch eine Bitte. Könntest du herausfinden, wer dieser Typ ist, der den Singer begleitet hat. Dieser Bodyguard?«

»Hab ich schon getan. Er heißt Vladimir Smirnow. Ist Russe und Singers Mann fürs Grobe.«

»Meinst du, der Singer ist erledigt?«

»Schwer zu sagen. Er scheint ein Windhund zu sein. Sehr wendig.«

»Gut, Ansgar, hast du sonst noch was?«

»Nein. Vorerst nicht. Aber wenn es dir hilft, kann ich mal versuchen, an diesen Pascal ranzukommen. Der war ja bis kurz vor dem Absturz in Kontakt mit Heike Wineke. Du hast doch gesagt, sie hätte mehrfach von Berchtesgaden aus mit ihm telefoniert.«

»Ja, hat sie. Wäre toll, wenn du mal mit ihm sprichst.«

»Okay. Mach ich. Bis bald dann.«

Ansgar drückt das Gespräch weg. Simon versucht, die vielen neuen Informationen zu verarbeiten. Er sieht, wie eine Spinne am Terrassenpfosten ihr Netz webt. Die hat wenigstens einen Plan, denkt er sich. Und ich? Sein Blick fällt auf das Handy von Stefan Wineke. Höchste Zeit, dass er sich dem jetzt widmet. Wieder gibt er den Code ein, den ihm Malte durchgegeben hat. Da vibriert sein eigenes Handy erneut.

Wieder ein Anruf aus Lübeck.

Kapitel 27 · Schlechte Berater

Die Villa am Brink ist sehr geräumig. Seit ihrer Rückkehr aus Berchtesgaden schlafen Alina und Malte dort. Obwohl sie in diesem Haus aufgewachsen sind, kommt es ihnen jetzt unheimlich vor. Ohne die Eltern. Und dann dieser Einbruch. Sind sie überhaupt sicher hier?

Die Beerdigung war riesig, hat sie emotional sehr gefordert. So viele Menschen haben sie angesprochen, die sie gar nicht kannten. Ihre Eltern waren wirklich sehr bekannt und beliebt!

Alina hat Pizza aufgebacken. Jetzt sitzen sie in der Küche und überlegen, wie es weitergehen soll. Singer hat schon vor der Beerdigung versucht, Alina zu bearbeiten. Er wollte mit ihr allein sprechen. Aber Malte bestand darauf, bei dem Gespräch dabei zu sein. Alina wollte das auch unbedingt. Mit diesem schmierigen Singer allein in einem Zimmer – undenkbar! Sie sollten die Reederei verkaufen, meinte Singer. Er würde das alles für sie abwickeln. Allein schon weil *er* das vorschlug, waren sie dagegen. Sie waren die Erben und hatten das Sagen. Nicht er.

Auch Ingo, ihr Onkel, hat schon beim Essen nach der Trauerfeier auf sie eingeredet. Aber er und Hanno können ihnen gestohlen bleiben! Haben sich seit Jahren nicht blicken lassen. Und dann auf einmal die Klappe aufreißen und bestimmen wollen. Nein, keine Chance! Das haben sie Ingo unmissverständlich zu verstehen gegeben.

Bald haben sie einen Termin beim Notar. Er wird in ihrer Anwesenheit versiegelte Unterlagen aus dem Tresor holen, die ihnen ihr Vater hinterlassen hat.

Diese unheimliche Stille im Haus. Die Schwere der Gedanken.

»Willst du mal Simon anrufen, Malte?«

»Gute Idee!« Er greift zum Handy.

Simon ist ihnen irgendwie nahe, obwohl sie ihn kaum kennen. Das mag am Alter liegen. Vor allem aber, weil er sie nicht im Dunkeln lassen will, was den Tod der Eltern betrifft. Während sich Ingo und Singer so kurz nach dem Tod die Reederei einverleiben wollen, sieht Simon ihre Trauer. Ihre seelische Not. Das tut gut, schafft Vertrauen.

Simon berichtet, was er von Ansgar über die Trauerfeier erfahren hat. Er wolle sich gerade das Handy anschauen, das er im Rucksack ihres Vaters gefunden hat. Alina und Malte erzählen ihm wechselweise und ausführlich von der Trauerfeier. Auch von Singer und Ingo.

»Ich finde es erschreckend, wie schnell der Singer und euer Onkel Ingo zur Tagesordnung übergehen.«

»Ja, fast könnte man meinen, sie hätten unsere Eltern den Berg runtergestoßen.« Alina hat das einfach so dahingesagt. Aber es klingt durch den Hörer nach.

»Haltet ihr das ernsthaft für möglich?«, fragt Simon.

Alina sagt nichts. Malte auch nicht.

»Seid ihr noch da?«

»Äh, ja«, spricht Malte schließlich weiter. »Also mein Onkel Ingo hat ein solches Übergewicht, der kommt nicht mal eine Sandburg hoch, geschweige denn den Watzmann. Und der Singer ist auch sehr unsportlich.«

»Sie könnten jemanden beauftragt haben«, gibt Simon zu bedenken.

»Ja, aber wir haben ja keinerlei Anhaltspunkte, dass sie das getan haben«, sagt Alina.

»Na ja, ein Motiv hätten sie unter Umständen schon. Und zumindest der Singer ist kein Kind von Traurigkeit, wenn es um kriminelle Methoden geht. Ich meine, wenn das stimmt, was die Presse da über ihn veröffentlicht hat. Habt ihr eine Ahnung, wo die die Infos herhaben?«

»Nein, absolut nicht.« Malte klingt leicht resigniert.

Sie plaudern noch eine Weile weiter. Auch vom Notartermin erzählen die Geschwister.

»Der Notar war ein Freund unserer Eltern. Er kennt uns schon von klein auf. Wir erhoffen uns von ihm nicht nur Infos, was unsere Eltern im Tresor bei ihm gelagert haben. Wir wollen ihn auch wegen der Reederei befragen. Ob er uns Tipps geben kann, wie es damit weitergeht. Auch die Steuerberaterin schalten wir deswegen ein«, spricht Alina mit entschiedener Stimme.

»Das tut mal!«

Sie beenden das Gespräch. Noch ahnen die Wineke-Kinder nicht, was ihnen Schreckliches bevorsteht.

Kapitel 28 · Handylektüre

Noch ein Anlauf. Es ist schon spät. Aber Simon will unbedingt wissen, ob auf Stefan Winekes Handy irgendetwas zu finden ist, das Licht in den Absturz bringen könnte. Er schaltet das Handy an. Als Erstes navigiert er zu WhatsApp. Nach zehn Minuten hat er ein ganz eigenes Bild von Stefan Wineke. Der Reeder war sexsüchtig. Er unterhielt eine Vielzahl an Affären. Jeder einzelnen Frau vermittelte er das Gefühl, sie sei die einzige Liebe seines Lebens. Die eigene Ehefrau kam indirekt immer schlecht weg.

So was wie mit dir habe ich mir immer erträumt.
Du bist so voller Erotik, das kenne ich nicht.
Dass ich so was wie mit dir, Prinzessin, erleben darf, ist der Himmel.

Manchmal ging es auch deftig zu. Dirty Talk. Er drohte mit Peitsche und Prügeln – und die Partnerinnen machten begeistert mit. Boten ihm vollkommene Devotion an. Entsprechende Fotos im Chat belegten, dass das nicht nur Fantasie blieb.

Simon muss schlucken. Echt krass. So was sollten die Kinder lieber nicht erfahren. Das Bild des verstorbenen

Vaters würde sich doch sehr verschieben. Sie würden sich wundern, ihn vielleicht verachten. Aber kann er Alina und Malte das Handy vorenthalten? Ihn selbst interessieren die sexuellen Eskapaden des Stefan Wineke nicht weiter. Und wer weiß, was alles im Handy von Heike zu finden ist! Sie war ja auch auf anderen Wegen unterwegs, außerhalb der Ehe.

Simon beschleicht ein ungutes Gefühl. Darf er sich wirklich so sehr in das Privatleben eines Verstorbenen einlesen? Wenn er nicht nach dem Rucksack gesucht hätte, wäre der vielleicht noch Monate im Fels liegen geblieben. Der Winter mit seinen Schneemassen hätte das Seine getan. Das Handy wäre danach wohl kaum noch funktionsfähig gewesen. Niemals hätte irgendjemand von dem Doppelleben des Stefan W. erfahren. Doch er hat eine Mission. Er will Antworten für Alina und Malte finden. Und dafür braucht er die Infos aus dem Handy.

Er wechselt in die Kontaktliste, wählt Harald Singer an. Mit ihm hat Wineke von Berchtesgaden aus mehrfach gechattet und telefoniert. Ein Reeder mit dreitausend Angestellten kommuniziert auch im Urlaub. Mit seinem Prokuristen. Nicht weiter auffällig. Sollte man meinen. Aber hier geht es nicht um die Firma! Singer hat Wineke unter Druck gesetzt. Er solle seine Weibergeschichten beenden. Und seine Frau das Verhältnis mit Pascal Holtmann. Simon fällt auf, dass die wesentlichen Infos alle in den Chatbeiträgen von Stefan Wineke zu finden sind. Singer hingegen ist in seinen Antworten immer kurz angebunden, schickt oft nur ein Ja oder Nein. Oder auch nur ein Fragezeichen.

Zwei Tage vor der geplanten Watzmannüberschreitung dann die alles entscheidende Wendung: Stefan

Wineke schreibt Singer, ihn ginge sein Privatleben überhaupt nichts an. Auch nicht das seiner Frau. Punkt. Fertig. Aus. Er droht Singer sogar mit einer Anzeige wegen Nötigung. Auch wegen anderer Delikte, die Singer als Prokurist angezettelt hat. Welche das genau sind, geht aus dem Chatverkehr nicht hervor. Auch Valdimir Smirnow werde er anzeigen, wegen versuchter gefährlicher Körperverletzung.

Sie sind fristlos gekündigt, Singer!

Puh. Simon atmet durch und macht sich noch ein Weißbier auf. Ganz schön stark von dem Wineke. Mit seinen Frauengeschichten ist der Reeder für ihn zu einer fragwürdigen Gestalt geworden. Jetzt punktet er gerade wieder bei ihm. Wie Singer wohl auf die Kündigung reagiert hat? Im Chat ist dazu leider nichts zu finden. Hat sich der Singer den Rauswurf einfach so gefallen lassen? So ein Typ ist der nicht. Hat er diesen Vladimir oder irgendeine andere Schlägerfresse aus der Unterwelt auf den Watzmanngrat geschickt? Simon sucht in den Kontakten nach Vladimir Smirnow, der taucht aber nirgends auf.

Er klickt Stefans Chat mit Heike an. Der Reeder wusste von ihrer Beziehung zu Pascal Holtmann. Singer hat ihn angestachelt, Heike das Verhältnis auszutreiben. Warum auch immer. Weil er eine Gefahr sah, der junge Holtmann könne über Heike an Unterlagen geraten? Papiere, Dokumente, die er dann an seinen Vater Olaf weiterreichte? Die ganzen Intrigen und Bespitzelungen. Fürchtete er, Pascal würde zum Whistleblower?

Stefan Wineke hat Singer jede Einmischung in sein Privatleben und das seiner Frau verboten. Aber hatte er selbst denn gar kein Problem mit der Liebschaft seiner

Gattin? Oder keine Chance, sie von dem Verhältnis mit Pascal Holtmann abzubringen? Obwohl – bei seinem eigenen Affärenregister war Heike ja fast schon eine Nonne dagegen. *Ein* einziger Geliebter! Egal wie alt der war.

Falls die Ehegatten über Pascal gestritten haben, dann zumindest nicht im Chat. Der Ton im Chatverlauf mit Heike ist nüchtern, pragmatisch. Wie früher das Kursbuch der Deutschen Bahn. *Wann kommst du? Wo kaufst du ein? Was kochst du?* Keine Emojis, keine Lyrik, keine Peitschen. Die trübe Bilanz einer leer gelaufenen Ehe.

Simon trinkt sein Weißbier aus. Jeder Mensch ist ein ganz eigener Kosmos. Mit einem geheimen Leben. Was ist eine gute Beziehung? Wenn man so ungefähr siebzig Prozent vom anderen weiß? Das wäre bei den Winekes schon viel gewesen. Oder wusste Heike von den Affären des Ehemanns und tolerierte sie? Nach außen hin waren sie ein gut funktionierendes Paar. Das zeigen auch die zahlreichen Glückwünsche, die auf Stefans Handy zur Silberhochzeit eingegangen sind. Auch das Foto vom Frühstück im Watzmannhaus am Jubeltag vermittelt diesen Eindruck. Der Jubeltag, der zugleich ihr letzter Tag war. Man sieht die kleine Sektflasche, das einfache Bergsteigerfrühstück. Ganz im Hintergrund, leicht verschwommen, nimmt Simon zwei Gesichter wahr. Kurz staunt er. Dann vergisst er die Gesichter wieder. Alles normal. Denkt er. Noch.

Kapitel 29 · Watzmannkind

Schneewechten sind hinterhältig. Sie bilden sich auf Gipfeln und an Graten, an Stellen, wo im Winter beständig Schnee liegt. An Felskanten, die eisigen Winden ausgesetzt sind. Der Schnee verdichtet sich dort, erfährt eine trügerische Stabilität. Wer sich mit Tourenskiern oder Schneeschuhen durch die weiße unberührte Landschaft einem Gipfel nähert, läuft immer Gefahr, eine Wechte zu betreten. Durch das zusätzliche Gewicht überlastet, bricht die Wechte wie ein Riegel weißer Schokolade ab und reißt die Menschen auf ihr in den Abgrund.

Die Backen des elfjährigen Simon sind rot wie Kirschen. Vor seinem Mund bilden sich bei jedem Atemzug kleine Kältewölkchen. Andächtig hört er seinem Vater Anton zu, der ihm, wie schon so oft, die ungeschriebenen Gesetze des Bergsteigens erläutert. Sie sind nur noch wenige Meter vom Grat des Watzmannkars entfernt. Ihre Rucksäcke haben sie in den Schnee geworfen und robben sich jetzt, auf dem Bauch liegend, nach oben. Der sonnige Tag verspricht ihnen eine herrliche Sicht auf den Königssee. Nur ist große Vorsicht geboten! Der Gebirgskamm der Watzmannkinder ist von Wechten überzogen.

»So, jetzt kannst dich zu mir vorbewegen, ganz langsam, Simon.«

Der Junge tut peinlichst genau, was sein Vater ihm sagt. Auf keinen Fall möchte er einen Fehler machen. Er hat gleichermaßen Respekt vor den Bergen wie vor dem Vater. Anton Perlinger hat schon die Eiger Nordwand durchklettert, das Matterhorn bestiegen und an mehreren Expeditionen im Himalaja teilgenommen. In Simons Zimmer hängen Fotos vom Nanga Parbat, vom Broad Peak, vom Mount Everest.

Der Vater ist zwei Meter vorausgerobbt und hat jetzt den Grat erreicht. Dort, wo er sich gerade befindet, ist eine der wenigen Stellen, wo der Fels nicht überwechtet ist. Vorsichtig zieht er Simon an seinen mit Fäustlingen bedeckten Händen nach oben. Beide schauen gebannt auf den tief unter ihnen liegenden türkisfarbenen Königssee, Sankt Bartholomä, den schwarzblauen Obersee, die Wintermärchenlandschaft. Anton zeigt mit der Hand auf die Wechten, die nur ein, zwei Meter entfernt von ihnen weit über den Grat hinausgewachsen sind.

»Wenn man ein guter Bergsteiger ist, erkennt man dann immer die Wechten, Papa?«

Anton lächelt. Die Wissbegierde seines Sohnes weckt in ihm warme Gefühle. Er fühlt sich an seine eigene Kindheit erinnert, als er mit seinem Vater Ludwig hier oben war und ähnliche Fragen stellte. Simons Traumberuf ist es, Bergsteiger zu werden. Anton freut das, auch wenn er weiß, wie illusorisch das ist. Nicht jeder Junge kann ein Reinhold Messner werden. Auch gibt es bald keine Rekorde mehr in den Bergen zu feiern. Alles schon bestiegen. Im Winter, in der Nacht, im Alleingang. Ohne Rekorde hätte es auch Messner schwer gehabt,

vom Bergsteigen zu leben. Der erste Mensch ohne Sauer-
stoffflaschen auf dem Mount Everest. Der erste, der alle
vierzehn Achttausender besteigt. Aber dass Simon seine
eigene Leidenschaft, das Bergsteigen, teilt, ist eine starke
Verbindung zwischen Vater und Sohn.

»Nein, Simon, leider kann es auch noch sehr erfahrenen Bergsteigern passieren, dass sie eine Wechte nicht
erkennen. Ich erzähl dir mal etwas von dem großartigen
Alpinisten Hermann Buhl. Der ist im Waisenhaus aufgewachsen, nachdem seine Mama gestorben war.«

Buhl war schüchtern, sensibel. Durch seine große
Begabung beim Klettern und Bergsteigen holte er sich
Selbstvertrauen.

»Er hat unter anderem die Ostwand durchstiegen,
da drüben, siehst du die?«, er zeigt mit der ausgestreck-
ten Hand nach rechts und der neben ihm im Schnee lie-
gende Simon nickt eifrig. »Als Erster im Winter und bei
Nacht. Und das im Alleingang. Das war vor bald siebzig
Jahren.«

»Bei Nacht?«

»Ja, Simon, bei Nacht. Der Mond hat ihm zeitweise
den Weg beschienen. Aber trotzdem war das extrem
schwer. Die Kälte, die fehlende Sicherung durch einen
Seilgefährten, das war ein großes Wagnis. Buhl war Ös-
terreicher. Er hat eine Ramsauerin geheiratet. Er hat
dann hier am Fuße des Watzmanns gelebt. Die nächt-
liche Watzmann-Besteigung war für ihn Training.«

»Training wofür?«

Anton erzählt seinem Sohn von der Erstbesteigung
des Nanga Parbat durch Buhl im Jahre 1953. Wenige Monate nach dem Watzmann-Rekord. Vom eisigen Biwak
in fast achttausend Metern Höhe ohne Biwakeinrich-

tung. Vom Alleingang ohne zusätzlichen Sauerstoff. Von den zwei abgefrorenen Zehen. Von der totalen Erschöpfung beim Abstieg und den geistigen Ausfallserscheinungen. Vom Eispickel auf dem Gipfel als Beweis. Den Pickel, den 1999 japanische Bergsteiger der Witwe Buhl zurückgaben. Nur dass Buhl am Gipfeltag auch durch Methamphetamine aufgeputscht war, verschweigt er ihm.

Simon ist völlig fasziniert. »Witwe, Papa? Was ist das?« Anton lächelt.

»Witwe ist man, wenn einem der Ehemann stirbt.«

»Ist er denn gestorben?«

»Ja, vier Jahre später an der Chogolisa hat es ihn erwischt. Das ist ein Siebentausender im Karakorum. Und weißt du, was ihm zum Verhängnis wurde?«

Simon schaut in die funkelnden Augen seines Vaters. Wenn er ihn so fragt, denkt sich Simon, müsste er es wissen. Er erinnert sich an seine eigene Frage, ob ein guter Bergsteiger Wechten immer erkennt.

»Eine Wechte?«, fragt er vorsichtig. Sein Vater lächelt wehmütig. Er trauert, wenn er an Buhls Tod denkt. Freut sich aber zugleich über die Kombinationsgabe seines Sohnes.

»Ja, damals hat es geschneit. Die Sicht war schlecht. Und Buhl ist wohl auf eine Wechte gekommen. Durch sein Gewicht ist sie abgebrochen. Er ist in die Nordwand der Chogolisa abgestürzt. Sein Leichnam ist bis heute verschollen.«

Vom Hochkalter ziehen ein paar hohe unklare Wolken auf. Noch ein letztes Mal werfen sie einen Blick auf den See, das Steinerne Meer, das Hagengebirge. Simon besteht die Bergnamenprüfung, indem der Vater nacheinander auf Untersberg, Hochkönig und Dachstein zeigt und der Kleine sie benennt.

»Und wo ist die Gotzenalm, Simon?«

Ohne Zögern geht die kleine Hand in Richtung der baumlosen Fläche unterhalb des Kahlersbergs im Hagengebirge an der deutsch-österreichischen Grenze.

»Super! Note Eins, Simon! Auf, wir fahren jetzt ins Tal.«

Sie schnallen die Skier an und ziehen in weiten Bogen das Watzmannkar abwärts und durch den Wald in Richtung Parkplatz Hammerstiel.

»Papa, machst du mit mir auch mal die Ostwand, wenn der Mond scheint?«

Am Parkplatz angekommen, verstauen sie die Skier im Auto. Daheim, im neu gebauten Haus, erwartet sie später ein köstliches Hirschgulasch mit Bandnudeln. Am Abend werden sie dort Silvester feiern.

»Wie wär's, Simon, wenn wir es erst mal bei Tag mit der Ostwand versuchen?« Anton Perlinger hebt die flache rechte Hand. »High Five?«

»High Five!«

Sogar ein bisschen Schnee staubt aus Simons Handschuh, so fest hat er zugeschlagen.

Kapitel 30 · Marzipanparadies

Ingo und Hanno sind im Café Marzipan verabredet. Ihre Frauen haben sie zum Shoppen geschickt. Mal wieder unter Brüdern quatschen. Das ist auch dringend nötig. Denn bei der Trauerfeier gab es keine Gelegenheit für vertrauliche Gespräche. Zu viel Wirbel. Zu große Ohren überall. Sie sitzen im hinteren Teil des Cafés. Viele Touristen füllen den Raum. Die können mit den Lübecker Ereignissen nichts anfangen. Werden also nicht mithören, was sie besprechen, sagen sie sich.

»Mensch, Hanno, wie geht es dir, du alter Asiate?«

»Asiate? Du meinst, weil ich auf Bali lebe?«

»Und weil du diese Braut hast, Junge, diese Thai.«

»Na ja, ich bin ja nicht so ein Bär wie du. Ich steh nun mal mehr auf zierliche Frauen.«

»Kein Thema. Aber willst du wirklich den Rest deines Lebens auf Bali verbringen?«

»Zumindest ist es immer schön warm dort. Aber mal zu dir. Wie bist du denn an diese Susi geraten?«

»Geraten? Klingt nicht gut.«

»Ich meine, wie hast du die kennengelernt? Wollt ihr mal heiraten?«

»Nee du, Hanno, heiraten ist nicht mehr. Da hat mir mein erster Versuch gereicht.« Ingo lacht halb wehmütig, halb verbittert. »Aber wir verstehen uns ganz gut. Arbeiten im selben Hotel.«

»Bist du immer noch Barpianist in Berlin?«

»Ja, warum auch nicht. Aber stimmt schon, eigentlich überlege ich schon länger, ob ich nicht nach Lübeck zurückkehren soll.«

»Und warum hast du es dann noch nicht getan?«

»Na, rate mal. Das mit unserem Bruder war ja total verfahren. Mit dem hätte ich mich auf offener Straße gekloppt. Und das muss ja nicht sein.«

»Jetzt ist er ja weg.« Hanno blickt herausfordernd zu seinem Bruder.

»Ja, und die Kinder können die Reederei wohl kaum übernehmen. Sind noch zu jung und unerfahren. Und haben ja auch ganz andere Pläne. Ich bin kein gelernter Betriebswirt. Aber das war unser Bruder auch nicht. Learning by doing. Außerdem braucht man ja nur die richtigen Leute. In Berlin führe ich ein ziemliches Lotterleben. Das will ich nicht mehr. Ich werde bald fünfzig. Da will ich noch mal neu anfangen. Ich denke vor allem an unseren Vater, unseren Großvater. Beide ehrbare Kaufleute. Wenn die mitansehen müssten, wie sich die Chinesen die Reederei unter den Nagel reißen. Dann würden die auf dem Vorwerker Friedhof unter der Erde aufjaulen!«

»Du meinst, wir sollten die Tradition der Reederei hochhalten? Auch die der Familie? Eine solche Einstellung hätte ich dir nicht zugetraut.« Hanno blinzelt seinem Bruder zu. »Ich muss dich jetzt mal was fragen. Versteh das bitte nicht falsch. Aber bist du eigentlich gar nicht traurig, dass Stefan jetzt die Tulpen von unten anschaut?«

»Ich halte nichts vom Lügen. So wie es der Pastor in seiner Predigt getan hat. Demnach haben wir ja gestern einen Engel zu Grabe getragen. Ich habe Stefan von Kindheit an gehasst. Das ist die Wahrheit.«

»Und du warst immer neidisch auf ihn, Ingo.«

»Ja klar, du etwa nicht? Immer war er der Beste. Immer haben unsere Eltern ihn in den Vordergrund gestellt. Immer war er ihr ganzer Stolz. Und wir die missratenen Nebenprodukte. Oder etwa nicht, Hanno?«

Mit einem Wink bestellt Ingo zwei weitere Marzipan-Sahne-Liköre.

»Stimmt schon. Deswegen bin ich ja nach Bali ausgewandert. Hier wäre ich bei seiner Dominanz untergegangen.«

»Weißt du, Hanno, ich glaube, selbst unser Bruder hat seinen Meister gefunden.«

»Seinen Meister? Was meinst du damit?«

»Ich habe mich mit diesem Singer getroffen, dem Prokuristen. Wollte nur mal vorfühlen, wie er das so sieht mit der Firma. Und was er davon hält, wenn ich in die Firma einsteigen würde.«

»Und?«

»Der hat mir glatt erklärt, er habe da das Vorrecht. Stefan habe ohne ihn überhaupt nichts auf die Reihe bekommen. Er sei pro forma zwar nur Prokurist. Aber letztlich sei er es gewesen, der die ganzen Deals eingefädelt habe. Was da in der Zeitung über ihn stünde, sei erstunken und erlogen. Er werde juristisch dagegen vorgehen. Die Firma wolle er in eine Aktiengesellschaft umwandeln. Alina und Malte würden abgefunden.«

»Was? Spinnt der? Der ist doch nur ein Angestellter. Was hat er denn zu deinem Vorschlag gesagt, in die Reederei mit einzusteigen?«

»Fand er trotzdem gut. Einer aus der Familie, das wäre prima. Allein schon für den Briefkopf. Wenn da noch ein ›Wineke‹ bei ›Wineke & Söhne‹ dabei wäre. Die Kinder seien mit der Firma überfordert. Er hatte schon Ideen, wie man ihnen die Reederei abspenstig machen könne. Entweder sie gehen freiwillig auf den Deal ein und bekommen ein paar Millionen dafür. Oder aber …«

»Oder was?«

Ingo nippt an seinem Likör. »Oder er werde Mittel und Wege finden, damit sie dem Deal zustimmen.«

Hanno sieht Ingo entsetzt an. Er hat die Hände an die Schläfen gelegt. »Das hört sich nach kriminellen Methoden an, Ingo. Oder sehe ich das falsch?«

»Abwarten. Ich finde den Singer nicht so verkehrt. Er hat das Wohl der Firma im Blick. Und mit ihm und mir bliebe die Firma stabil, auch als Familienunternehmen. Wenn du willst, bekommst du auch Anteile. Prost!«

»Weißt du, warum ich glaube, dass du das machen willst, Ingo? Du willst es nur dem Stefan zeigen. Posthum. Prost!«

• • •

Während die beiden im Marzipanparadies sitzen, steht nur wenige Hundert Meter weiter Harald Singer am Fenster von Stefan Winekes Büro. Er grübelt. Woher hat die Presse nur die ganzen Infos? Das lässt ihn einfach nicht los. Offenbar hat er einen unbekannten Feind. Ist es diese Tochter, die ihm so angewidert die Hand entzogen hat? Oder dieser unreife Sohn? Haben sie im Handy des Vaters herumspioniert? Wer ist für den Einbruch verantwortlich? Das waren definitiv nicht die Kinder. Die hätten ja nicht einbrechen müssen. Oder hatten sie etwa jemanden beauftragt, um falsche Spuren zu legen?

Er holte sein Smartphone hervor. Vladimir soll kommen. Sofort.

Kapitel 31 · Schicksalsschläge

»Was ist denn los, Malte?«

Simon hört nur ein Schluchzen am Handy.

»Ich … ich bin im Krankenhaus.« Malte klingt verzweifelt, aufgewühlt.

»Was ist denn passiert?« Simons Schicht ist zu Ende, und er ist gerade im Schönerlehen angekommen. Er ist froh, dass Malte ihn jetzt erst anruft und nicht, als er noch in der Polizeiinspektion war. Er möchte dort nicht mehr über den Tod der Winekes sprechen. Trotz eigenen Büros. Die Tür ist meist nur angelehnt. Sein Chef oder andere könnten etwas hören. Die Sache mit den Winekes ist mittlerweile eine rein private Kiste von ihm.

»Malte, du bist ja ganz aufgeregt. Beruhige dich erst mal!«

Der junge Lübecker erzählt, wie sie am Morgen zum Notar aufgebrochen sind. Er und Alina im BMW der Mutter. Der stand auf ihrem Grundstück vor der Garage. Das Notariat war etwas außerhalb. Sie fuhren auf einer zweispurigen Straße, als vor ihnen ein langsamer Lkw fuhr. Malte wollte abbremsen.

»Aber die Bremsen gingen einfach nicht. Ich bin dem mit voller Wucht draufgeknallt.«

»Das ist ja furchtbar. Ein Albtraum. Seid ihr verletzt?«, fragt Simon besorgt.

»Der komplette Motorraum ist zerquetscht. Alina hat's schlimmer getroffen als mich. Weißt du, wie grauenhaft das ist? Du willst bremsen. Du drückst wie ein Verrückter auf das Bremspedal. Und das geht nicht! Ich habe noch versucht, die Handbremse zu ziehen. Das hat dann den BMW ein bisschen gedreht, und wir haben den Lkw seitlich erwischt. Das ist auch der Grund, warum Alina als Beifahrerin mehr abbekommen hat. Sie liegt auf der Intensivstation.«

Simon lässt Malte reden, weinen. Wartet ab, bis nur noch ein leises Schluchzen zu hören ist.

»Das mit der Handbremse hätte ich genauso gemacht.«

»Hättest du?«

»Ja. Das haben wir beim Fahrtraining bei der Polizei so gelernt.« Simon weiß gar nicht, ob das stimmt. Aber er will Maltes Schuldpaket verkleinern. »Wie lange müsst ihr denn im Krankenhaus bleiben? Weißt du das schon?«

Alina habe ein Schädel-Hirn-Trauma, erzählt Malte. Zum Glück nur ein leichtes offenbar. Er habe sich einige Rippen gebrochen, obwohl der Airbag aufging. Außerdem Schnittwunden im Gesicht. Die Polizei sei schnell vor Ort gewesen und habe den Unfall aufgenommen. Der BMW werde gerade in einer Werkstatt untersucht.

»Ich glaube, das mit den Bremsen war kein Zufall, Simon.«

»Du meinst, der Singer steckt dahinter?«

»Der hat uns gestern persönlich aufgesucht. Mit seinem Gorilla.«

»Du meinst diesen Vladimir?«

»Ja. Wir haben die beiden aber nicht reingelassen. Ich habe mit dem Singer Tacheles geredet. Dieser Vladimir ist die ganze Zeit ums Haus rumgeschlichen. Ich habe ihnen mit der Polizei gedroht. Das hat die gar nicht gejuckt.«

»Ich frage mich, ob das wirklich der Singer war. Der ist zurzeit durch die Presseveröffentlichungen stark angezählt. Der taucht doch eher ab, als eine weitere Angriffsfläche zu bieten. Wäre doch klar, dass man ihn schnell verdächtigt«, gibt Simon zu bedenken.

»Tja, stimmt schon. Aber so wie ich den einschätze, macht der sich nicht selbst die Finger schmutzig. Der hat da irgendwelche Leute, die er bezahlt. Wie diesen Vladimir. Wer sollte es denn sonst gewesen sein?«

»Na ja, vielleicht war es auch ein technischer Defekt. Das bleibt abzuwarten.«

»Irgendwie komme ich mir vor wie in einem falschen Film, Simon. Bis zum Tag der silbernen Hochzeit war bei uns noch alles in Ordnung. Meine Eltern führen eine gute Ehe. Die Reederei macht ordentliche Geschäfte. Alina und ich studieren. Und jetzt ist plötzlich alles auf den Kopf gestellt. Die Eltern sind tot. Die Reederei gerät ins Schlingern. Alina und ich sind vielleicht Zielscheiben …«

Eine gute Ehe. Bei diesen Worten ist Simon zusammengezuckt. Wenn Malte wüsste …

»Das wird sich bald ändern, Malte. Die Lübecker Kripo und die Staatsanwaltschaft sind sicher hinter Singer her. Und wenn der BMW wirklich manipuliert war, seid ihr beiden nicht nur Opfer, sondern auch wichtige Zeugen.«

Sie beenden das Gespräch. Simon beobachtet einen Specht, der sich gerade an einer alten Eiche zu schaffen macht, die schon seit zweihundert, dreihundert Jahren den Innenhof dominiert. Rex Gildo springt im Dreieck, weil er irgendwo ein Huhn wittert, das sich in die Nähe seiner Hütte verirrt hat. Ludwig Perlinger steht in Lederhosen am moosigen Teich und beobachtet glücklich seine Laufenten. Auf der Bank vor dem Wohnhaus sitzen Maria Perlinger und Kunigunde Pöppel und unterhalten sich über ihre neuesten Strickergebnisse.

Was für eine Idylle, denkt Simon, der das alles von der Terrasse des Austragshäusls aus beobachtet. Doch ist es nicht auch eine trügerische Idylle? Seine Großmutter zieht ein frisch geschlachtetes Huhn aus einem Eimer. Maria hat vor siebzehn Jahren ihr einziges Kind verloren, Simons Vater. Auch sie hat nie mit ihm über den Brand gesprochen. Wahrscheinlich hat sie sich noch nicht einmal mit Ludwig darüber ausgetauscht. Sie trägt das alles mit sich alleine aus. Weil sie nicht mit Hilfe von anderen rechnet.

Vor Kurzem hat Simon gelesen, siebzehn Prozent aller Studierenden in Deutschland seien in psychotherapeutischer Behandlung. Die Hemmschwelle, sich professionelle Hilfe bei psychischen Problemen zu holen, ist gesunken. Zum Glück, sagt er sich. Ihm hatte das Anti-Aggressionstraining auch geholfen.

Aber seine Großmutter bei einer Psychologin? Undenkbar! »Das Schicksal kann man nicht beeinflussen«, hat sie einmal beim Essen gesagt. Da ging es um einen Bauern auf einem Nachbargehöft. Den hatte ein schwerer Fichtenstamm bei Fällarbeiten erschlagen. *Das Schicksal kann man nicht beeinflussen.* War das die Formel, mit der sie auch selbst ihren tiefen Schmerz versiegelte? Das Schicksal, das sich ihren Sohn und die Schwiegertochter auf unerklärliche Weise und wahllos ausgesucht hatte?

Jetzt rupft sie unter fachkundigen Kommentaren ihrer Freundin Kunigunde das Huhn. Ihre Schürze aus grobem weißem Leinen ist blutverschmiert. Die mit grauen Strähnen durchzogenen Haare hat sie hochgesteckt. Sie wirkt fröhlich. Aber die engen Fältchen um die Augen verraten die stille Bitternis durchwachter Nächte.

Ein Schicksalsschlag, der in ein weitgehend sorgenfreies Leben einbricht und alles verändert. Er denkt wieder an Malte und Alina. Der Tod der Eltern, der Einbruch. Jetzt der schwere Unfall. Ob ihr Auto manipuliert wurde, klärt die Lübecker Polizei. Darum kann er sich nicht auch noch kümmern. Schon gar nicht privat.

Was er sich aber nach dem Telefonat mit Malte fragt: Wenn das mit dem Auto tatsächlich Singer war, reicht sein Arm dann auch bis nach Berchtesgaden? Kennt er vielleicht trainierte, bergerfahrene Leute, die es auf den Watzmann schaffen? Die dort bei anbrechendem Gewitter und unter hoher eigener Gefahr zwei Menschen auf dem Grat in den Abgrund stoßen?

Kapitel 32 • Love is in the air

Die Praxis von Dr. Hilde Stöckl hat zwei Wartezimmer mit jeweils nur einem Stuhl. Wer zur Psychiaterin geht, zumal in einem kleinen Ort wie Berchtesgaden, möchte dort nicht seinem Nachbarn begegnen. Denn der wäre genauso peinlich berührt wie man selbst. DU bei der Psychiaterin?

Psychische Leiden tragen noch immer ein Stigma. Man ist faul, blöd oder hat einen schlimmen Tick, denken viele, wenn sie Menschen mit psychischen Problemen begegnen. Dabei ist man nur krank. Braucht Heilung. Frau Dr. Stöckl findet es zwar nicht gut, wie psychische Leiden nach wie vor oft zur Zielscheibe von Spott werden. Wie sie zu gesellschaftlicher Ausgrenzung führen. Aber sie möchte ihre schwer leidenden Patienten nicht noch weiter belasten. Darum die separierten Wartezimmer. Und ein gutes Zeitmanagement.

Eine Frau um die dreißig mit Glitzerstern am Schneidezahn und gepierctem Bauchnabel betritt eines der beiden Wartezimmer. Sie hat sich viele Jahre geweigert, Hilfe in Anspruch zu nehmen. Als Kind kaute sie manisch Fingernägel und entwickelte einen Waschzwang. Als Jugendliche kam das Ritzen hinzu. Mit achtzehn Jahren begann das mit dem Kaufrausch. Sie war in Therapien, auch mal ein Vierteljahr in einer psychiatrischen Klinik. Mit starken Medikamenten bekam sie die Zwänge zeitweise in den Griff. Aber dann brachen sie umso stärker wieder aus. Hinzu kam eine hohe, leicht entzündbare Aggressivität. Sie brauchte nur einen kleinen Schlüsselreiz, ganz bestimmte Worte, Berichte in der Zeitung – und sie tickte komplett aus. Da half auch all die psychische Aufbauarbeit nichts mehr.

Frau Dr. Stöckl kennt sie schon seit vielen Jahren. Die Psychiaterin hat viele Tiefen mit ihr durchgemacht. Abstürze seelischer Art, wie sie schlimmer nicht hätten sein können. Immer wieder hat sie neue Therapien mit ihr ausgelotet. Sie medikamentös eingestellt. Zumindest zeitweise hatte sie dank der Tabletten ihre überfallartige Aggressivität ganz gut im Griff.

Petra, ihre Mutter, ist völlig überfordert mit ihr. Zumal Petra selbst ein Problem hat: Sie trinkt. Zu viel ist in ihrem Leben schiefgelaufen. Auch die letzte Beziehung ging schnell in die Brüche. Wie so viele zuvor auch. Die Schlagzahl der Männer erhöhte sich, so wie sich ihre Verweildauer verkürzte. Die Männer hatten immer genug von ihr, sobald sie begann, von ihrem früheren Glück zu erzählen.

»Mann, ich kann dein Gejammer nicht mehr hören. Du und deine Tochter, ihr seid doch Psychos«, schrie der letzte, ein geschiedener Elektriker, bevor er die Tür laut zuknallte und sich nie mehr meldete.

Jetzt greift Petra zum Wodka. Ihre Tochter ist wieder in einer Sitzung bei Frau Dr. Stöckl. Ob sich ihr Zustand verbessert hat? Sie tut ihr so leid. Über ihrem

Leben stand von Anfang an kein guter Stern. Die Schule hatte sie fast nicht geschafft. Dann so viele Jobs, bei denen sie nie länger als ein Jahr blieb. Irgendwann hat sie sich gar nicht mehr beworben und ist auf dem Sofa festgewachsen.

Doch in der letzten Zeit hat sich etwas geändert. Ist es der Sport, der ihr so guttut? Oder ihre Schulfreundin Rebekka, die sie häufiger besucht? Dadurch kommt sie auch unter Leute. Trifft sich mit Gleichaltrigen. Beginnt eine ganz normale Frau zu sein.

So oft wie in der letzten Zeit hat sie ihre Tochter noch nie lachen gehört. Sie hat sich ohne Aufforderung von selbst beworben. Rewe hat ihr eine Stelle an der Kasse zugesagt. Ab nächsten Monat. Natürlich kein Traumjob. Aber sie hängt dann nicht mehr nur zu Hause rum. Hat einen strukturierten Tag. Mehr ist erst mal nicht drin. Immerhin ein neuer Anfang.

Der Schlüssel dreht sich im Schloss. Die Tochter wohnt immer noch bei ihr. Auch nicht gut.

»Mama, du sollst nicht mehr so viel trinken.« Die Tochter nimmt die Wodkaflasche und schüttet sie ins Spülbecken.

»Wie war es denn bei Frau Dr. Stöckl?«

»Gut. Sie meint, es ginge mir deutlich besser. Rebekka täte mir gut. Auch der viele Sport. Die Bewegung.«

»Das freut mich.«

»Ich habe mir überlegt, ob ich die Mittlere Reife nachhole.«

Petra kann gar nicht glauben, was sie da hört. Ihre träge Tochter. Mit fast dreißig Jahren bekommt sie plötzlich den Schwung, den sie bisher immer vermissen ließ.

»Ich fang ja bald bei Rewe an. Aber das ist ja erst mal nur halbtags. Dann könnte ich abends an der Volkshochschule den Kurs machen.«

»Das fände ich großartig.«

»Du wunderst dich über mich, Mama, stimmt's?«

Petra schaut auf ihr leeres Wodkaglas.

»Ja. Schon. Wieso grinst du so?«

»Ach, Mama, sie hat gesagt, mir täte auch noch was anderes gut.«

»So? Was denn?«

Die Tochter macht die Soundbar an. In ihrem Handy sucht sie einen Song. Dann dreht sie den Ton ganz laut.

Love is in the air, singt sie laut mit.

»Komm, Mama, lass uns tanzen!«

Kapitel 33 · Wichtige Telefonate

Schönerlehen, Bischofswiesen,
Dienstag, 17. August

Malte ruft an.

»Simon, das Ergebnis aus der Autowerkstatt ist da. Eine Kommissarin der Kripo Lübeck war eben bei mir.«

»Und? Was ist mit dem Auto?«

»Die Bremsleitungen und ABS-Schläuche waren durchgeschnitten. Außerdem waren die Radschrauben an allen vier Rädern gelockert.«

»Mein Gott, das hätte dann ja noch viel schlimmer ausgehen können!«

»Wohl wahr. Die Kommissarin hat gesagt, sie hätten das sehr genau geprüft. Denn es hätte ja auch sein können, dass das Auto vor Kurzem in einer Werkstatt war und dort ein Fehler gemacht wurde. Aber dem war nicht so. Es ist eindeutig manipuliert worden.«

»Mich wundert nur, dass die Handbremse noch ging. Das Seil hätte man ja auch ansägen können.«

»Ja, die Kommissarin meinte, entweder sei das vergessen worden, oder die Täter wollten, dass man noch eine kleine Chance hat, sich zu retten. Dann wäre das nur so was wie ein extremer Denkzettel.«

»Hast du gegenüber der Kommissarin einen Verdacht geäußert, wer das war?«

»Ja, ich habe ihr alles von Singer erzählt. Wie der uns schon vor der Trauerfeier wegen der Firma bequatscht hat. Wie er uns dann besucht hat. Auch diesen Vladimir habe ich ihr beschrieben.«

»Und was hat sie gemeint?«

»Sie hat nur gesagt, die beiden hätten sie auch wegen anderer Dinge auf dem Schirm.«

Simon zögert, dann fragt er es zu seiner Absicherung aber doch. »Du hast ihr aber nichts von mir und meinen Ermittlungen erzählt. Also den privaten, meine ich, oder?«

»Nein, keine Sorge, Simon, natürlich nicht. Würde ich nie tun. Ehrenwort!«

Kaum haben sie das Gespräch beendet, meldet sich Ansgar Blei.

»Hey Simon, ich habe mit diesem Pascal Holtmann gesprochen.«

»Echt? Cool! Wo hast du ihn getroffen?«

»In der Fußgängerzone. Das war Zufall. Er hat dort mit seiner Handpan gespielt.«

»Seiner was?«

Ansgar erklärt Simon das Instrument.

»Okay. Was hast du herausgefunden?«

»Also, der war ziemlich fertig. Das mit der Frau Wineke, dieser Unternehmersgattin, die am Watzmann abgestürzt ist, ist ein schwerer Schlag für ihn. Genau dort, wo ich ihn getroffen habe, hatte er wohl ein Schlüsselerlebnis mit ihr. Sie kannten sich zwar schon von der Schulzeit ihres Sohnes her. Aber irgendetwas ist da zwischen den beiden in der Fußgängerzone passiert. So eine Art magischer Augenblick.«

»Oh, klingt ja sehr romantisch.«

»Ja, du hättest mal sehen sollen, wie seine Augen geleuchtet haben, als er von dieser Frau erzählt hat.«

»Wahre Liebe also!«

»Irgendwie hatte er ein erstaunlich großes Mitteilungsbedürfnis. Aber das kennt man ja. Wenn man unglücklich ist, freut man sich, wenn man jemandem sein Herz ausschütten kann. Egal wem. Oft schwinden sogar die Hemmschwellen, das gegenüber Wildfremden zu tun.«

Ansgar hat viel mit jungen Menschen und ihren Problemen zu tun. Als Dozent an der Polizeiakademie kann er sich gut einfühlen, wenn jemand wie Pascal so tief leidet. Simon ahnt, wie er mit nur wenigen Worten den Handpan-Spieler geknackt hat.

»Er hat mir erzählt, dass er überlegt hat, den Winekes nach Berchtesgaden hinterherzufahren. Mit der Bahn.«

»Und hat er es?«

»Das konnte er mir nicht mehr beantworten. Halte dich fest, warum nicht mehr ...«

Simon ist jetzt sehr gespannt.

»Plötzlich standen zwei Kolleginnen von der Kripo Lübeck neben mir. Eine von ihnen hat Pascal aufgefordert, sein Instrument einzupacken und unauffällig mit ihnen mitzugehen.«

»Warum denn das?«

»Das wollte ich auch wissen. Aber die Kolleginnen haben mir nur gesagt, es ginge um eine Überprüfung.«

»Mehr weißt du nicht?«

»Doch. Bisschen mehr Zutrauen kannst du schon in mich haben. Ich habe ja ein paar gute Kontakte und digitale Möglichkeiten.«

»Sorry. Ich bin halt sehr gespannt.«

»Da es morgen ohnehin in der Zeitung steht, kann ich es ruhig weitersagen. Pascal war vermutlich der Einbrecher in der Villa Wineke. Ein Nachbar hat beobachtet, wie er über eine Mülltonne aufs Grundstück eingestiegen ist. Auch wie er später genau dort wieder herausgekommen ist.«

»Aber wieso kommt das erst jetzt raus? Ist doch schon über zwei Wochen her.«

»Der Nachbar der Winekes hat gesagt, er habe sich nicht getraut, zur Polizei zu gehen. Der Tod des Ehepaars habe ihn geschockt. Da wollte er nicht noch mehr Unruhe in die ganze Angelegenheit bringen. Er habe den jungen Mann ja gekannt. Der Sohn von Olaf Holtmann. Der Nachbar ist Lehrer. In der Schule sei Pascal sein Schüler gewesen. Er wollte es direkt mit Pascal klären. Ihn bitten, selbst zur Polizei zu gehen und sich zu stellen. Über Pascals Vater habe er dann versucht, unauffällig an die Adresse des Sohnes zu kommen. Aber der Vater habe gesagt, sein Sohn interessiere ihn nicht mehr. Da wollte der Lehrer es auf sich beruhen lassen. Dann gab es den Unfall der beiden Wineke-Kinder. Als er davon gelesen habe, sei ihm die Sache zu heiß geworden. Deswegen hat er sich dann doch bei der Polizei gemeldet.«

»Wahnsinn!«, stöhnt Simon. »Ich ahne auch, warum der eingebrochen ist.«

»Warum?«

Simon berichtet von Singers Druck auf Stefan Wineke. Auch dass seine Frau die Affäre mit Pascal beenden sollte. Weil das den Ruf des Reeders schädige. Singer wollte ihn ja zum Kandidaten für das Oberbürgermeisteramt aufbauen.

»Und das hat die Frau Wineke dem Pascal gesagt? Woher weißt du das denn alles?«

Simon zögert. Auch wenn er Ansgar vertraut, will er ihn nicht in eine schwierige Lage bringen. Das wäre aber der Fall, wenn er ihm sagt, dass er das Handy von Stefan Wineke besitzt. Er weiß nicht, ob Ansgar auch so ein Geheimnis noch für sich behalten würde. Denn das mit dem Handy geht gegen alle Dienstvorschriften. Wenn Ansgar das nicht meldet, würde er sich selbst angreifbar machen.

»Von der Handyauslesung«, antwortet Simon rasch. Ist ja auch nicht ganz falsch. Heike Winekes Handy wurde offiziell von der Kripo Traunstein ausgelesen. Von dort kam auch der Hinweis, Pascal sei Heikes Geliebter gewesen. »Ich vermute Folgendes: Um den Druck von Heike Wineke zu nehmen, ist Pascal in die Villa eingebrochen. Hat nach Belastendem gegen Singer gesucht. Und ist fündig geworden.«

»Ja, klingt plausibel«, stimmt Ansgar ihm zu.

Am anderen Ende der Leitung atmet Simon innerlich auf. Ansgar spricht längst weiter. »Die Wineke-Kinder hatten einen schweren Verkehrsunfall. Habe ich in der Zeitung gelesen.«

»Stimmt, ich habe gerade erfahren, dass jemand ihr Auto manipuliert hat. Vieles deutet auf Singer hin.«

»Weil der sich die Firma unter den Nagel reißen will? Weil er die Kinder verdächtigt, ihn an die Presse verraten zu haben?«

»Das kann sein. Aber so spannend das alles ist, das muss die Lübecker Kripo klären. Für mich steht nur die Frage im Raum, ob Singer auch für den Tod des Ehepaars Wineke verantwortlich ist.«

»Oder Pascal Holtmann, Simon.«

»Wieso denn der?«

»Na, er hatte ja vor, nach Berchtesgaden zu fahren. Ob er es getan hat, konnte er mir nicht mehr beantworten. Aber es könnte doch sein, dass es eine Dreier-Begegnung auf dem Grat gegeben hat.«

»Ist der denn ein geübter Bergsteiger?«

»Keine Ahnung.«

»Du weißt es ja von unserer gemeinsamen Tour. Man steigt nicht einfach so auf den Watzmann. Geht den Grat. Stößt zwei Menschen in den Abgrund. Und marschiert dann seelenruhig im Gewitter zurück zum Hocheck.«

»Warum zurück und nicht weiter durchs Wimbachgries ins Tal?«

Oh, staunt Simon, der Ansgar kennt sich noch ganz gut aus in den Berchtesgadener Bergen.

»Weil er da meiner Kollegin Luisa Sedlbauer in die Arme gelaufen wäre. Die war nämlich zufällig auf dem Grat und hat niemand Verdächtigen in dieser Richtung gesehen. Ein möglicher Täter kann also nur in Richtung Hocheck zurückgelaufen sein.«

»Verstehe. Ist ja echt ein Mega-Zufall, dass deine Kollegin gerade oben auf dem Grat war, als die zwei abstürzten.«

Simon muss schlucken. Luisa ist seit ein paar Tagen krankgeschrieben. Er sollte sich mal nach ihr erkundigen.

Nach dem Gespräch ruft er noch einmal bei Malte an.

»Wie geht es Alina, Malte?«

»Besser. Sie liegt jetzt auf der Normalstation.«

»Okay. Du, ich habe noch eine Frage. Wir haben doch euer schönes Album angeschaut.«

»Ja. Damals im Hotel Edelweiß.«

»Alina hat da eine Frau erwähnt, die eurer Mutter immer die schicken Kleider gemacht hat. Weißt du zufällig, wie die heißt? Ich finde den Zettel nicht mehr, auf dem ich den Namen notiert habe.«

»Äh, du meinst ihre Schneiderin?«

»Ja, genau die.«

»Also, das ist Clara Mertes. Modedesignerin in Hamburg.«

»Clara Mertes«, murmelte Simon vor sich hin. »Clara Mertes …«

»Ja, die ist ihre Freundin.«

»Ah, okay. Kennt sie deinen Vater auch?«

»Ja klar, schon lange. Warum?«

»Ach, nur so. Mir kommt der Name irgendwie bekannt vor. Aber kann sein, dass ich mich täusche.«

Er beendet das Gespräch. Holt den Hefter heraus, in dem er die Unterlagen zum Fall Wineke aufbewahrt. Ruft auch den digitalen Ordner auf, in den er für seine privaten Ermittlungen die wichtigsten Dokumente kopiert hat. Dann hat er sie. Clara Mertes.

Kapitel 34 • Gedankenkarussell

Fitnessstudio, Berchtesgaden,
Freitag, 20. August

Luisa hat Franziska Gschwendner, die sich Franzi rufen lässt, im Fitnessstudio kennengelernt. Auch jetzt haben sie sich dort verabredet. Draußen regnet es in Strömen. Mit einem Mix aus Krafttraining, Cardioeinheiten und Outdoor-Sport versuchen sie, einen sehr straffen und muskulär klar definierten Körper zu erlangen. Auf den Laufbändern unterhalten sie sich über Sport, Ernährung und Gott und die Welt.

Luisa ist froh, in Franzi endlich eine Verbündete gefunden zu haben. Ihr vertraut sie auch an, was sie noch in diesem Herbst plant, wenn es das Wetter zulässt.

»Den Watzmann mit Überschreitung in unter vier Stunden. Glaubst du, ich könnte das schaffen?«

»Kann ich schlecht beurteilen, Luisa. Ich habe da keine Erfahrungen. Ich bin die Berge ja bisher nur hochgewandert.«

Luisa erzählt ihr von Toni Palzer und dessen unglaublichen Rekordzeiten.

»Den bewunderst du ja richtig!« Franzi zwinkert Luisa zu.

»Ich bewundere alle, die sportlich ehrgeizig sind und ihre Ziele dann auch erreichen.«

»Hm. So regelmäßig Sport mache ich noch gar nicht lange, erst seit einem Jahr. Aber ich habe eine Joggingstrecke von meinem Haus aus. Da laufe ich immer mit Stoppuhr. Alle paar Kilometer bekomme ich über meine App die Zeit angesagt. Das motiviert mich total. Von daher kann ich verstehen, wenn du dir auch solche Ziele setzt.«

»Würdest du denn mal mit mir den Watzmann hochlaufen, Franzi?«

Franzi muss kurz durchatmen. Die Geschwindigkeit des Laufbands ist einfach zu hoch.

»Ich glaub nicht«, hechelt sie. »Die Berge hochrennen ist vielleicht nicht so mein Ding. Ich wandere lieber. Auch ein bisschen Klettern gefällt mir.«

»Du solltest es trotzdem mal probieren.«

»Mal sehen. Ich kann auf jeden Fall Ausdauer mit dir trainieren. Für deinen Rekordversuch.«

Luisa würde ihre Leidenschaft fürs Berglaufen gerne mit jemandem teilen. Nicht immer allein über die Berge stürmen. Aber andererseits ist das auch etwas sehr Spezielles. Sie kann verstehen, wenn Franzi da nicht mitmachen will.

»Du hast das sicher auch mitbekommen, Franzi. Das Ehepaar, das Anfang des Monats vom Watzmann abgestürzt ist.«

»Ja. Waren das denn auch Bergläufer? Also sind die mit Speed da hochgerannt?«

»Nein, waren sie nicht. Die waren auch schon um die fünfzig. Das mit dem Berglaufen ist dann schwieriger als in unserem Alter.«

Luisa ist unsicher, wie weit sie sich der neuen Freundin anvertrauen kann. Sie kennt sie erst seit zwei Wochen. Andererseits sitzt der Schock bei ihr noch immer tief. Zum einen wegen des Absturzes als solchem. Schlimm, was da passiert ist. Am Tag der Silberhochzeit, wenn abends die Kinder im Restaurant auf die Eltern warten, um zu feiern. Sie ist aber auch deshalb so betroffen, weil sie selbst unter Verdacht geraten war. Sie war vielleicht die Letzte, die das Ehepaar lebend gesehen hat. Es gab keine Zeugen. Sie sah sich plötzlich genötigt, ihrem Kollegen Simon gegenüber ihre Unschuld zu beteuern. Wer sie gesehen hat, wie sie zum Hocheck stürmte und auch mal Leute zur Seite schob, konnte leicht den Verdacht bekommen, sie habe auch das Ehepaar angerempelt. Dabei sei es zum Absturz gekommen. Wie oft hat sie sich in den letzten Wochen darüber den Kopf zerbrochen. Ein richtiges Gedankenkarussell. Und jedes Mal schauderte es sie! Berglaufen war wirklich nicht ungefährlich. Auch nicht für Unbeteiligte, die einem nur über den Weg liefen. Vor allem, wenn man das so ehrgeizig betrieb wie sie.

»Woher weißt du, dass die keine Bergläufer waren?«

»Ich arbeite bei der Polizei. Und ich war … Ach, egal. Komm lass uns zu den Gewichten gehen. Kennst du Hip Thrusts?«

»Nein, kenn ich nicht.« Franzi staunt, wie schnell Luisa das Thema wechselt. Aber Luisa sitzt schon am Boden und platziert eine Langhantel auf ihrer Hüfte. Während sie sich mit den Schulterblättern auf einer Bank abstützt, stemmt sie ihre Hüfte mitsamt Langhantel nach oben, macht eine Brücke.

»Komm, Franzi, mach das hier an der Bank neben mir auch. Dann motivieren wir uns gegenseitig. Gibt einen schönen Po.« Die Sehnen an ihrem Hals treten hervor, während sie spricht.

»Na gut«, sagt Franzi. Aber ihre Gedanken sind immer noch bei dem abgestürzten Ehepaar. Luisa will nicht weiter darüber sprechen. Darf sie das nicht, weil es dienstliche Geheimnisse sind, die sie dann verraten würde? In diesem Augenblick fällt es ihr ein, wo sie Luisa schon einmal gesehen hat. Bevor sie sich im Fitnessstudio angefreundet haben. Wie konnte sie das nur vergessen!

Kapitel 35 · Dilemma

Simon hat vor ein paar Tagen nur flüchtig auf die Gästeliste des Watzmannhauses geschaut. Zu flüchtig. Im
Zimmer von Rick Walker waren angeblich zwei weitere
Gäste namens »März« untergebracht. Jetzt, wo er genauer hinschaut, liest er den Namen korrekt. »Mertes« lautet
er. Weiter unten steht auch noch Hamburg, mit Pfeil auf
den Namen Mertes.

Der Übernachtungsgast war also Clara Mertes. Daran
zweifelt er nicht. Sie war in der Nacht vor dem Absturz
mit den Winekes im Watzmannhaus. Laut Liste war sie
eine Nachrückerin. Sie hatte keine Übernachtung angemeldet, war aber trotzdem zur Hütte gekommen in der
Hoffnung, dass es Stornierungen gab. Die Schneiderin
aus Hamburg hatte Glück gehabt und tatsächlich einen
Platz ergattert. So konnte sie den Abend gemeinsam mit
den Winekes verbringen.

Drei Dinge findet Simon besonders bemerkenswert.
Erstens: Auf Clara Mertes' Namen waren zwei Personen
angemeldet. Der Name ihrer Begleitung stand jedoch
nicht auf der Liste. Vielleicht ihr Ehemann? Aber gab es
einen solchen überhaupt? Es würde schwer werden,

herauszufinden, wer die zweite Person war. Er könnte Resi ein Foto zeigen und fragen, ob sie Clara Mertes wiedererkennt. Ob diese Frau beim Ehepaar Wineke saß. Wer die vierte Person war. Aber bei Resi setzte dann sicher wieder die große Amnesie ein. Doch dass die Modedesignerin wegen der Silberhochzeit der Winekes zum Watzmannhaus hochgestiegen war und mit ihnen am Tisch saß, lag nun auf der Hand.

Zweitens: Clara Mertes und ihre Begleitung waren mit Rick Walker, dem Schamanen, in einem Zimmer. Die Zusammenlegung war sicher Zufall. Aber teilten die drei nur das Zimmer zum Übernachten oder gab es darüber hinaus noch andere gemeinsame Themen?

Und drittens: Wieso hat sich Clara Mertes nicht als Zeugin gemeldet? Sie musste doch als Freundin des Ehepaars, oder zumindest von Heike, stark betroffen gewesen sein von den Ereignissen, die am nächsten Tag passierten. War sie mit ihrer Begleitung und dem Ehepaar bis zum Hocheck aufgestiegen? Vielleicht sogar bis auf den Grat? Auf jeden Fall hat sie sich nicht bei der Polizei gemeldet. Da war doch etwas faul!

Simon geht erneut alle Dateien und Blätter zum Fall Wineke durch. Auch die Befragungen, die die Kolleginnen und Kollegen auf den Parkplätzen am Tag des Absturzes durchgeführt haben. Doch nirgendwo taucht der Name Clara Mertes auf.

Drei Merkwürdigkeiten im Zusammenhang mit dieser Frau aus Hamburg. Wer ihre Begleitung war, das könnte sie selbst am leichtesten beantworten. Auch ob, und wenn ja, womit, dieser Rick Walker sie und ihre Begleitung bequatscht hat. Ob das etwas mit dem Absturz der Winekes zu tun haben könnte. Auch die dritte

Frage, warum sie sich nach dem Absturz nicht als Zeugin gemeldet hat, könnte sie selbst wohl am besten beantworten.

Doch damit wird Simon erneut sein Dilemma klar: Er ist nicht bei der Kripo. Er kann Clara Mertes nicht einfach anrufen und polizeilich befragen. Auch wäre eine direkte Befragung besser, bei so einer wichtigen Angelegenheit. So etwas am Telefon abzuhandeln, ist nicht der Stil einer seriösen polizeilichen Ermittlung. Die Hamburger Edelschneiderin könnte viele Fragen beantworten. Zum Beispiel, ob es an dem Tisch neben dem Kaminofen wirklich hoch herging und was das Thema war. Wer außerdem noch an dem Tisch saß und mithörte. Vielleicht gab es sogar ein Foto von der Runde.

Er könnte Ansgar fragen, ob er mit der Schneiderin spricht. Aber nein, das würde nun wirklich zu weit führen. Ansgar hatte ihm schon sehr geholfen. Ihn jetzt auch noch nach Hamburg zu schicken, um eine fremde Frau in so einer sensiblen Angelegenheit zu befragen, damit würde er den Bogen überspannen. Für Ansgar könnte das auch gefährlich werden. Was Simon da in letzter Zeit alles auf eigene Faust unternommen hat, war ohnehin schon viel zu eigenmächtig gewesen. Die Suche nach dem Rucksack, das mit dem Code geknackte Handy.

Nein, er hatte einen Fehler gemacht. Er hätte von Anfang an die übergeordneten Stellen mit einbinden müssen, seinen Vorgesetzten in Berchtesgaden, auch die Kripo in Traunstein. Aber wäre dann nicht alles versandet? Ohne das private Gespräch mit Alina und Malte wäre er nie zur Eiskapelle aufgebrochen, hätte nicht nach dem Rucksack von Stefan Wineke gesucht. Er hätte nie die Hintergründe zu Singer, Vladimir und diesem

Onkel Ingo erfahren. Deren Gelüste auf die Reederei, ihre Gier nach Macht und Geld. Der Fall wäre auch für ihn längst abgeschlossen.

Bei dem Gedanken, einfach aufzuhören, rührt sich etwas in Simon. Vor Kurzem hat er eine Biografie des Kommissars Ernst Gennat gelesen. Der war in der Weimarer Republik ein Pionier in der Ermittlungsarbeit. Er führte auch bei noch so kleinen Ungereimtheiten in den Ermittlungsakten unzählige Verhöre. Blieb hartnäckig. Versetzte sich mit großem psychologischem Einfühlungsvermögen in die Täter hinein. Wenn man so will, war er damals schon das, was man heute *Profiler* nennt. Würde Gennat jetzt, an dieser Stelle der Ermittlungen, einfach so aufhören? Auch wenn er nur privat ermitteln würde wie er gerade? Nein, er würde nicht aufhören, sagt Simon sich. Ihm ging es immer darum, Verbrechen aufzuklären. Alle Bedenken, die er, Simon, jetzt hat, hätte Ernst Gennat einfach in den Wind geschlagen.

Was also tun? Ansgar Blei mit der Schneiderin sprechen zu lassen, das geht nicht. Einfach selbst anzurufen, scheidet ebenfalls aus. Doch noch die Kripo Traunstein einzuschalten und sie mit der Kripo Lübeck zu verbinden, war auch keine gute Idee. Dazu hat er schon viel zu viel privat ermittelt. Bleibt also nur eine Lösung. Er würde Malte bitten, mit Clara Mertes zu sprechen. Ein paar konkrete Fragen könnte er ihm dabei mit auf den Weg geben.

Kapitel 36 · Die Zeugin

Malte hat das Krankenhaus bereits verlassen. Simon erzählt ihm am Telefon von Clara Mertes. Dass sie am Vorabend der Silberhochzeit wie seine Eltern im Watzmannhaus war. Malte staunt nicht schlecht. Clara war auf der Beerdigung. Auch am Grab. Hatte ihm und seiner Schwester kondoliert. Aber kein Wort von ihrer Fahrt nach Berchtesgaden. Irgendwie ist er wütend auf sie. Sie kennen sich schon so lange. Und dann macht sie auf einmal so ein Geheimnis aus dem Hüttenbesuch? Was wohl dahintersteckt?

Er verspricht Simon, mit der Designerin zu sprechen. Nach Hamburg fahren kann er nicht. Dazu schmerzen die Rippen noch zu sehr. Aber Clara stammt aus Lübeck, und ihr Vater wohnt nicht weit entfernt von der Villa am Brink. Gleich nach ihrem Telefonat würde er einfach mal dort hinspazieren.

Eine halbe Stunde später steht Malte vor einem ansehnlichen Haus in bester Lage. Schon komisch, hier einfach so unangekündigt aufzuschlagen. Für einen Moment zögert er, doch dann wandert seine Hand zur Klingel neben der schweren Eingangstür.

Genau in dem Moment kommt ein silberner Audi A4 mit Lübecker Kennzeichen in die Einfahrt gerollt. Als sich die Fahrertür öffnet, fühlt sich Malte bestätigt, als er sieht, wer da aussteigt.

»Äh, Malte?«

»Hallo, Clara!«

Sie schauen sich einen Tick länger in die Augen, als man es bei so einer Begegnung erwarten würde. Beide sind verunsichert. Clara noch mehr als Malte. Schnell macht sie ein paar Schritte zum Kofferraum und kramt umständlich zwei Einkaufstüten mit Lebensmitteln hervor.

»Wieso hast du denn ein Lübecker Kennzeichen?«, fragt Malte, der sich das nicht ganz erklären kann. Clara lebt schließlich in Hamburg. Er kommt sich wie ein Kriminalbeamter vor.

»Ach das … Malte, kannst du mir vielleicht kurz helfen?«, lenkt sie ab. »Im Kofferraum steht noch ein Kasten Wasser. Könntest du mir den reintragen, bitte?«

»Ja, klar!« Seinen Rippen würde das gar nicht gefallen, aber egal.

Als Malte den Wagen umrundet, fällt sein Blick auf die völlig zerkratzte Fahrertür. Was da wohl passiert ist? Sollte er einfach danach fragen? Nein, besser nicht, entscheidet er. Vielleicht ergibt sich ja gleich noch eine Gelegenheit.

Er beißt die Zähne zusammen und schleppt den Kasten in den Vorraum des großzügigen Hauses aus weiß gestrichenem Backstein. Dann folgt er Clara in die Küche, wo sie die Lebensmittel auspackt. Nachdem alles verstaut ist, huscht sie nach nebenan und begrüßt ihren Vater. Der sitzt im Wohnzimmer und döst vor sich hin. Auf ihre Worte reagiert er nicht.

»Komm, wir gehen in Papas Arbeitszimmer.« Dort rückt sie zwei Stühle zurecht. Auf dem Schreibtisch hat sich Staub abgesetzt. Schon länger hat dort niemand mehr gearbeitet.

»Mein Papa ist dement«, erklärt Clara. »In wenigen Wochen kommt er in ein Heim. Solange kümmere ich mich hier um ihn.«

»Dann gehört der Wagen draußen deinem Vater?«, versucht es Malte auf gut Glück.

»Ach, das Auto. Ja, das fahre ich schon seit einem Jahr. Er kann nicht mehr fahren. Und da ich ohnehin ein neues gebraucht habe …«

»Clara, ich bin nicht einfach so hierhergekommen.«

Die Schneiderin hat die Beine übereinandergeschlagen. Maltes Blick hält sie nur kurz stand.

»Wegen deiner Eltern? Mir tut das alles so unendlich leid.«

»Du hast sie noch am Vorabend ihres Todes gesehen.«

»Ja, ich habe sie als Überraschung in Berchtesgaden besucht. Ich war dort schon mal mit ihnen im Urlaub. Vor langer Zeit. Und da dachte ich, sie freuen sich, wenn ich komme.«

Jetzt schaut sie Malte in die Augen. Denkt zugleich an das, was sie ihm alles nicht sagen darf. Dass Heike ihr erzählte, wie sehr ihr davor graute, eine Woche allein mit Stefan zu sein. Jetzt, wo Heike frisch verliebt war. In wen, das hatte Heike ihr nicht erzählt. Aber Clara wusste, wie es um die Ehe der Winekes bestellt war. Sie war die Einzige, die als Heikes langjährige Freundin eingeweiht war. Deswegen hat sie auch sofort zugestimmt, als Heike sie bat, »als Überraschung« nach Berchtesgaden nachzukommen. Aber das braucht Malte nun wirklich nicht zu erfahren. Daher geht Clara in die Offensive.

»Ich habe noch einen alten Freund von deinen Eltern und mir mitgenommen. Wir hatten ein paar schöne Tage. Was dann an diesem Dienstag passiert ist, ist so schrecklich. Deine Eltern waren topfit. Zwei Tage davor haben wir noch mit ihnen gemeinsam eine Tour unternommen. Da habe ich gestaunt, wie schnell sie nach oben gestiegen sind. Deine Mutter, schlank wie sie war ...«

Malte denkt an Simons Fragen. Er will nichts vergessen.

»Bist du denn mit ihnen zur Watzmannüberschreitung hochgestiegen?«

»Ach wo, Malte. Dazu waren wir doch viel zu wenig trainiert. Wir sind am Morgen den Berg runtergegangen, während deine Eltern zum Gipfel aufgestiegen sind. Ich musste zurück zu meinem Vater. Meine Schwester hat ein paar Tage auf ihn aufgepasst, konnte dann aber zeitlich nicht mehr.«

Sie hat *WIR sind runtergegangen* gesagt, ärgert sich Clara sofort. Eine weitere Person sei mit ihr abgestiegen, das hat sie gerade mit dem *WIR* suggeriert. Doch das war gelogen ...

»Du hast als einer der letzten Menschen meine Eltern lebend gesehen, Clara. Hast du denn in der Hütte Fotos gemacht?«

Clara schaut Malte konzentriert an. Sie überlegt, ob sie ihm die Fotos geben soll. Besser nicht. Aber wäre es nicht verdächtig, wenn sie bei so einem Anlass gar nicht fotografiert hätte? Mit dem Handy macht man doch heutzutage ständig Fotos, egal wovon. Und eine Silberhochzeit auf einer Hütte in den Alpen ohne Fotos – das war nicht glaubhaft.

»Ich habe welche mit meinem Fotoapparat gemacht. Aber der ist in Hamburg.«

»Kannst du mir die zuschicken? Am besten mit Dropbox.«

»So viele sind das nicht. Aber ja, ich werde sehen, ob die gut geworden sind.« Insgeheim hofft sie, Malte werde das Thema vergessen.

»Eines interessiert mich sehr, Clara. Warum hast du dich eigentlich nicht als Zeugin bei der Polizei gemeldet? Es ist nicht auszuschließen, dass es ein Mord war. Oder es ist jemand an ihnen vorbeigestürmt und hat sie ohne Absicht ins Strauchtheln gebracht. Dass meine Eltern einfach so den Berg runterstürzen, kann ja wohl nicht sein. Oder? Warum bist du Hals über Kopf aus Berchtesgaden abgereist? Wieso bist du der Befragung durch die Polizei auf den Parkplätzen am Fuß des Watzmanns ausgewichen?«

Auf Claras Stirn über dem Nasenbein hat sich eine Furche gebildet. Sie hat mit Maltes Fragen gerechnet. Seit dem Absturz plagt sie das schlechte Gewissen.

»Mord … Das wäre ja furchtbar! Daran habe ich bisher ehrlich gesagt noch keine Sekunde gedacht. Ich musste schnell hierher zu Papa zurück. Deswegen bin ich abgestiegen und mit dem Auto direkt nach Lübeck gefahren. Ich habe nachgerechnet. Ich bin wahrscheinlich ungefähr zur gleichen Zeit vom Parkplatz an der Wimbachbrücke losgefahren, als deine Eltern abstürzten. Da war noch keine Polizei auf dem Parkplatz, die mich hätte befragen können.«

»Okay. Entschuldige, wenn ich das alles so genau wissen will. Aber du musst verstehen, es sind die letzten Stunden im Leben meiner Eltern gewesen. Da interessiert mich einfach alles.«

»Natürlich verstehe ich das!«

Malte fragt noch, ob es an dem Tisch am Kamin, wo sie saßen, hoch hergegangen sei. Ob es Streit gegeben habe, wegen was auch immer.

»Laut war es schon. Aber das ist halt auf der Hütte so.«

Im Wohnzimmer hören sie einen Hustenanfall.

»Oh, ich muss mich um Papa kümmern, Malte. Willst du warten, oder …«

»Danke, Clara, das war für mich ein wichtiges Gespräch. Jetzt geh mal zu deinem Vater.«

Sie erheben sich. Malte verlässt das Haus. Erst als er am Brink angekommen ist, fällt ihm ein, was er ganz vergessen hat. Sie hat von WIR gesprochen, als sie erzählte, sie sei vom Berg abgestiegen. Wer aber war dieses WIR? Sie und der alte Freund der Eltern, von dem sie sprach? Wer war dieser alte Freund eigentlich?

Kapitel 37 · Ein Riesenberg Schulden

Ingo und Hanno treffen sich wieder im Café Marzipan. Hanno hat seinen Bruder darum gebeten. Beide haben nach der Bestattung noch ein paar Tage in Lübeck drangehängt.

»Ich fliege morgen mit Chai nach Bali zurück.« Hanno schlürft an seinem Cappuccino.

»Ich bleibe noch hier. Ist ja großes Chaos gerade in der Reederei.«

»Das kann man wohl sagen. Hab das gelesen, von den Machenschaften dieses Harald Singer. Dass der in Untersuchungshaft sitzt. Der ist ja hoch kriminell.«

»Na ja, er hat halt den Bogen überspannt.«

»Mit was?«

»Der war wohl dabei, illegale Deals mit Russland zu machen. Lieferungen trotz Boykotts wegen der Krimannexion und so. Sogar an Stefan vorbei. Da war klar, wenn das auffliegt, wandert er in den Knast. Da waren die Machenschaften gegen Olaf Holtmann nur Peanuts dagegen.«

251

»Ich finde das, was er mit dem Holtmann gemacht hat, widerlich. Dieser Psychokrieg.«

»Das seh ich nicht so eng, Hanno. Ist doch üblich im politischen Geschäft. Da wird nun mal mit harten Bandagen gekämpft.«

Die beiden sehen zur Ahnengalerie des Café Marzipan. Die Bildnisse früherer Betreiber, die, in goldene Rahmen gefasst, an den Wänden hängen.

»Sag mal, Ingo, ist das nicht schlimm, was Alina und Malte mit dem Auto passiert ist?«

»Tja, so ergeht's nun mal reicher Eltern Kinder.«

Hanno schaut seinen Bruder verblüfft an. Ist er wirklich so gleichgültig? Immerhin sind Alina und Malte doch seine Nichte und sein Neffe. Die beiden können doch nichts dafür, dass ihr Vater und seine Brüder verfeindet waren. Oder gibt es für Ingo da so etwas wie Sippenhaft? Kurz will er ihn genau das fragen, entscheidet sich aber doch dagegen. Morgen fliegt er nach Bali zurück. Da will er nicht im Streit auseinandergehen.

»Für die weitere Entwicklung der Reederei ist das gut. Ich meine, das mit dem Unfall. Dann schnallen die vielleicht endlich, dass so eine Riesenfirma nichts für unreife Studenten ist.«

Hanno gefällt Ingos Ton überhaupt nicht. Irgendwie ist sein Bruder verändert. Aus dem alternativ-lässigen Barpianisten ist ein geldgeiler und machthungriger Erbschleicher geworden. Wobei es für sie als Brüder gar nichts zu erben gibt. Die Sache ist klar, alles gehört den beiden Kindern. Er stutzt. Ein schlimmer Verdacht beschleicht ihn im selben Augenblick. Wenn Alina und Malte tödlich verunglückt wären, dann … Er will den Gedanken nicht weiterdenken.

»Wie läuft eigentlich dein Job in Berlin, Ingo?«

Ingo seufzt und schwenkt den restlichen Cappuccino in seiner Tasse.

»Also in der Bar, da habe ich in der Regel nur irgendwelche besoffenen Manager sitzen, die sich Whiskey glasweise reinkippen und ihren Escort-Damen ins Ohr säuseln. Und meine Musikschüler kotzen mich an.«

»Was? Die kotzen dich an? Wieso denn das? Ich dachte, du machst das gerne.«

»Gerne? Das war vielleicht mal ganz am Anfang so. Aber die meisten sind unmusikalisch. Oder werden von ihren Eltern zum Klavierspiel gezwungen. Wenn ich *Für Elise* nur höre, werde ich schon aggressiv. Das habe ich schon tausend Mal mit Schülern einstudiert. Und die meisten stochern auf den Tasten rum, als spielten sie Blindekuh.«

»Deswegen willst du da aufhören, verstehe.« Hanno ist erschrocken über den schroffen Ton seines Bruders. Nebenbei bemerkt er, wie sich Ingo bereits den vierten Grappa bestellt.

»Verstehst du, ja? Außerdem habe ich …« Ingo verschluckt sich. Er zögert kurz, dann lässt er es raus. »Ich habe auch einen Riesenberg Schulden.«

»Schulden? Wo kommen die denn her?«

Die beiden Brüder schauen sich an wie zwei Diebe, die zufällig denselben Tresor knacken wollen. Sie sind sich fremd geworden! Kein Wunder, wenn man sich nur noch alle paar Jahre sieht.

»Geht dich nichts an«, lallt Ingo jetzt. Er muss schon vor dem Treffen einiges getrunken haben.

»Ich habe noch eine Frage.« Hanno zieht die Stirn in Falten. Die Gleitsichtbrille sitzt auf seiner Nasenspitze, und er schaut Ingo konzentriert an. »Sie wird dich vielleicht ärgern. Ich stell sie aber trotzdem. Du warst nicht zufällig Anfang des Monats in Berchtesgaden? Oder kennst jemanden, der außer Heike und Stefan dort war?«

Ingos Gesicht ähnelt jetzt dem eines Dobermanns.

»Halt doch deine Fresse, du Idiot! Hab schon immer gewusst, dass du ein Arschloch …« Der Rest geht in einem Stammeln unter.

»Okay, ich muss dann mal gehen, Ingo. War schön, dich mal wiederzusehen.«

»Hau ab, du …«

Ingo will aufstehen, wankt aber und fällt in den Stuhl zurück. Hanno geht die Treppe hinunter, raus auf die Breite Straße. Eine innere Stimme rät ihm, noch etwas zu warten. Nach zehn Minuten kommt Ingo aus dem Café. Schaut sich um. Schwankt leicht. Hanno verfolgt ihn unauffällig.

Hinter dem Rathaus geht Ingo auf einen groß gewachsenen Mann zu und schüttelt ihm die Hand. Hanno erkennt den Typen. Er war bei der Beerdigung wie ein Bodyguard um diesen Singer herumgestrichen. War er jetzt Ingos Bodyguard?

Die beiden kommen nicht weit. An der Ecke zur Mengstraße werden Ingo und der Gorilla von mehreren Polizisten umstellt. Eine Kommissarin fordert sie auf, sie zur Polizeiinspektion zu begleiten. Man habe DNA-Spuren am BMW von Alina und Malte Wineke gefunden. Auch Zeugenaussagen gäbe es. Vladimir Smirnow, Ingo Wineke sowie der bereits inhaftierte Harald Singer seien dringend verdächtig, auf Alina und Malte Wineke einen Mordanschlag verübt zu haben.

Also doch! Hanno schaudert es.

Kapitel 38 · Zufälle

Vom Gespräch mit Clara Mertes berichtet Malte Simon fast im Wortlaut.

»Boah, das hast du super gemacht, Malte.«

»Ja, aber ich habe vergessen, sie zu fragen, ob ihr Begleiter wirklich mit ihr abgestiegen ist. Dieser alte Freund meiner Eltern. Ob der das war. Und wer dieser Freund überhaupt ist. Sie hat von *WIR* gesprochen, als sie vom Abstieg erzählte. Oder meinte sie jemand anderen? Wo blieb dann der gemeinsame Freund, mit dem sie angereist war? Aber diese Fragen gingen nicht mehr. Ihrem Vater ging's gerade schlecht. Und ich war auch so voll von all den Informationen.«

»Ob der Begleiter mit abgestiegen ist, wäre gut zu wissen. Aber genauso wichtig wäre sein Name. Und ob sie zu diesem Schamanen, diesem Rick Walker, der bei ihnen auf dem Zimmer war, irgendeinen weitergehenden Kontakt hatten.«

Malte ist leicht deprimiert. Wichtige Fragen, die er vergessen hat. Simon ist fürs Erste trotzdem zufrieden. Er hat das Gefühl, auf einer Schaukel zu sitzen, die ganz langsam in Schwung kommt. Aber Hauptsache, sie kommt in Schwung.

»Meinst du, du kannst diese Clara Mertes noch mal aufsuchen? Oder anrufen, und ihr die Fragen stellen?«

»Besser anrufen. Dann schreib ich mir die Fragen vorher auf und arbeite sie Stück für Stück ab. Mach ich heute noch.«

»Gut! Melde dich dann bitte gleich bei mir, ja?«

»Na klar!«

Bis Schichtbeginn hat Simon noch ein paar Stunden Zeit. Er ist heute schon früh aufgewacht. Auch durch die Rufe des Großvaters nach seinen Zwerghühnern. Simon schaut sich noch einmal alle Bilder an, die er aus dem Geschenkalbum der Wineke-Kinder abfotografiert hat. Dieses Mal nimmt er sich für jede Seite viel Zeit. Oft sind auf einer Seite drei, vier Fotos zu sehen. Er zoomt heran. Versucht, die Gesichter zu erkennen. Doch je näher er heranzoomt, desto unschärfer werden die Personen.

Die Winekes, so stellt er fest, waren regelmäßige Berchtesgaden-Besucher. Viele Sommerurlaube haben sie hier verbracht. Aber auch so manchen Winter. Sie waren mit Tourenskiern unterwegs, oder später, mit den Kindern, auf dem Schlitten. Manchmal verbrachten sie einfach nur ein paar ruhige Tage mit Wellness im Hotel oder Shoppen in Salzburg. Auch wenn sie nach Slowenien unterwegs waren, wo Stefan Wineke Honorarkonsul war, haben sie oft in Berchtesgaden Station gemacht.

Simon imponiert diese Treue zu seinem Heimatort. Er fragt sich, wo die wohl herkam und wie alles begann. Ob das Album ihm diese Frage beantworten würde? Malte hatte erzählt, er und Alina hätten die Bilder heimlich aus einer Kommode genommen, die im Wohnzimmer der Eltern stand. Das war letztes Jahr an Weihnachten. Die Eltern waren abends irgendwo eingeladen. Alina und Malte verbrachten die Feiertage wie jedes Jahr in der Villa am Brink. Da nur wenig Zeit für die Fotosuche war, hatte die Bildauswahl etwas Beliebiges. Es gab kein wirkliches System. Die Bilder waren nicht chronologisch, sondern eher thematisch angeordnet.

Simon interessiert sich vor allem für die Bilder unter der Rubrik *Euer/Unser Berchtesgaden*. Manche Fotos sind datiert, andere tragen lustige Bemerkungen im Schriftzug daneben. Vor allem wenn die Kinder zu sehen sind. Immer wieder schaut er sich die Bilder an, fast schon meditativ. Eine innere Stimme sagt ihm, er müsse das tun. Er sortiert die Bilder, die für ihn in keinerlei Beziehung zum Absturz stehen, aus. So reduziert sich die Zahl. Am Ende bleibt noch ein einziges verdächtiges Foto übrig. Darauf sind Stefan und Heike Wineke zu sehen, als junge Erwachsene. Bei der Frau neben den beiden weiß er nicht, wer das ist. Er zoomt sie heran, schneidet sie mit seiner Foto-App aus und schickt das Bild separiert an Malte.

Bitte frag Clara Mertes, ob sie das ist.

Am Abend kehrt Simon von einer relativ ruhigen Schicht ins Schönerlehen zurück. Kaum hat er seine Tasche auf den Stuhl geworfen und sich eine Semmel mit Leberkäse belegt, meldet sich Malte. Er hat mit Clara telefoniert.

»Gleich vorweg, damit ich das nicht vergesse. Ja, das auf dem Foto ist sie. Ich habe es ihr per WhatsApp weitergeleitet. Den Namen des Begleiters will sie aber nicht herausrücken. Stell dir mal vor! Sie hat mich gefragt, ob ich bei der Polizei bin. Warum ich das wissen wolle. Ich habe dann gesagt, das sei ja wohl normal, dass ich wissen will, mit wem meine Eltern den letzten Abend verbracht haben.«

»Und das hat sie nicht eingesehen?« Simon ist genauso überrascht von ihrer Reaktion wie Malte.

»Nein! Sie sagt, sie wolle niemanden in Verlegenheit bringen!«

»Ist sie verheiratet und war vielleicht mit ihrem Liebhaber dort?«

»Ich weiß nur, dass sie mal verheiratet war und sich hat scheiden lassen. Den aktuellen Status kenne ich nicht.«

»Okay. Hat sie denn was gesagt, ob der Begleiter mit ihr wieder zurück nach Hamburg gefahren ist? Gleich am nächsten Morgen?«

»Sie sagt, das sei doch unwichtig. Er habe mit dem Tod meiner Eltern nichts zu tun. Dann habe ich gefragt, mit wem sie und meine Eltern sich am Abend auf dem Watzmannhaus unterhalten haben. Ob es da jemanden gäbe, den ich ansprechen könne. Wegen Erinnerungen an Mama und Papa.«

»Und?«

»Nichts. Sie sagt, sie habe sich nur mit meinen Eltern unterhalten. Sie und ihr Begleiter. Eine Vierergruppe.«

»Das glaub ich ihr nicht. Die waren stundenlang auf der Hütte. Da war auch dieser Rick Walker, mit dem sie im Zimmer waren. Die haben da ihre Sachen deponiert. Sich gewaschen. Und so weiter. Den haben sie garantiert vorm Schlafengehen kennengelernt. Vielleicht saßen sie auch zusammen am Tisch am Kamin. Da gehen ja gut zehn Leute dran.«

Die Gedanken gehen bei Simon und Malte hin und her. Clara Mertes verhält sich auffällig, zu auffällig. Dass sie ein Geheimnis hat, ist offensichtlich.

»Pass auf, Malte, ich schick dir gleich noch ein Foto. Von einem Mann. Den habe ich auch aus einem der Fotos aus eurem Album herausgeschnitten und vergrößert.«

»Okay. Und was mach ich damit?«

»Du schaust bitte die Fotokisten deiner Eltern durch, ob du ihn noch mal irgendwo findest. Mit seinem Vollbart ist er ja auffallend.«

»Mach ich!«

»Gibt es vielleicht auch noch Briefe deiner Eltern? Auch aus der Zeit, wo sie noch nicht verheiratet waren?«

»Du meinst Liebesbriefe?«

»Nicht unbedingt. Ich meine eher Briefe von Clara Mertes. So aus der Zeit vor ungefähr dreißig Jahren.«

»Warum interessieren dich die?«

»Weil das Foto mit Clara Mertes von damals stammt. Da waren sie und deine Eltern so um die zwanzig. Und sie waren zu viert in Berchtesgaden. Die vierte Person ist der Mann, dessen Foto ich dir gerade geschickt habe. Eventuell haben ihn deine Eltern oder Clara in einem Brief mit Namen benannt. Vielleicht sogar mit einem Hinweis auf den gemeinsamen Urlaub Anfang der 1990er.«

»Wie kommst du auf Anfang der 1990er?«

»Weil deine Eltern so aussehen, als wären sie um die zwanzig. Und weil ganz unten rechts jemand mit Marker eine Jahreszahl hingeschrieben hat. Die ersten drei Zahlen sind gut zu erkennen. 199, die vierte Zahl ist auf meinem Foto vom Foto schwer zu erkennen. Prüf das doch bitte im Original. Ich schick dir gleich auch noch mal das ganze Foto, mit allen vier Personen.«

»Gut, Simon, mach das. Ich habe das Gefühl, ich bin schon ein Mitglied der Kriminalpolizei. So viele Aufgaben, die ich zu erledigen habe. Aber wenn es Klarheit in den Absturz meiner Eltern bringt, ist es den Aufwand allemal wert.«

Ein Stich geht Simon durch die Brust. Mitglied der Kripo, das ist er auch nicht. Obwohl er gerade so agiert. Hoffentlich kommt er heil heraus aus der Kiste. Aber er hat jetzt immer stärker das Gefühl, dass der Absturz der Winekes tatsächlich kein Unfall gewesen war. Das merkwürdige Verhalten so vieler Leute, dieses Mauern. Manchmal spielen Zufälle beim Aufklären schwieriger Fälle eine große Rolle. Man muss den Zufällen nur eine Chance geben. Dann kommen sie schon.

Kapitel 39 · Gespräche mit dem Watzmann

Simon ist mit Robert Kopp verabredet, dem Leiter der Bergwacht Berchtesgaden. Sein väterlicher Freund. Simon muss sich jemandem anvertrauen. Das Ermitteln außerhalb der üblichen Polizeistruktur. Heute Morgen, beim Rasieren, hat er sich ganz lange im Spiegel in die Augen geschaut. Bist du wahnsinnig, hat ihn eine innere Stimme gefragt, du riskierst alles. Hast ein Handy gefunden. Ein wichtiges Beweismittel, unter Umständen. Das liegt jetzt bei dir in der Schublade deiner Privatwohnung. Wofür tust du das alles?

Wenn da nicht dieses unbestimmte Gefühl wäre, einem Verbrechen auf der Spur zu sein. Einem Verbrechen, das in den üblichen polizeilichen Ermittlungen keinen Nährboden findet. Weil dort der private Kontakt zu Alina und Malte nie zustande gekommen wäre. Das Fotoalbum. Der Bezug der Winekes zu Clara Mertes. So vieles mehr.

Robert ist kein Polizist. Er unterliegt nicht dem Legalitätsprinzip wie Simons Kollegen und Kolleginnen bei der Polizei. Robert muss sich nicht an Simons Polizeivorgesetzten wenden, wenn Simon ihm von seinen privaten Ermittlungen erzählt. Und Robert kann schweigen wie ein Grab. Er wird mitdenken. Die bisherigen Erkenntnisse unvoreingenommen sehen. Simon fühlt sich mittlerweile viel zu nah an Malte und Alina dran. Für objektive Ermittlungen ist das nicht gerade förderlich. Auch braucht er eine ganz konkrete Information von Robert.

Sie treffen sich am Vormittag in den Räumen der Bergwacht. Simon erzählt ausführlich, was er weiß. Er gesteht Robert, dass ihn das alles sehr belastet. Auch weil er mit zwei jungen Menschen zu tun hat, die gerade ihre Eltern verloren haben.

»Da hast du viele Flashbacks, Simon, das glaube ich dir.«

»Ja, aber das ist schon okay. Sag mal, du hast doch gute Instinkte. Glaubst du nach allem, was ich dir erzählt habe, immer noch an einen Unfall? Oder spricht nicht einiges für einen Mord? Oder, wenn es aus dem Affekt geschah, für Totschlag?«

»Simon, ganz ehrlich, ich habe nicht die geringste Ahnung. Dem Singer wäre so etwas zuzutrauen, nach allem, was ich von dir gerade gehört habe. Aber der würde das wohl kaum selbst erledigen. Dann wäre dieser Vladimir vielleicht sein Vollstrecker. Oder es sind doch diese Leute von Holtmanns Firma. Wie heißen die noch mal?«

»Petersen und Zöllner.«

»Ja, genau. Dass der Holtmann mit ähnlichen Mitteln arbeitet wie der Wineke. Er könnte auch so einen Singer samt Valdimir haben. Aber bringt man jemanden um, nur um Vorsitzender des Wirtschaftsausschusses in Lübeck zu werden?«

»Deswegen allein wohl nicht. Aber die waren seit Jahrzehnten Feinde. Der Wineke und der Holtmann. Da hat sich vieles hochgeschaukelt. Wie zwei Platzhirsche, die ihr Revier verteidigen.«

»Und dieser Rick Walker, das ist auch so ein gspinnerter Vogel. Wir haben den schon mal bergen müssen.«

»Ach echt? Erzähl!«

Robert berichtet, Wanderer hätten einen Mann im Watzmannkar herumirren sehen. Er habe laut geschrien. Dadurch seien sie überhaupt erst auf ihn aufmerksam geworden. Auf dem Falzsteig waren sie ja weit weg vom Kar. Einer der Wanderer habe ein Fernglas dabeigehabt und beobachtet, wie der Schreier plötzlich umgefallen sei und flach auf der Erde lag. Alle viere von sich gestreckt. Sie wussten nicht, ob er einen Herzinfarkt hatte. Oder irgendwas anderes Schlimmes.

»Ja, und dann haben sie uns verständigt. Wir sind hochgestiegen und haben den Hubi schon mal in Bereitschaft versetzt. Aber den haben wir nicht gebraucht. Als wir ankamen, lag dieser Walker auf der Erde und hat sein Ohr an den Felsen gehalten. Er bat uns um Stille. Der Watzmann spräche gerade zu ihm. Das hat er noch geschlagene fünf Minuten so durchgezogen. Der war wie in Trance. Der hat allen Ernstes gemeint, der Watzmann unterhält sich mit ihm!«

»So? Was hat er denn gesprochen?«, fragt Simon.

»Irgend so ein wirres Zeug. Ein Steinbock wohne im Inneren des Berges oder so.«

Simon erinnert sich an Walkers Worte. Der Steinbock als Wegweiser in eine andere Welt. Die Verbindung zu den Toten.

»Irgendwann ist er dann aus seiner Trance erwacht«, fährt Robert fort. »Ich habe ihn gefragt, ob der Watzmann sich bei ihm auch über seine Frau beschwert hat. Weil er glaubt, dass die mit dem Hochkalter fremdgeht.«

Robert lacht hell auf. Simon lacht mit, aber eher halbherzig. Irgendwie findet er den Walker nicht nur abgedreht und komisch.

»Also, diesem Walker traue ich so einiges zu«, hört er Robert sagen. »So esoterische Fanatiker. Da weiß man nie genau, wie die ticken.«

»Ja, das stimmt. Aber es gibt keine konkreten Anhaltspunkte, dass der Walker etwas mit den Winekes zu tun hatte. Höchstens über Clara Mertes und den ominösen Unbekannten. Die haben sich das Zimmer mit ihm geteilt.«

»Genau«, sagt Robert. »Der Unbekannte, dessen Identität die Schneiderin nicht preisgeben will. Die wäre für mich eine Kandidatin, um sie polizeilich zu verhören. Will die den Typen decken? Falls er nur ein Geliebter wäre, von dem ein eventueller Ehemann nichts erfahren soll, könnte sie es der Polizei doch sagen. Die interessiert das doch nicht.«

»Aber Verhören geht nicht …«

»Ich weiß, Simon, du ermittelst ja privat und kommst da nicht mehr raus. Hast du schon mal überlegt, wie du die Ermittlungen vielleicht doch wieder in offizielle Bahnen lenken kannst?«

Simon zieht sich das Herz zusammen. Das will er nicht. Wenn rauskommt, dass er das Handy von Stefan Wineke hat …

»Hey, ist ja gut, du schaust ja aus, als wollte ich dir Blutegel an die Wadln setzen.«

»Ich muss das jetzt noch ein Stück so weitermachen, Robert. Was ich dich fragen wollte: Gab es in den frühen 1990er-Jahren irgendwelche besonderen Vorkommnisse bei uns, hier in den Berchtesgadener Alpen? Damals war ja Internet noch nicht angesagt. Ich habe beim Googeln jedenfalls nichts entdeckt.«

»Na, dann schauen wir doch mal, ob wir in unserem Archiv was finden.«

Robert geht mit Simon in den Vereinsraum. Aus einem Holzschrank mit Rolltür holt er große Ringbücher hervor, in denen sich Fotos und Zeitungsausschnitte zu den Aktivitäten der Bergwacht befinden. Eine Zeit lang stöbert jeder vor sich hin. Dann zeigt Robert auf einen Artikel.

»Da erinnere ich mich noch dran. Ich war damals bei der Bergwachtjugend. Das war an Silvester.«

Simon liest von einem Lawinenabgang am Watzmann. Zwei Tourenskigeher kamen dabei ums Leben.

»Bist du damals mit ins Watzmannkar hoch-gestiegen?«

»Nein, ich war dafür noch zu jung. Das war ein ge-fährlicher Einsatz. Bei hoher Lawinengefahr. Aber ich erinnere mich noch, wie damals die Älteren von dem Unglück berichtet haben.«

»Was weißt du davon noch?«

»Die Bergwacht hat erst ziemlich spät erfahren, dass da jemand verschüttgegangen ist. Zeugen haben sich keine gemeldet, wenn ich mich richtig erinnere. Aber es gab eine Vermisstenmeldung für zwei Personen. Die Route, die die beiden gegangen waren, war auch klar. Sie wollten zu den Watzmannkindern. Von dort abfahren. Im unteren Teil des Kars haben wir sie dann mit Spürhunden nach stundenlangem Graben gefunden. Nichts mehr zu machen. Sie waren zu lange unter dem Schnee begraben.«

»Weißt du, ob es damals eine Lawinenwarnung gab?«

»Keine Ahnung. Das europäische Lawinenwarnsystem gab es damals noch nicht. Außerdem ist es immer schwer einzuschätzen, wie hoch die Gefahr für Schneebretter ist. Warnung hin oder her. Aber das weißt du ja eh.«

»Wie es zum Abgang der Lawine kam, ist wahrscheinlich nie herausgekommen«, sinniert Simon und wendet seinen Blick weg vom Ordner zu den Spinden. Einige stehen offen. Darin befindet sich die Ausrüstung der Bergwachtler. Wenn sie zu Einsätzen ausrücken, kleiden sie sich dort ein.

Robert streicht sich über seinen Dreitagebart. »Nein, das ist, glaub ich, nie rausgekommen. Hier im Ordner steht nur, wer damals alles von der Bergwacht zum Unglücksort gestiegen ist und den Abtransport der Opfer organisiert hat. Der Zeitungsartikel berichtet auch nur von der allgemeinen Lawinengefahr an diesem Tag. Außerdem sind hier noch die Traueranzeigen. Weil die auch den Dank an die Bergwacht enthalten.«

Die letzten Worte hört Simon nicht mehr. Sein Blick bleibt an einem der offen stehenden Spinde hängen. Besser gesagt, an einem ganz speziellen Gegenstand im Inneren. War das etwa …?

»Simon, hey? Was machst denn für ein Geschau?«

Noch immer fixiert er mit geistesabwesendem Blick den Gegenstand. Mit tonloser Stimme fragt er Robert nach dem Besitzer des Spinds. Als der ihm einen Namen nennt, beginnen Simons Gedanken Karussell zu fahren.

266

Kapitel 40 · Opas Archiv

Überstürzt war Simon von der Bergwacht aufgebrochen. Hatte sich mit raschen Worten von Robert verabschiedet, um so schnell wie möglich ins Schönerlehen zu fahren. Dort kramt er seine Unterlagen von der Ausbildung zum Polizeibergführer hervor. Liest nach, was man zum Thema Lawinen weiß.

Lawinenkunde ist eine Wissenschaft für sich. Die UNESCO hat Lawinen weltweit standardisiert. Demnach unterscheidet man vier Formen von Lawinen, je nachdem, was der Ausgangspunkt ist: ein Schneebrett, Nassschnee, Gleitschnee oder Lockerschnee. Wer Skitouren im Hochgebirge unternimmt, ist vor allem von Schneebrettern bedroht. Fast immer lösen Skifahrer selbst solche Schneebretter aus. Selten geschieht das auch durch Tiere, Steinabbrüche oder andere Gewichte, die auf Schneefelder geraten. Schneebretter bringen dann Tausende Tonnen Schnee mit einem Schlag zum Rutschen. In Form eines gewaltigen weißen »Bretts« stürzt die Lawine zu Tal, auf einer Breite von bis zu zweihundert Metern. Solche Schneebretter knicken Bäume wie Streichhölzer, begraben Häuser, manchmal sogar ganze Dörfer unter sich. Menschen, die ihnen ausgesetzt sind, haben fast keine Chance, das zu überleben.

Fast alle Lawinen, bei denen es zu Verletzungen oder zum Tode kommt, werden von Schneebrettern ausgelöst. Entscheidend für das Entstehen von Schneebrettern ist die Steile des Hangs. Beträgt das Gefälle zwischen fünfunddreißig und vierzig Grad, ist die Wahrscheinlichkeit von Schneebrettern hoch. Vor allem wenn auch die Schneestruktur dazu passt. Zum Beispiel bei Reif über der obersten Schneeschicht. Bei Schneewechten. Bei Neuschnee, der sich über altem Schnee lagert. Bricht ein einzelner Skifahrer in solchen Schnee ein, kann er ein Schneebrett verursachen. Schwach verbundene Schneekristalle brechen dann millionenfach zusammen. Sie haben keine Kraft, sich aneinander zu binden. So bilden sie eine Schneemasse, die alles verschluckend ins Tal stürzt.

In den Berchtesgadener Alpen gibt es im Frühjahr immer wieder beeindruckende Lawinenschauspiele. Tauwetter lässt Schneemassen vom Gipfelgrat des Watzmanns die Ostwand herunterstürzen. Am Fuße der Wand türmen sich dann riesige Schneeberge. Sie speisen die Eiskapelle, die sich auch über den Sommer erhält. Auch Lawinen in Form von Schneebrettern gibt es häufig.

Die Berchtesgadener Alpen sind Nationalpark. Deswegen gibt es hier keinen klassischen Skitourismus mit abgeholzten Wäldern für die Pisten. Keine unzähligen Gondeln und Bergbahnen. Aber es gibt viele reizvolle Berghänge, die man mit Tourenskiern erklimmen kann, um dann die Abfahrt zu genießen. Manche Tollkühne wagen im Winter sogar die Watzmannüberschreitung. Bei Eis und Schnee. Mit Steigeisen oder Grödeln. Für die Abfahrt ins Tal holen sie dann die Tourenskier heraus.

Simon möchte mehr herausbekommen, was damals, 1991, im Watzmannkar passiert ist. Die Lawine, die beiden Toten. Er überlegt, ältere Mitglieder der Bergwacht zu befragen. Aber denen wird es ähnlich ergehen wie Robert Kopp. Nach dreißig Jahren ist die Erinnerung nur noch schwach. Zwischendurch gab es so viele andere Einsätze. Nein, da würde er nicht weiterkommen. Er schaut von seiner Terrasse zum Teich mit den Laufenten. Der Sommer neigt sich dem Ende zu. Die ersten Blätter fallen von der großen Eiche im Innenhof und tanzen im leichten Wind. Der Großvater fährt mit einer Schubkarre über den Hof und knurrt etwas Unverständliches vor sich hin. Mit ihm hat er noch ein sehr ernstes Gespräch zu führen, sagt sich Simon. Ein Gespräch, vor dem er sich auch fürchtet. Der Großvater ... Ludwig Perlinger ... Mann! Natürlich! Der Hobbyhistoriker! Wieso ist er da nicht gleich draufgekommen!

»Opa?«, ruft er laut und läuft in seine Richtung. »Opa! Ich bräuchte mal deine Hilfe!«

Eine Viertelstunde später sitzen sie in Ludwig Perlingers Archiv im Austragshäusl. Der Großvater hat sich eine Pfeife angezündet. Simon schiebt alle Gedanken, die er damit verbindet, zur Seite. Es geht jetzt um den Lawinenabgang von 1991, die beiden Opfer.

»Was mich am meisten interessiert, ist, warum es damals keine Zeugen gab. Und ob man etwas über die Ursache des Lawinenabgangs sagen kann. Opa, bitte!« Simon ist unruhig. Greift sich ständig ins Haar. Er hat das Gefühl, auf einer wichtigen Spur zu sein.

»Ja, ja, Simon, immer mit der Ruhe. Ich habe mein ganz eigenes System, Ereignisse aufzuzeichnen.«

Der Großvater hat gleich fünf Ordner zum Jahr 1991. In aller Ruhe breitet er sie auf der Tischplatte aus. Die

Platte liegt auf zwei Holzböcken. Eigentlich ist es ein besserer Tapeziertisch. Denn für seine ganzen Ordner braucht Ludwig immer viel Platz. Mehrere dieser Arbeitstische stehen im Raum. Die Wände sind komplett mit überquellenden Regalen gefüllt. Er liebt es, zwischen den einzelnen Tischen und Ordnern hin und her zu spazieren und die überraschendsten Bezüge zwischen den historischen Ereignissen zu entdecken.

Für jedes Jahr gibt es auch mehrere Blätter in der Größe A1. Auf ihnen hat Ludwig Perlinger fein säuberlich mit winziger Handschrift die ganzen Ereignisse chronologisch zusammengefasst. Auch hat er sie mit bunten Kürzeln und Symbolen versehen. Einem Computer verweigert er sich. Obwohl ihm Simon schon mehrfach Hilfe in dieser Hinsicht angeboten hat. Aber er will nicht mehr seine Arbeitsweise ändern. Ihm ist klar, welche Vorteile eine digitale Erfassung böte. Aber, so sagt er sich, was wäre das für ein riesiger Aufwand, all sein hier gesammeltes Wissen über die Ortsgeschichte zu scannen und zu transkribieren!

Historisch interessiert ist er schon seit seinen Schultagen. Mit zwanzig Jahren hat er begonnen, die Ereignisse in und um Berchtesgaden chronologisch zu erfassen. Waren es die ersten Jahre seit 1965 nur ein oder zwei Ordner pro Jahr, so wurden es mit der Zeit immer mehr. Die in den Ordnern enthaltenen Informationen speisen sich aus der *Berchtesgadener Zeitung*, verschiedenen Werbeblättern, den amtlichen Anzeigern.

Jedes Jahr am 12. Mai (warum auch immer an diesem Tag) notiert er sich die Preise für einen Liter Milch in ausgewählten Berchtesgadener Geschäften. Seit ein paar Jahren sind auch Rewe und Aldi dazugekommen. So verfügt er über ein imposantes, weil mehr als ein halbes Jahrhundert umfassendes Diagramm der Milchpreisentwicklung vor Ort. Aufgezeichnet auf Millimeterpapier, das er jedes Jahr um einen Strich von einem oder zwei Millimetern Länge nach oben oder unten ergänzt. Das Blatt selbst heftet er im Ordner *Diagramme* ab. Dort finden sich noch weitere Diagramme zu den Preisen von Kartoffeln am 7. September, Kaffee am 2. Oktober und zweilagigem Toilettenpapier am 15. Dezember. Alle über ein halbes Jahrhundert zurückreichend.

In der ihm eigenen Chronistenart macht er sich auch Notizen zu Radiomeldungen und Fernsehberichten. Vor allem aber besteht sein Archiv aus Zeitzeugenaussagen. Mit seiner Schnitzerei in der Berchtesgadener Innenstadt saß er bis zum Ruhestand direkt an der Quelle der Informationen. Das Rathaus war in unmittelbarer Nähe. Mit vielen Geschäftsinhabern unterhielt er sich in der Mittagspause. Die Kundschaft, die vor allem im Sommer aus der ganzen Welt in sein kleines Geschäft kam, war ihm eine weitere Quelle.

Er hörte sich über all die Jahre unzählige Lebensbeichten an. Erfuhr von heimlichen Liebschaften und Mauscheleien. Notierte sich Gerüchte. Entwickelte seine ganz eigene W-Skala. *W* steht bei ihm für *Wahrheit*. Die W-Skala geht von eins bis fünf. Hält er ein Gerücht für sehr weit hergeholt und äußerst unwahrscheinlich, bekommt es die Wertung W5; scheint es dagegen so gut wie wahr zu sein, gibt es ein W1.

»Die Stufen dazwischen, das ergibt sich dann von selbst, Simon«, erklärt er seinem Enkel. »Je niedriger die Zahl, desto wahrscheinlicher.«

»Hier, Opa, ich hab's!«

Ausgerechnet im letzten Ordner findet Simon mehrere Blätter zum Lawinenabgang 1991 am Watzmann. Auch der Zeitungsartikel, den er schon bei der Bergwacht gesehen hat, befindet sich am Ende des Ordners. Jetzt erst schaut er auf den Erscheinungstag. 2. Januar 1992. Der Lawinenabgang selbst war an Silvester 1991. Die Bergwacht hatte nur den Artikel aufbewahrt, in dem ihr eigener Einsatz erwähnt worden war. Im Ordner von Ludwig Perlinger finden sich hingegen noch zwei weitere Artikel. Vom 3. und vom 6. Januar 1992. Der erste ruft dazu auf, sich gegebenenfalls als Zeuge des Lawinenabgangs zu melden. Der zweite geht nur noch kurz auf das aktuelle Lawinenunglück ein. Er warnt allgemein vor Skitouren bei Neuschnee. Die Traueranzeigen für die Opfer des Lawinenunglücks finden sich ebenfalls in Ludwig Perlingers Aufzeichnungen.

»Mensch, Opa, echt toll, dein Archiv«, staunt Simon. Auf der ersten Seite des Eintrags zu Silvester steht handschriftlich das Wetter des Tages:

Morgens sehr sonnig, minus 2 Grad, nachmittags stark zunehmender Schneefall bis ins Tal.

Als Nächstes entdeckt er die Seite, auf der der Großvater *Stimmen zum Unglück* gesammelt hat.

»Das habe ich immer gemacht, wenn irgendetwas Schlimmes bei uns im Ort passiert ist«, erklärt er. Simon liest, was der Bürgermeister, der Landrat und die Tourismuschefin zu dem Unfall sagten. Betroffenheit pur. Dann Stimmen, die am Ort des Unglücks waren: der Chef der Bergwacht, ein Polizist, der Bestatter. Außerdem ein paar Stimmen aus der Bevölkerung. Der Namenszug von Toni Stadler trägt ein Kreuz und die Zahl 1994.

»Da ist er gestorben, der Toni«, sagt Ludwig. Simon hat auf den Namen gezeigt. »Der Toni war der Besitzer vom Tabakladen, gleich neben meiner Schnitzerei. Lungenkrebs.«

Toni glaubte den Aufzeichnungen zufolge nicht an eine natürlich entstandene Lawine. Da wären wieder irgendwelche depperten Tourenskigeher unterwegs gewesen. Die hätten das Schneebrett losgetreten. Seien selbst irgendwie davongekommen. Über den Falzsteig nach unten gefahren. Beweise für diese Theorie gab es jedoch nicht.

Unter dem Eintrag steht, fett und schwarz, wie mit einer Schablone: W4.

»Wieso W4 und nicht W5, Opa? Wenn das doch alles ohne Beweise war, was der Toni da gesagt hat? Deiner Bewertung nach wäre das, was er behauptet, also nicht ganz frei erfunden gewesen, oder?«

Ludwig Perlinger zieht tief an seiner Pfeife, so tief, dass ein röchelndes Geräusch zu hören ist. Der Tabak ist fast alle.

»Hmm, wenn ich das noch wüsste. Aber warte mal, hier habe ich einen Querverweis.«

Auch Simon sieht jetzt die winzigen Buchstaben und Zahlen, die unter Tonis Eintrag stehen. Ludwig geht zu einem Regal im Flur und zieht einen Ordner heraus. BERGWISSEN steht auf dem Rücken. Er blättert eine Weile. Dann hat er ein Blatt aufgeschlagen, in dem es um Lawinen und ihre Entstehung geht.

»Schneebretter werden mit einer Wahrscheinlichkeit von mehr als neunzig Prozent durch Skifahrer ausgelöst«, liest er vor. Er stopft sich die Pfeife erneut. Blättert wieder zum Zeitungsartikel zurück. Das Foto darin zeigt die Bergwachtler, wie sie im auslaufenden Watzmann-kar im Schnee schippen.

»Jetzt weißt du, warum es kein W5 bei mir geworden ist.«

Kapitel 41 • Viererbande

»Ich glaube, ich habe ihn, Simon!« Maltes Stimme klingt fiebrig erregt.

»Und? Na komm, jetzt sag schon!« Simon sitzt am großen Tisch im Wohnzimmer. Er war am Grübeln. Was er da zusammen mit dem Großvater in dessen Archiv entdeckt hat, füllt noch jede Gehirnzelle bei ihm aus. Doch jetzt muss er sich Malte zuwenden. Der hat wichtige Neuigkeiten, so wie sich das anhört.

»Es gibt einen Mann, der taucht in alten Briefen und Karten meiner Eltern häufiger auf. Gerade auch dann, wenn Clara Mertes mit im Spiel ist. Wie so eine Viererbande. Die haben alle in Lübeck das Gymnasium besucht. Papa und dieser Nils haben zusammen 1988 Abi gemacht. Mama und Clara 1990. Das habe ich einem dieser Briefe entnommen. Auch verreist sind sie zusammen. 1990 waren sie mit Interrail zwei Wochen quer durch Europa unterwegs. Die hatten damals noch keine SMS oder so was. Deswegen haben die sich noch viele Karten und Briefe im Vorfeld der Reise und auch danach geschrieben.«

»Klar, Malte, aber sag halt endlich seinen Namen, bitte!«

»Er heißt Nils. Nils Füllkrug.«

»Hast du ein Foto von ihm gefunden?«

»Ich müsste noch mal die Bilderkisten meiner Eltern durchschauen. Dazu bin ich noch nicht gekommen. Waren ja erst mal die Briefe dran.«

Zum Glück heißt er nicht Thomas Maier, sagt sich Simon. Oder irgendein anderer Allerweltsname. Er startet seinen Laptop. Es tauchen zwei Einträge zu einem Bundesligaspieler auf. Aber der ist dort nur falsch geschrieben und heißt korrekt Niclas. Nils Füllkrug gibt es nur einen. Im fränkischen Ansbach betreibt er ein Institut für Gewissenszugang.

»Haben deine Eltern mal von ihm oder von so einem Institut gesprochen?«

»Nein, nicht dass ich wüsste.«

»Hier, ich habe gerade ein Foto von ihm entdeckt. Bist du auch im Netz?«

»Nein, aber ich habe den auch gegoogelt, bevor ich dich angerufen habe.«

»Und glaubst du, der auf dem Foto ist identisch mit dem, der auf dem Foto von 1991 zu sehen ist? Mit deinen Eltern und Clara Mertes in Berchtesgaden?«

»Schwer zu sagen. Damals hatte er ja diesen Vollbart.«

»Okay. Ich schau mir das auch noch mal an. Weißt du, was gut wäre?«

»Wenn ich Clara mit dem Namen konfrontiere?«, vermutet Malte.

»Ja«, sagt Simon. »Warte kurz.« Er überlegt, ob das eine gute Idee ist. Aber er sieht keine bessere Alternative. »Wir machen das parallel, wenn ich mit dem Füllkrug telefoniere. Damit sie sich nicht absprechen können. Sag ihr, die Polizei hätte sich bei dir gemeldet. Es gäbe Ungereimtheiten wegen des Todes deiner Eltern. Sie hätten dich nach einem Nils Füllkrug gefragt. Du wüsstest nicht, wer das sei. Ob sie vielleicht eine Ahnung habe.«

»Du willst sie unsicher machen.«

»Sie mauert. Und wir wissen nicht, warum. Also locken wir sie aus der Reserve.«

»Was aber ist, wenn sie wissen will, welche Polizei das ist? Wenn sie sagt, sie möchte direkt mit den zuständigen Beamten sprechen?«

Noch immer switcht Simon im Laptop in seinen Dateien hin und her. »Dann sagst du einfach, du hast dir den Namen nicht gemerkt. Die bayerische Polizei halt.«

»Okay. Ich werde sie dann auch gleich nach den Fotos fragen.«

»Fotos?«

»Sie wollte doch nach Fotos von der Hütte schauen. Von der Silberhochzeit.«

»Ach ja, stimmt. Das wäre klasse, wenn du welche bekommen könntest. Ich kenne ja bisher nur das Foto vom Frühstück, das auf dem Handy deines Vaters ist.«

»Kannst du mir das zuschicken?«

Simon weiß, dass das nicht geht. Interne Ermittlungsfunde nach außen geben, das wäre definitiv Verrat von Dienstgeheimnissen. Zumal er den »internen Ermittlungsfund« noch nicht mal seinen Kollegen bei der Kripo gemeldet hat. Was er bisher getan hat, war schon riskant genug. Theoretisch, wohl gemerkt rein theoretisch, könnten auch Malte und Alina ihre Eltern vom Berg gestoßen haben. Sie könnten früher als behauptet in Berchtesgaden gewesen sein. Vielleicht schon am Vortag. Ihm wird ganz mulmig bei dem Gedanken. Dass ihm so etwas überhaupt in den Kopf kommt. Auch die Sache mit dem Handy von Stefan Wineke macht ihm zu schaffen. Die Kripos in Traunstein und Lübeck ermitteln nicht mehr wirklich im Fall des Absturzes. Bald kommt der Abschlussbericht. Wüssten sie von dem Handy, würden sie die Ermittlungen vielleicht wieder aufnehmen. Aber jetzt ist es zu spät, den Fund des Rucksacks mit dem Handy anzuzeigen. Er sitzt in der Falle. Was tun? Das Handy, so legt er es sich zurecht, hat er in der Freizeit gefunden. Und die Gespräche mit Malte sind die mit einem Freund. Ganz schön konstruiert, kritisiert er sich selbst. Auf so eine halblegale Geschichte würde er sich nie mehr einlassen.

»Ich kann dir das Foto nicht schicken, Malte.«

»Warum nicht?«

Simon erklärt ihm ausführlich und offen, warum er das nicht darf.

»Ich bin eh schon viel zu weit gegangen mit dem, was ich für euch beide tu.«

»Schon komisch, dass die Polizei Fotos vom letzten Tag meiner Eltern hat und wir nicht.«

Simon ist verunsichert. Was wird Malte tun? Bei der Kripo in Traunstein anrufen? Bitten, sie möchten ihm das Handy organisieren? Er habe gehört, es sei mittlerweile gefunden worden ...

»Keine Sorge«, sagt Malte, als könne er Simons Gedanken lesen, »ich beziehungsweise wir sind dir dankbar, dass du in unserer Angelegenheit nicht lockerlässt. Wir unternehmen nichts, ohne das mit dir abzusprechen. Von uns erfährt niemand etwas von dem, was du für uns tust.«

Simon ist erleichtert. »Ihr bekommt das Handy, sobald die Ermittlungen abgeschlossen sind.«

Sagt er und fragt sich, ob das gut ist. Wenn Alina und Malte das Handy decodieren, werden sie auch von den vielen jungen Geliebten ihres Vaters erfahren! Das Jonglieren mit ihnen! Die Ignoranz gegenüber ihren Gefühlen! Werden sie ihren Vater dann nicht verachten? Ist es überhaupt gut, wenn Angehörige in den Handys ihrer Toten lesen? Vieles ist dort zweideutig, missverständlich. Aber der Mensch, der es aufklären könnte, lebt nicht mehr.

Das gilt auch für das Handy der Mutter. Dort würden die Geschwister von dem jungen Geliebten ihrer Mutter erfahren. Das Bild von ihr wird sich wandeln, nicht unbedingt zum Guten. Malte wird sich betrogen vorkommen. Schließlich ist Pascal sein Kumpel. Seine Mutter und er haben ihn hintergangen. So jedenfalls würde er es empfinden, denkt sich Simon. Die Mutter kann nicht mehr klarstellen, wie es dazu gekommen ist. Wenn die Kripo Traunstein das Handy von Heike Wineke an die Kinder aushändigt, ist er machtlos. Aber das Handy des Vaters, das er im Rucksack gefunden hat, hm, da wird er sich was überlegen.

Bevor Simon und Malte ihr Telefonat beenden, verabreden sie noch, wann sie mit Clara Mertes und Nils Füllkrug sprechen wollen. Malte wird Clara übernehmen, während Simon diesem Füllkrug auf den Zahn fühlt.

Simon schaut auf die Uhr. Heute hat er frei. Es ist Vormittag, der Himmel ist bedeckt. Aber Regen ist nicht angesagt. Er druckt eins der wenigen Porträtbilder aus, die es im Internet von Nils Füllkrug gibt. Dann fährt er zum Parkplatz Hammerstiel und steigt zum Watzmannhaus hoch.

Dort zeigt er Sepp Kummer das Foto von Nils Füllkrug. Der Hüttenwirt blinzelt mit den Augen, während er das Foto mit der linken Hand von sich weghält. Er hat seine Brille nicht auf.

»Weißt du, Simon, wir haben jeden Tag so viele neue Gäste. Ich merk mir da nicht alle Gesichter.«

Simon pflichtet ihm bei. Bittet ihn, aber trotzdem seine Lesebrille zu holen. Der Wirt schlurft los. Als er zurückkommt, schaut er sich das Bild lange an.

»Doch«, sagt er schließlich. »Der hat hier übernachtet. In der Nacht, bevor das Ehepaar abgestürzt ist. Ich weiß das deshalb, weil auch dieser komische Kauz da war, der Walker. Unsere Resi hat sich am nächsten Tag einige Stunden freigenommen, um mit dem Walker ungestört herumzuwandern. Und diesen Mann hier auf dem Bild, den haben die beiden mit auf ihre Wanderung genommen. Sie haben sich vor dem Abmarsch in dem Zimmer getroffen, in dem der Walker und der Herr hier übernachtet haben. Ich hab sie dort zufällig gesehen, als ich das Matratzenlager und die Zimmer inspiziert habe.«

»Da müsste auch diese Frau mit im Zimmer gewesen sein, oder?«

Simon hält Sepp Kummer ein weiteres Foto entgegen. Es zeigt Clara Mertes bei einer Gartenparty der Winekes vor zwei Jahren. Er hat es aus dem Album zur Silberhochzeit abfotografiert.

»Ja, kann sein. Aber die war bei der Besprechung nicht mehr dabei. Ich habe mir den Herrn halt gemerkt, weil er mit der Resi und dem Walker zusammen war. Dass der Walker ein narrischer Spinner ist, weiß man in ganz Berchtesgaden. Und unsere Resi mit ihren Schwingungen …«

»Und Ahnungen. Sie hat ja einen Absturz an genau diesem Tag vorausgesagt.«

»Ja, das ist merkwürdig. Wie schon so oft lag sie richtig.«

»Und warum hast du uns das nicht bei der ersten Befragung gleich erzählt, Sepp? Ich meine, das mit dem Mann hier?«

»Dass der Walker auf der Gästeliste war, habt ihr ja gewusst. Und das mit diesem Mann da, mei. Ich hab halt nicht gedacht, dass das für euch wichtig ist. Ist mir auch erst jetzt wieder eingefallen, wo du mir das Foto zeigst.«

Simon stutzt. Irgendwie kommt ihm das Verhalten des Wirts komisch vor. Noch eine wichtige Frage hat er.

»Sag mal, Sepp, wie lange waren die drei denn unterwegs?«

»Das war von kurz nach zehn Uhr in der Früh bis sechs Uhr abends. So lange hatte die Resi nämlich frei.«

Simon rechnet nach, ob das reicht, um zum Grat hochzugehen und um 12:14 Uhr zwei Menschen in die Tiefe zu stoßen. Wenn man gut trainiert ist, wäre das zu schaffen.

»Noch eine Frage, Sepp. Als die drei losgezogen sind, um kurz nach zehn, sind die dann in Richtung Gipfel gegangen? Oder eher abgestiegen zur Mitterkaser- oder zur Stubenalm?«

Sepp Kummer zieht die Augenbrauen hoch. Dann zuckt er mit den Schultern. Er weiß es nicht mehr.

Kapitel 42 · Schlechtes Gewissen

Rick Walker ist ein erfahrener und gut trainierter Bergwanderer. Aber Füllkrug? Erneut sucht Simon im Internet nach Anhaltspunkten und stößt auf einen interessanten Eintrag: Füllkrug hat vor nicht allzu langer Zeit an einem Marathon in Berlin teilgenommen, und das mit recht passabler Zeit. Die beiden wären also in der Lage gewesen, die Winekes spätestens auf dem Grat einzuholen. Doch was für ein Motiv sollten sie gehabt haben, den beiden hinterherzusteigen?

Institut für Gewissenszugang. Wieder schaut sich Simon die Homepage von Füllkrug an.

Gewissensreinigung, Austreiben aller belastenden Ereignisse und Verfehlungen mittels neuer psychotherapeutischer Verfahren. Ich helfe Ihnen zu einem befreiten Leben in Ewigkeit.

»Amen«, flüstert Simon. Müdigkeit befällt ihn, obwohl es erst achtzehn Uhr ist. In der Schicht heute war er mit Luisa zu einem üblen häuslichen Streit gerufen worden. Der Mann war mit einem Messer bewaffnet und weigerte sich anfangs, die Waffe niederzulegen. Das war so eine Adrenalin-Situation, wie man sie bei der Polizei immer wieder erlebt. Zur Polizei ist er gegangen, weil er sich für geordnete Verhältnisse einsetzen will. Weil er nicht möchte, dass Leute wie sein amerikanischer Gastvater einfach andere Menschen umlegen. Auch weil er keinen Spaß an einem Nine-to-five-Job hätte. Irgendwo nur im Büro sitzen und die ganze Zeit in einen Computer starren? Oder bei einer Versicherung nach Schema F die Leute über den Tisch ziehen? Nein, das war nichts für Simon.

Aber heute, in der Schicht, war es selbst ihm zu viel an Abwechslung. Neben der häuslichen Gewalt gab es noch einen schweren Verkehrsunfall auf der Straße nach Marktschellenberg. Außerdem eine Frau, die seit drei Wochen tot in ihrer Wohnung lag, bevor die Polizei sie entdeckte.

Bilder fluten seinen Kopf. Ein gezücktes Messer. Ein zerquetschtes Auto. Die Fliegen auf der Leiche in der Wohnung der gestürzten Frau. Ist das wirklich sein Traumberuf? Ja, sagt er sich, immer noch. Es ist nur gerade zu viel. Die ganzen privaten Ermittlungen im Fall Wineke füllen seinen Kopf aus. Eigentlich hat er aktuell für den Job bei der Polizei gar keine Zeit mehr. Kein freier Raum im Kopf.

Wieder rührt sich sein schlechtes Gewissen. Ist das überhaupt in Ordnung, wenn er sich weiter so in den Tod des Ehepaars Wineke hineinbegibt? Die Kripo in Traunstein und die in Lübeck haben gute Leute. Hätten sie das Handy von Stefan Wineke zur Verfügung, dann wären sie vielleicht schon viel weiter als er. Sie haben ganz andere Möglichkeiten zu ermitteln. Sind personell breit aufgestellt. Sie würden einfach bei Clara Mertes klingeln. Sie verhören. Das würde auf sie einen anderen Eindruck machen, als wenn der liebe Malte daherkam und ein paar komische Fragen stellte. Bremste er, Simon, vielleicht sogar die Ermittlungen? Sollte er hinschmeißen? Würde er so sein schlechtes Gewissen wieder los?

Apropos schlechtes Gewissen. Gutes Stichwort, denkt Simon mit einem Blick auf die Uhr. Es wird Zeit, beim Institut für Gewissenszugang anzurufen. Malte ist jetzt seit einer Viertelstunde mit Clara Mertes im Gespräch. Simon wählt die Nummer, die auf der Homepage des Instituts angegeben ist.

»Füllkrug?«

Upps, er hat ihn gleich selbst an der Angel. Dass das Institut nur aus einer Person besteht, kann Simon ja nicht wissen.

»Grüß Gott, hier ist Simon Müller.« Ein Instinkt sagt ihm, hier besser halbwegs anonym zu bleiben.

»Ja, was ist los? Rufen Sie aus Bayern an?« Füllkrugs Stimme klingt leicht gereizt. Seine Telefonnummer war im Impressum der Homepage versteckt. Auf der Startseite steht, Termine möge man bitte per Mail erfragen. Er scheint keine Telefonate zu mögen. Zumindest nicht mit Fremden.

Mist, ich habe *Grüß Gott* gesagt, denkt sich Simon. Aber vielleicht ist das gar nicht so schlecht.

»Ja, ich lebe in Berchtesgaden«, geht er gleich in die Vollen.

»So.« Mehr kommt nicht. Nur Stille.

»Also, ich wollte Sie fragen, wie so ein Gewissenszugang bei Ihnen abläuft. Können Sie mir wirklich mein schlechtes Gewissen beseitigen?«

»Das erkläre ich nicht am Telefon. Dazu müssten Sie zu mir kommen. Ich höre mir an, was Ihr Problem ist, und erkläre Ihnen dann die weiteren Schritte.«

»Oh, okay. Kann ich mein Problem mal andeuten und Sie sagen mir, ob Sie mir bei so etwas helfen könnten? Denn von Berchtesgaden nach Ansbach ist es ja eine ganze Ecke. Und wenn ich dann bei Ihnen völlig falsch …«

»Wie sind Sie denn auf mich gekommen?«, unterbricht ihn Füllkrug.

»Ich habe Sie gegoogelt. Wenn man *schlechtes Gewissen* eingibt, ist man ja schnell auf Ihrer Seite.« Klingt wie ein Lob, sagt Simon sich. Vielleicht spricht er dann. Und ich erfahre etwas mehr über ihn.

»Ja, gut, aber ich mache das nicht per Telefon. Ich habe genügend Anfragen. Entweder Sie machen die Fahrt nach Ansbach, und wir vereinbaren ein Sondierungsgespräch. Oder Sie lassen es. Auf Wiederhö…«

»Moment, bitte nicht auflegen! Ich bin schon sehr interessiert. Was kostet denn das Sondierungsgespräch?«

»Dreihundert Euro. Die Sie auch zu zahlen haben, wenn es zu keiner Therapie kommt. Im Voraus.«

»Ah, gut, das würde ich machen. Wann könnte ich denn …«

»Sie haben auf meiner Seite gesehen, wie das mit der Terminvergabe funktioniert. Das geht am einfachsten online. Sie sehen dort freie Zeiten für Sondierungsgespräche. Tragen Sie sich dort ein. Dann zahlen Sie die Summe. Im Anschluss daran bestätige ich Ihnen den Termin.« Nicht gerade kundenfreundlich der Tonfall. Scheint wirklich viele Termine zu haben, sagt sich Simon.

»Darf ich Ihnen noch eine Frage stellen, Herr Dr. Füllkrug? Da wäre mir die Antwort am allerwichtigsten.«

»Ja, was denn noch???«

»An Silvester 1991, was haben Sie da in Berchtesgaden gemacht?«

Fünf Sekunden Stille.

»Und noch eine Frage: Würden Sie auch Rick Walker empfehlen? Ich meine, wenn ich in die Anderswelt eintauchen will? Die Welt, die Sie so gut kennen.«

Zehn Sekunden Stille.

Dann sieht er auf dem Display, dass Füllkrug ihn weggedrückt hat. Ruft er jetzt Clara Mertes an? Um sich mit ihr abzusprechen, war es jetzt zu spät. Denn bei ihr sitzt gerade Malte Wineke im Wohnzimmer und spricht schon seit zwanzig Minuten mit ihr über Dr. Nils Füllkrug.

Kaum ist das Telefonat mit Füllkrug beendet, leuchtet Simons Display wieder auf.

Es ist Malte.

»Ich weiß jetzt, warum es am Tisch neben dem Kamin hoch herging.«

Kapitel 43 · Liebesleid

Lübeck,
Freitag, 27. August

Pascal Holtmann ist am Tiefpunkt seines Lebens angelangt. Seine Geliebte ist tot. Die Frau, die ihn mit seinen
Ängsten und Sehnsüchten so gut verstanden hat. Die so
warmherzig, so einfühlsam war. Die ihn in die Kunst der
körperlichen Liebe eingeführt hat. Die wenigen Male
vorher, dieser Teenagersex mit feuchten Händen und
falsch sitzenden Kondomen, das war nichts. NICHTS!
Nichts gegen das, was er mit Heike erlebt hat.

Dann das Verhör bei der Polizei. Sie haben ihn im
Streifenwagen mitgenommen. Wie einen Schwerverbre-
cher! Beim Einsteigen ins Auto kam ein früherer Mitschüler vorbei. Hat ihn angesehen und den Kopf geschüttelt.
Jetzt geht das in ganz Lübeck rum. Stand ja auch in der
Zeitung. Sie haben seine Wohnung durchsucht. Das Handy beschlagnahmt. Er kann sich in Lübeck nicht mehr
blicken lassen. Auf ihn wartet ein Prozess. Ins Gefängnis
muss er wohl nicht gleich. Aber eine hohe Geldstrafe,
Auflagen, Sozialstunden und Bewährungszeit kommen
auf ihn zu.

Sein Vater hat sich öffentlich von ihm losgesagt. Aber
nur öffentlich.

»Du musst das verstehen, wenn ich mich da distanziere. Ich lass dich natürlich nicht im Stich. Ich überweise dir jeden Monat achthundert Euro. Unter einer Bedingung. Dass du dich hier die nächsten Monate nicht mehr blicken lässt. Du suchst dir einen schönen Studienort für Kunstgeschichte aus. Zum Beispiel Freiburg im Breisgau. Oder Tübingen. Von mir aus auch München oder im Ausland. Dann wächst hier Gras über die Sache.«

»Du willst mich nur weghaben. Damit dein Ansehen hier nicht durch mich leidet!«

Das waren die letzten Worte, die er mit seinem Vater gesprochen hat. Jetzt vegetiert er in seiner kleinen Wohnung am Holstentor vor sich hin. Traut sich nicht unter die Leute. Bald sind seine wenigen Ersparnisse weg. Und dann? So schambehaftet das für ihn auch ist, er muss auf die Zahlungen seines Vaters warten.

Seine Gedanken wandern zurück. Als er die Fahrkarte nach Berchtesgaden in der Hand hielt. Was war das für eine verrückte Aktion! Eigentlich hatte er sich die Fahrt schon wieder aus dem Kopf geschlagen. Bis ihn Heike am Samstag anrief. Sie sagte, ihr Mann wolle, dass er und Heike sich nicht mehr sehen. Auch dieser Singer hätte bei ihr angerufen und ihr gedroht. Der bräuchte einen moralisch sauberen Stefan Wineke. Weil er noch viel mit ihm vorhabe. In der Stadtpolitik ganz nach oben und so. Moralische Integrität gälte für die ganze Familie. Eine Ehefrau, die ein Verhältnis mit einem halb so alten Mann habe, das ginge gar nicht angesichts der Ambitionen von Singer. Singer wäre das eigentliche Problem für ihre Beziehung, meinte Heike, nicht Stefan. Mit ihm könnte sie sicher irgendein Arrangement treffen, um die Beziehung zu Pascal fortzuführen.

»Wir müssen uns diesen Singer vom Hals schaffen«, sagte sie zu ihm. »Man müsste den einfach auffliegen lassen, aber wie?«

Der Einbruch in das Haus, das Durchwühlen des Arbeitszimmers von Stefan Wineke – es war eine Kurzschlusshandlung. Aber eine erfolgreiche Aktion. Er fand viel Belastendes gegen Singer.

Sonntagfrüh warf er die Unterlagen am Lübecker Bahnhof in den Briefkasten. Dann setzte er sich in den Zug nach Berchtesgaden. Als er die Stadt erreichte, lief er vom Bahnhof den Hang hoch über den Friedhof ins Zentrum. Es kam ihm vor, als sei er auf einem anderen Planeten gelandet. Was tat er hier? War er verrückt? Ja, er war verrückt. Liebesverrückt. Am Abend, als sie mit einem anderen Paar in der Bar saßen, beobachtete er die Winekes durch die Scheibe. Immer in Sorge, von Heike entdeckt zu werden. Stefan, den hatte er nur einmal bei der Abifeier gesehen. Der würde ihn wohl kaum wiedererkennen. Er kam sich wie der größte Spanner Deutschlands vor. Und er war es auch. Ihn beschlich Scham. Aber da war auch eine unglaubliche Sehnsucht.

Von Heike wusste er, dass sie am Tag darauf zu diesem Watzmannhaus hochsteigen würden. Da wäre es mit dem Spannen wohl vorbei. Auf so engem Raum, da würden sie ihn entdecken, wiedererkennen. Es käme zum Eklat. Stefan Wineke ginge auf ihn los. Den Hass gegen seinen Vater Olaf Holtmann würde er wunderbar an ihm abreagieren können, denn er bot ihm ja mit dem Verhältnis zu seiner Ehefrau Heike ein erstklassiges Motiv. Was aber sollte er allein in Berchtesgaden machen? Dann konnte er ja auch gleich zurückfahren.

Er verbrachte die Nacht auf Montag im Kurpark auf einer Bank. Die Sommernächte waren angenehm warm. Vorsorglich hatte er einen Schlafsack aus Lübeck mitgenommen, mit dem er sich zudeckte. Am Montagfrüh putzte er sich in der Toilette eines Cafés die Zähne, wusch sich. In der Touristinformation erkundigte er sich nach den Wegen zum Watzmannhaus. Wenn Heike im Watzmannhaus übernachtete, wollte er zumindest nicht so weit weg sein. Er fuhr mit dem Bus nach Ramsau. In einem Heft hatte er von der Falzalm gelesen. Die war nur dreihundert Meter unterhalb des Watzmannhauses und nicht bewirtschaftet. Dort würde er sich, wenn es von den örtlichen Verhältnissen her ging, hineinlegen. Mit einer Flasche Wein auf den nächsten Tag warten. Ein bisschen hinter Heike hersteigen. Sehen, ob ihr Mann sie gut behandelte. Wenigstens an diesem Tag.

Mit Sonnenaufgang erwachte er. Es war Dienstag, der Tag von Heikes Silberhochzeit. Er zog ein Basecap an und eine Sonnenbrille. Turnschuhe trug er. Als er am Watzmannhaus ankam, sah er, wie viele Wanderer schon durch die Watzmanngrube Richtung Hocheck stiegen.

Nur etwa einhundert Meter entfernt entdeckte er Heike und ihren Mann. Sie gingen die steilen Kehren nach oben. Stefan war ihr schon zwanzig, dreißig Meter voraus. Ohne sich für Heike zu interessieren. Sie tat sich etwas schwer mit dem Klettern nach oben. Noch mehr, als es in das schroffe Gestein ging. Wenigstens eine kleine Strecke noch gehe ich hinter ihr her, sagte sich Pascal. Als der richtige Fels begann, schnitten ihm die scharfen Kanten in die Gummisohlen. Das tat furchtbar weh. Aber ist Liebe nicht meistens Leiden?

Kapitel 44 · Sündiges Leben

»Komm rein, Malte. Ich freue mich, dich wiederzusehen.« Doch das gequälte Gesicht, die zuckenden Mundwinkel von Clara Mertes sprechen eine andere Sprache.

Sie gehen ins Wohnzimmer. Es ist achtzehn Uhr. Claras Vater sitzt im Nebenzimmer vor dem Fernseher. Trotzdem flüstert Clara. Sie hat auf einem mintgrünen Polstersessel Platz genommen. Die Wohnung atmet den Charme der 1960er-Jahre. Die Vorhänge an den Glastüren zur Terrasse werden von Raffhaltern mit zotteligen Quasten zusammengehalten.

»Wieso ruft dich die Polizei an, Malte? Ist der Fall für die noch nicht abgeschlossen?« Malte hat ihr von einem Anruf der Polizei erzählt. Und dass er sie dringend sprechen müsse.

»Nein, ist er nicht. Nach wie vor ist es denkbar, dass meine Eltern vom Berg hinuntergestoßen wurden. Du bist da eine wichtige Zeugin. Sicher werden sie auf dich noch zukommen. Was weißt du über Dr. Nils Füllkrug?«

Clara spielt nervös an ihrem silbernen Armband, an dem kleine bunte Steine blinken. Beim Namen Nils Füllkrug ist sie sichtlich zusammengezuckt.

»Ich kenne ihn noch aus der Schulzeit. Damals war ich schon mit deiner Mutter befreundet. So wie Nils mit Stefan befreundet war. Wir sind zu viert durch Europa gereist.«

»Und ihr wart mal am Watzmann zusammen.« Malte holt das Album aus einem Stoffbeutel hervor. »Hier, das sind Mama, Papa, du und dieser Nils Füllkrug. 1991.«

»Ja, stimmt.« Clara ist in den Anblick des Bildes versunken. Unvermittelt kommen ihr die Tränen.

»Was ist los, Clara?«

»Weil, nun … weil, deine Eltern … das ist alles so furchtbar. Wir haben die Tage von Freitag bis Montag mit ihnen zusammen verbracht. Nils und ich, wir waren ja die Trauzeugen eurer Eltern. Da dachten wir, das passt doch zur Silberhochzeit, wenn wir da auftauchen. Deine Mutter war nicht ganz so überrascht wie dein Vater, als wir in ihr Hotel kamen. Mit ihr hatte ich schon mal vorher über einen eventuellen Besuch gesprochen. Klar, ich habe auch gedacht, vielleicht wollen deine Eltern eher ihre Ruhe haben. Zu zweit oder mit euch Kindern zu viert feiern. Aber Nils meinte, sie würden sich freuen. Vor allem, wenn sie durch uns an die Anfänge ihrer Beziehung erinnert würden. Ich hatte über Stefans Sekretärin herausgefunden, wann sie in Berchtesgaden sein würden.«

»Und? Haben Sie sich gefreut?«

Clara schaut auf den Boden. Malte spürt, wie sie mit sich ringt. Mehrfach atmet sie ein. Will sprechen. Bricht aber wieder ab.

»Anfangs schon«, sagt sie endlich. »Aber dann haben deine Eltern und ich gemerkt, dass mit Nils etwas nicht stimmt.«

Malte steht auf. Schaut auf den von der Sommerhitze ausgeblichenen Rasen.

»Was stimmte denn nicht mit ihm?«

»Er ist so ein Fanatiker geworden. Wie wenn er in einer Sekte wäre. Will einem ständig einreden, man habe ein schlechtes Gewissen. Das müsse er uns austreiben.«

Dort, wo der Rasen zu den Terrakottafliesen der Terrasse übergeht, ist er akkurat wie mit der Nagelschere zu einer scharfen Kante abgeschnitten. Malte steht weiter am Fenster, den Rücken zu Clara. So fällt es ihr leichter zu reden, hofft er.

»Gab es einen Grund, warum ihr ein schlechtes Gewissen haben solltet?«

»Er meinte so ganz allgemein, weil wir ein sündiges Leben in der Jugend geführt hätten.«

»Ein sündiges Leben?«

»Na ja, weil wir durch Europa gereist sind. Das Leben genossen haben. Uns nicht um Politik gekümmert haben. Nicht sozial engagiert waren. Lauter so was.«

Malte dreht sich wieder zu Clara um. Geht zu ihr. Setzt sich auf den Polstersessel auf der anderen Seite des niedrigen Glastischs. Er will ihr in die Augen sehen, aber sie weicht seinem Blick aus. Sie mauert, denkt er sich.

»Wollte er denn, dass ihr irgendetwas tut? Hatte er eine Idee, wie ihr euer angeblich schlechtes Gewissen entlasten könnt?«

Clara schluckt und fängt wieder an zu weinen.

»Nein, so genau hat er das nicht gesagt.«

»Clara, ich habe das Gefühl, du sagst mir gerade nicht die Wahrheit.« Malte kommt sich jetzt wirklich wie ein Kommissar im *Tatort* vor.

»Er hat uns einfach den ganzen Abend zerstört. Mit seinen Moralpredigten. Die Tage vorher ging es noch.

Aber irgendwie meinte er, er müsse uns das genau an diesem Abend vorhalten.«

»Clara, wieso erzählst du erst jetzt von ihm? Ich war schon einmal hier bei dir. Auch haben wir telefoniert. Du hast dich geweigert, diesen Füllkrug mit Namen zu nennen. Warum? Hast du Angst vor ihm?«

»Angst? Nein, das nicht. Aber ich wollte ihn nicht in Verdacht bringen. Er hat heftig auf deine Eltern eingeredet auf der Hütte.«

»Mit was hat er auf sie eingeredet? Was haben sie seiner Meinung nach getan?«

»Er hat sie bedrängt«, übergeht Clara seine Nachfrage. »Die beiden stürzen am nächsten Tag ab. Da wäre es logisch, wenn die Polizei ihn ins Visier nimmt. Das wollte ich nicht. Denn, er ist zwar ein ... ja, ich muss leider sagen, er ist ein Spinner geworden. Aber deswegen stößt er doch nicht deine Eltern vom Berg!«

»Er wäre nicht der erste Spinner, der so etwas tut. Ist er denn am nächsten Morgen mit dir ins Tal gestiegen?«

»Er ... nein, ist er nicht.«

»Aha. Was hat er stattdessen getan?«

Clara zögert wieder. Schweigt eine ganze Weile. Aber dann überwindet sie sich. Erzählt von Rick Walker. Dass der zufällig bei ihnen am Tisch saß. Allein. Und sich eingemischt hat. Er habe in dasselbe Horn gestoßen wie Füllkrug. Man müsse sein schlechtes Gewissen reinigen. Er sprach ständig von Geistern im Watzmann. Die sich rühren, wenn man die Seele nicht reinigt.

»Ich dachte, der hat zu viel getrunken. Ich war entsetzt, wenn ich daran dachte, mit den beiden in einem Zimmer untergebracht zu sein.«

»Mit Walker und Füllkrug?«

»Ja.«

»Wieso habt ihr euch nicht gegen diese Vorwürfe gewehrt? Ich meine, du und meine Eltern? Ihr hättet doch sagen können, dass sie euch mit diesem Quatsch in Ruhe lassen sollen.«

»Haben wir ja auch!« Clara ist jetzt aufgebracht. Richtig empört. »Nils und dieser Walker sind dann auch an einen anderen Tisch gegangen.«

»Und war es dann nicht besser?«

»Da lag das Kind schon im Brunnen. Deine Eltern haben sich bald in ihr Zimmer zurückgezogen. Und ich …«

»Was?«

»Ich musste die beiden Männer noch weiter ertragen. Die waren ja mit mir im Zimmer. Von wegen Hüttenruhe. Die haben bis Mitternacht noch gequatscht.«

»Was glaubst du, was die beiden am nächsten Morgen gemacht haben?«

»Sie haben an einem eigenen Tisch gefrühstückt. Mit einer Bedienung mit Zöpfen habe ich sie noch kurz gesehen. Die haben zu dritt im Zimmer getuschelt, als ich meinen Rucksack geholt habe. Ich bin dann ins Tal abgestiegen. Allein. Von Nils habe ich seitdem nichts mehr gehört. Unten angekommen, bin ich ins Auto gestiegen und gleich nach Lübeck gefahren. Das habe ich dir ja schon erzählt.«

Malte versucht, die vielen Informationen zu sortieren.

»Du wolltest nach Fotos schauen, Clara. Fotos vom Watzmannhaus.«

»Hab ich getan. Aber ich habe nur welche vom Frühstück mit deinen Eltern. Also, wir zu dritt. Warte!«

Aus dem Schrank mit den Glasfenstern holt sie ihre Kamera. Zeigt Malte, wie er das Display scrollen kann.

Tatsächlich finden sich dort nur drei Bilder: Eins vom kargen Frühstück mit dem Piccolosekt, eins mit den beiden Winekes und eins von ihnen zu dritt.

»Wer hat diese Fotos gemacht?«

»Ich habe jemanden am Nachbartisch gefragt.«

Malte scrollt zum Foto zurück, auf dem nur seine Eltern zu sehen sind. Er kommt ins Grübeln. Was hat sich nicht alles in den letzten Wochen ereignet! Wie hat sich sein Leben gedreht! Vierundzwanzig Jahre lang waren seine Eltern der verborgene Halt für ihn. Der Hafen, in den er so oft zurückgekehrt ist. Jetzt sind sie plötzlich nicht mehr da. Und Alina und er fühlen sich ohne sie wie verloren. Vor allem was die Reederei betrifft, gibt es viele Fragen. Dann gab es den Anschlag auf ihr Auto. Der ging, wie es aussieht, auf das Konto von diesem Vladimir und Onkel Ingo. Auch der Singer hatte wohl seine Hände im Spiel. Wer genau die treibende Kraft war, wird von Kripo und Gericht geklärt werden. Dass ihr Onkel fast zu ihrem Mörder wurde, das belastet ihn stark. All das aus Gier nach Geld und Macht. Bei Ingo sicher auch wegen eines verletzten Egos gegenüber dem erfolgreichen Bruder. Zwei weitere Menschen, die er vor Kurzem noch nicht einmal kannte, die ihn jetzt aber sehr beschäftigten, waren Füllkrug und Walker. Esoterische Fanatiker. Mit kruden Theorien, für die sie sich labile Menschen suchten, um sie finanziell auszusaugen. Psychisch noch mehr zu deformieren, anstatt ihnen wirklich zu helfen. Die altbewährten Mechanismen von Sekten. Sie beherrschten diese Klaviatur.

Malte taucht wieder aus seinen Gedanken auf, bittet Clara, ihm die drei Bilder als Mailanhang zu senden. Sie erledigt das gleich. Noch einmal zeigt Malte auf das Foto mit allen vieren an Silvester 1991 in Berchtesgaden.

»Clara, was ist damals in Berchtesgaden passiert?«

Wieder hält sie seinem Blick nicht stand. Im Nebenzimmer ist irgendetwas laut scheppernd zu Boden gefallen.

»Ich muss mich um meinen Vater kümmern, Malte.«

Malte verlässt das Haus. Draußen fotografiert er noch Claras Audi. Die Kratzer an der Fahrertür. Er leitet die Fotos gleich an Simon weiter. Ruft ihn an. Sie tauschen sich aus über das, was sie in ihren Gesprächen mit Füllkrug und Mertes erfahren haben.

»Ich schau mir gerade die drei Fotos an, die Clara auf ihrem Fotoapparat hatte«, sagt Simon am Ende des Gesprächs. »Ich bin sehr froh. Denn diese Fotos haben wir jetzt auf legalem Weg erhalten. Die kann ich der Kripo zukommen lassen. Die hast du mir halt zugesandt, weil du dich mit einer Freundin deiner Mutter getroffen hast. Das andere Foto vom Frühstück, das auf dem Handy deines Vaters ist, ist ja offiziell gar nicht vorhanden.«

»Ja, verstehe.«

»Die Fotos aus Claras Apparat sind sehr interessant, Malte. Vor allem das, wo nur das Frühstück zu sehen ist.«

»Wieso denn?«

»Schau es dir an. Zoome den Hintergrund etwas näher heran. Siehst du, wer dort am Eingang zur Hütte steht?«

Kapitel 45 · Kontrollverlust

Clara Mertes sitzt neben ihrem Vater am Esstisch. Sie reicht ihm löffelweise Gerstensuppe. Seit einigen Wochen kann er nicht mehr selbst essen. Mit seiner zittrigen Hand rinnt ihm die Suppe vom Löffel. Oder das Fleischstück auf der Gabel trifft nicht den Mund. Es ist der letzte Abend für ihn in seinem Haus. Morgen ist der Umzug ins Heim. Claras Handy vibriert. Als sie den Namen des Anrufers im Display sieht, fällt ihr der Löffel in die Suppe. Einige Tropfen der heißen Brühe spritzen ihrem Vater auf die Hand. Er gibt einen gequälten Laut von sich. Im Mundwinkel klebt ein Gerstenkorn.

Nils Füllkrug

Nein, sie will ihn nicht sprechen. Sein schlimmer Auftritt auf der Hütte hat ihr gereicht. Er hat Heike und Stefan ihren besonderen Abend gestohlen. Mit seinen irren Thesen und Forderungen. Sie wischt ihrem Vater die Hand ab. Entschuldigt sich. Träufelt ihm einen neuen Löffel voll Gerstensuppe ein. Sein Lieblingsgericht. Heute, am letzten Tag in diesem Haus, in dem er seit fünfzig Jahren lebt, hat Clara sie ihm extra gekocht. Er kann sich nicht mehr artikulieren. Aber in seinen strahlenden Augen sieht sie, wie sehr es ihm schmeckt. Nicht immer ist sein Blick so wach.

Wieder leuchtet das Display auf.

Nils Füllkrug

Sie hat ihm dummerweise ihre Handynummer gegeben. Auf ihrer Homepage ist nur die Hamburger Festnetznummer zu finden. Sie will Privates und Geschäftliches getrennt halten. Zwölf, manchmal vierzehn Stunden arbeitet sie in ihrem Modestudio. Wenn sie dann mal raus ist aus der Arbeit, will sie auch wirklich ausspannen. Keine geschäftlichen Anrufe mehr. Mit ihrer Handynummer geht sie daher sparsam um. Nils hat sie die Nummer gegeben, weil sie sich für die Fahrt nach Berchtesgaden absprechen mussten. Seit einem Vierteljahrhundert hatten sie nichts mehr voneinander gehört. Auf seiner Homepage fand sie, etwas versteckt, seine Nummer. Als sie dann seine Stimme am Telefon hörte, strömten wieder die Bilder von damals auf sie ein. Wohlige Schauer, wie bei einer Massage. Die vielen europäischen Städte, die sie mit dem Zug besucht hatten. Athen, Lissabon, Paris, Stockholm. Dieses unglaubliche Gefühl der Freiheit. Die Last des Abiturs lag hinter ihnen. Das Leben auskosten. Chianti aus Flaschen im Bastmantel auf der Spanischen Treppe in Rom. Kiffen in Amsterdam. Ja, und Silvester in Berchtesgaden.

Dann also die Idee, Heike und Stefan für ein paar Tage in Berchtesgaden zu besuchen. Mit ihrer Schwester sprach sie sich ab, ob sie den Vater in dieser Zeit betreuen könnte. Und die Schwester konnte! Clara holte Nils auf der Fahrt nach Berchtesgaden in Ansbach ab. Als sie das Schild an seiner Haustür sah, dachte sie sich noch nichts dabei. *Institut für Gewissenszugang.* Beim letzten

Kontakt studierte er noch Psychologie. Jetzt war er selbstständig, dazu promoviert. Das sah alles seriös aus.

Nils Füllkrug

Es hilft nichts. Er würde nicht lockerlassen. Sie hält ihrem Vater die Schnabeltasse hin, aus der er kalten Pfefferminztee trinkt. Danach stößt er laut auf. Sie geht mit ihm ins Bad, dann ins Schlafzimmer. Dort legt er sich zur Nachtruhe hin. Wenig später vibriert das Handy erneut, und sie geht dran.

Nils überzieht sie in einem nicht endenden Wortschwall mit Vorwürfen. Ein Simon Müller aus Berchtesgaden habe ihn angerufen.

»Der hat nach Silvester 1991 gefragt. Berchtesgaden. Klingelt es da bei dir? Wer soll ihm das gesteckt haben, wenn nicht du? Die anderen beiden sind ja nicht mehr da.«

»Nils, ich habe …«

»Ach hör mir doch auf. Er hat auch nach Rick Walker gefragt. Unser Mitbewohner im Watzmannhaus. Wer weiß außer dir noch, dass ich mich mit dem gut verstanden habe?«

Nils steigert sich immer mehr in seine Wut.

»Diese Bedienung, mit der ihr getuschelt habt«, schießt sie ihm entgegen.

»Und die weiß auch, was an Silvester 1991 passiert ist?«, donnert er zurück. »Ich kann dir versichern, dass ich mit niemandem darüber gesprochen habe. Auch über Rick Walker und was mich mit ihm verbindet, habe ich kein Wort gegenüber anderen verloren. Es gibt nur eine undichte Stelle. Und die bist du!«

Clara zieht es vor, nicht weiter ihre Unschuld zu betonen. Er würde es ihr ohnehin nicht glauben. Zwar hat sie gerade eben mit Malte über ihn und auch Rick Walker gesprochen. Sein eigentliches Ansinnen am Hüttenabend hat sie jedoch weiter geheim gehalten. So, wie er es bei seinem letzten Telefonat mit ihr erbeten hatte. Das war am Tag des Absturzes. Sie war da schon auf der Rückfahrt nach Lübeck.

»Stefan und Heike sind abgestürzt, Clara«, hatte er ihr damals mit erregter Stimme mitgeteilt. »Sie sind tot. Bitte nenn der Polizei nicht meinen Namen, falls die dich befragen. Ich bin nach dir ins Tal abgestiegen. Aber dafür gibt's keine wirklichen Zeugen. Wegen des Zoffs auf der Hütte, ich will da keine unnötigen Scherereien. Hörst du? Du sagst keinem Menschen, was am Abend vor Heikes und Stefans Absturz auf der Hütte und dann in unserem Zimmer passiert ist. Verstanden? Kein Wort!«

»Ist denn der Amerikaner mit dir abgestiegen?«, fragte sie ihn. Aber da hatte er sie schon weggedrückt. Seitdem hat sie nichts mehr von ihm gehört.

»Ich habe niemandem deinen Namen verraten, Nils. Niemandem erzählt, was 1991 an Silvester passiert ist. Aber eben hat mich Malte aufgesucht. Heikes und Stefans Sohn. Er hat mir ein Foto von 1991 gezeigt. Du, ich, Heike und Stefan im Schnee von Berchtesgaden. Er wollte wissen, was damals passiert ist.«

»Und?«

»Nichts und. Ich habe ihm kein Wort erzählt von damals.«

»Die sind uns auf der Spur. Hättet ihr auf der Hütte nur auf mich gehört! Ich hatte euch dreien konkrete Vorschläge gemacht, wie wir das heilen können. Wie wir unser seit dreißig Jahren belastetes Gewissen bereinigen ...«

Mit Schaudern denkt sie an seine Vorschläge. Ihr schlechtes Gewissen, so schrie er auf der Hütte, sei unbegründet. Wer auf die Berge gehe, zumal bei ungünstigem Wetter, müsse damit rechnen, nicht lebend wieder herunterzukommen. Seine Idee war es, im Winter wieder zu viert nach Berchtesgaden zu kommen. Zwei oder drei scharfe Hunde anzuheuern und sie auf Tourenskigeher loszulassen. Oder einen elektrischen Draht zu spannen, in den die Abfahrer hineinfuhren. Spätestens da wusste Clara: Nils war ein Verrückter, ein Fanatiker.

Hätte sie nicht gleich alles der Polizei erzählen müssen? Das fragt sie sich seitdem oft. Nach allem, was sie in den fünf Tagen mit Nils Füllkrug erlebt hat! Waren er und der durchgeknallte Amerikaner nicht sehr tatverdächtig? Dieser hastige Anruf von Nils, als sie im Auto nach Lübeck zurückfuhr. Diese unheilige Allianz der beiden. Diese Wut, weil Stefan und Heike nicht mitspielten. Ihr Gewissen nicht mit seinen absurden Methoden reinigen wollten.

Sie war schon kurz davor gewesen, die Polizei anzurufen. Doch dann dämmerte ihr etwas, was ihr die Kehle zuschnürte. Wenn Füllkrug und Walker die beiden wirklich wegen ihres Starrsinns ermordet hatten, wäre sie da nicht die nächste Kandidatin? Sie hatte sich zwar am Abend auf der Hütte zurückgehalten, wenig gesprochen. Im Zimmer legte sie sich schnell oben ins Etagenbett. Dank einer Tablette fand sie irgendwann in den Schlaf. Nils und Walker eiferten da noch. Aber als sie dann wieder in Lübeck und Hamburg war, wollte sie einfach nur den Kopf in den Sand stecken. Nur nichts mehr hören und sehen von dem schrecklichen Ausflug nach Berchtesgaden!

Jetzt holt sie das alles wieder ein. Und sie hat ihm Maltes Namen genannt. Meine Güte, wie dumm. Jetzt war der vielleicht auch bei Nils und Walker ins Visier geraten.

»Ich sag dir eins, Clara«, tobt Nils wieder. »Wenn du noch irgendjemandem etwas von 1991 erzählst. Oder von dem Aufenthalt auf der Hütte zur Silberhochzeit, dann …«

Clara stockt der Atem. »Dann was?«, fragt sie und sieht ihre Hand zittern.

»Dann mach ich dich alle.«

Im Display sieht sie, dass er sie weggedrückt hat.

Mein Gott, was soll ich nur tun, fragt sie sich verzweifelt. Sie vergräbt ihr Gesicht in den Händen. Sitzt am Küchentisch. Spürt, wie sie die Kontrolle über ihre Emotionen verliert. Ganz langsam rutscht sie vom Stuhl. Liegt schließlich mit einem Weinkrampf auf dem Fußboden. Von dort aus sieht sie das Porträtbild ihrer Mutter im Silberrahmen über der Kommode. Mit nicht einmal fünfzig ist sie an Brustkrebs gestorben. Sie erinnert sich, wie sie sie zum letzten Mal sah. Damals im Krankenhaus, als sie nur noch ein Skelett war. Der verbrauchte modrige Geruch. Die wässrigen Augen verströmten einen letzten Rest von Leben.

»Du darfst nie aufgeben«, hatte die Mutter mit letzter Kraft gehaucht.

»Ja, Mama, das werde ich auch nicht«, spricht sie jetzt mit fester Stimme. Sie rappelt sich auf. Geht zum Computer. Ruft die Seite der Kripo Lübeck auf. Notiert sich die Adresse. Nächste Woche wird sie dort hingehen. Wenn das mit dem Heim des Vaters erledigt ist. Und erzählen. Alles.

Kapitel 46 · Zöllners Geheimnis

Lübeck,
Montag, 30. August

Das Gespräch mit diesem Bergwachtler im Klinikum, der aber irgendwie Polizist war, hatte Petersen und Zöllner ziemlich verunsichert. Am nächsten Tag, auf der langen Rückreise nach Lübeck, diskutierten sie noch einmal ausführlich über die Ereignisse am Watzmann. Sie sprachen sich ab, gemeinsam zur Beerdigung des Ehepaars Wineke zu gehen. Das sollte für sie beide ein Abschluss sein. Was da am Watzmann vorgefallen war, würde sie dann nicht weiter belasten. Die Teilnahme an der Trauerfeier in der Marienkirche stellte das richtige Ritual dar, um das Erlebte hinter sich zu lassen. Ein Akt der Gewissensreinigung.

Doch so einfach geht das nicht mit dem Abstellen des schlechten Gewissens! Petersen plagt es immer noch. Vier Wochen nach dem Absturz des Ehepaars Wineke. Wenn er ehrlich zu sich selbst ist, muss er zugeben: Es plagt ihn sogar immer mehr!

Petersen sitzt im Korbsessel seines Wintergartens und grübelt. Dem jungen Polizisten gegenüber hatten sie zugegeben, Heike Wineke beim Aufstieg zum Hocheck begegnet zu sein. Sie waren da gerade beim Abstieg.

Aber hätten sie das nicht der Polizei sagen müssen? Aktiv, von sich aus, als diese am Parkplatz nach Zeugen fragte?

Doch das ist nur ein Grund für Petersens schlechtes Gewissen. Der andere wiegt ungleich schwerer. Heike Wineke war an ihnen vorbeigestiegen. Sie hatte ihn, Petersen, sogar angesprochen. Wenige Meter unterhalb von ihr blieb er stehen und wartete auf Armin. Als der ihn endlich erreichte, stand beiden die Überraschung ins Gesicht geschrieben.

»Das war doch die Frau von dem Wineke?«, sagte Petersen.

»Ja«, erwiderte Armin, »den Wineke selbst habe ich ein Stück weiter oben gesehen.«

Er, Petersen, wiederum meinte zu Armin, das wäre doch peinlich. Sie hätten am Hocheck kapituliert. Und diese Lübecker Unternehmersgattin wagte einfach so den Grat, wie Helm und Klettergurt vermuten ließen.

Also beschlossen sie kurzerhand, wieder hochzusteigen. Wenigstens ein Stück des Grats zu klettern. Dem Mann von der Bergwacht, der auch Polizist ist, haben sie diese Information vorenthalten. Sie haben ihn angelogen. Haben behauptet, nicht auf dem Grat gewesen zu sein. Waren sie aber. Warum nur diese Lüge?

Aus Angst, sie könnten unter Verdacht geraten. Zwei Mitarbeiter aus der Firma von Stefan Winekes Intimfeind Olaf Holtmann treffen den Reeder auf dem Watzmanngipfel. Der Reeder stürzt mitsamt Ehefrau ab. Das klang gar nicht gut für sie! Das rückte sie in den Fokus! Was, wenn man sie plötzlich verdächtigte? Oder ihr Abteilungsleiter fragte, wieso sie während der besten Arbeitszeit auf bayerischen Gipfeln herumwanderten?

Sie waren auf dem Grat. Die Winekes mussten kurz vor ihnen vom Hocheck losgegangen sein. Denn als sie selbst von dort starteten, erkannten sie Heike Wineke. Mit ihrem kanariengelben Helm war sie nicht zu übersehen. Sie war auf dem Weg zur Mittelspitze. Auch Armin und er gingen los, hielten sich die ersten Meter an den Seilen fest. Die meisten, die hier kletterten, hatten Klettergurte angelegt. Die hatten sie natürlich nicht. Beide waren zwar schon öfter in den Bergen beim Wandern. Aber so richtig klettern, nö. Na gut, wenigstens ein kleines Stück wollten sie ohne Kletterausrüstung schaffen. Dann könnten sie sagen, sie waren auf dem Grat. Aber dann kamen plötzlich diese dunklen Wolken. Das Donnern. Der Wind. Das war schon richtig unheimlich.

»Armin, lass uns umkehren«, schrie er. Aber der Kollege war plötzlich wie angefixt von der Idee, den ganzen Grat zu machen.

»Komm, das ist ein Abenteuer der besonderen Art. Wirst du deinen Enkeln noch von erzählen«, warf er ihm hin und ging weiter in Richtung Mittelspitze.

So taumelten sie weiter. Irgendwann waren sie in einer Wolke. Eine junge Frau stürmte an ihnen vorbei. Es begann heftig zu regnen.

»Mach, was du willst, Armin, ich geh zurück«, schrie er seinem Kompagnon zu. Er stiefelte los. Zurück zum Hocheck. Ihm war angst und bange. Zeitweise verlor er die Kontrolle über seine Knie. Die Arme waren butterweich, wenn er sich in die Drahtseile hängte. Diese Abgründe links und rechts! Wie war er froh, als er endlich den Unterstand am Hocheck erreichte. Dort wartete er, bis sich die Gewitterwolken verzogen hatten. Dann stieg er ins Tal hinab. Erst unten, am Auto auf dem Parkplatz an der Wimbachbrücke, traf er wieder auf Armin. Zwei Stunden hatte er dort auf ihn gewartet.

»Wo bist du denn lang gegangen, Armin?«

»Ich bin auch umgekehrt.«

Petersen glaubte ihm das nicht. Er hatte so lange am Hocheck gewartet. Armin aber war nicht gekommen. Er war sich sicher, Armin war den Grat weitergegangen und dann über das lang gezogene Wimbachgries abgestiegen. Aber was war auf dem Grat passiert? Hatte Armin die Winekes abstürzen sehen? Die Schreie gehört? Musste er ja. Denn er, Petersen, hatte sie auch gehört. Oben, im Unterstand. Waren sie vielleicht abgestürzt, als Armin an ihnen vorbeiwollte? Oder hatte er, Petersen, einfach zu viel Fantasie, und Armin sagte doch die Wahrheit?

Seit der Beerdigung haben sie sich nun nicht mehr gesehen. Und Jens Petersens Gewissen nagt an ihm. Er greift nach seinem Handy und sucht Zöllners Nummer.

»Armin, ich muss mit dir reden.«

»Um was geht es denn?«

»Um unsere Tour am Watzmann. Ich glaub dir nicht, dass du nicht den ganzen Grat gemacht hast.«

»Was soll das denn jetzt, Jens? Das ist doch alles durch!«

»Für mich nicht!«

»Ich hab dir doch gesagt, ich bin da wieder runtergestiegen, wo wir hochgekommen sind.«

»Aber ich habe oben am Hocheck lange gewartet. Du bist nicht gekommen. Und unten habe ich auch noch mal zwei Stunden auf dem Parkplatz auf dich gewartet. Ich grüble darüber die ganze Zeit! Ich könnte wahnsinnig werden. Armin, du bist den Grat weitergegangen. Du musst die beiden Winekes gesehen haben. Zumindest gehört! Die Schreie habe ich ja oben auf dem Hocheck auch mitbekommen. Wenn du wirklich gewartet hast, bis das Gewitter vorbei war, dann warst du ganz nahe an ihnen dran. Unmöglich, dass du sie nicht schreien gehört hast.«

»Ach, das fällt dir jetzt ein. Was ist passiert?«

»Nichts ist passiert. Du erinnerst dich an unsere Rückfahrt von Berchtesgaden nach Lübeck? Wir haben über die Ereignisse gesprochen. Damals war mir der Widerspruch in deinen Aussagen noch nicht so klar. Ich stand da irgendwie noch unter Schock und war froh, dass wir aus Berchtesgaden wegkamen.«

»Und jetzt willst du Sherlock Holmes spielen?«

»Ich denk halt immer wieder darüber nach. Und da ist mir dieser Widerspruch aufgefallen. Dass du unten auf dem Parkplatz behauptet hast, du hättest die Schreie nicht gehört. Wahrscheinlich hast du dir gedacht, ich sei gleich vom Hocheck runtergestiegen. Dann konntest du sagen, du bist nicht weit hinter mir gewesen. Und auf dieser Seite des Watzmanns hört man die Schreie ja nicht unbedingt. Aber ich habe mich mindestens eine Stunde im Unterstand auf dem Hocheck aufgehalten. Der Regen war dann abgeklungen. Und von dir weit und breit keine Spur. Das ist nicht logisch, wenn du sagst, dass du denselben Weg zurück bist wie ich, Armin.«

Stille auf der anderen Seite. Ein Räuspern dann.

»Okay, ich geb's zu. Ich bin den Grat gelaufen. Ganz. Durchs Wimbachgries runter.«

Petersen atmet auf. Nun also doch die Wahrheit.

»Und was war mit den Winekes? Du musst den Absturz dann doch mitbekommen haben!«

Wieder Stille. Petersen gibt seinem Kollegen Zeit. Dann, endlich, spricht Zöllner wieder.

»Wenn du mir versprichst zu schweigen, sag ich dir jetzt was. Und du gehst damit nicht zur Polizei, ja?«

»Los, sag an, Armin!«

Kapitel 47 · Freundinnen

Königssee, Grünstein,
Donnerstag, 2. September

Luisa und Franzi joggen den Grünstein hoch. Das Auto haben sie am Königssee geparkt. Sie sind an der Bob- und Rodelbahn losgelaufen. Gut fünfhundert Höhenmeter, knapp zwanzig Prozent Steigung. Das sollte unter dreißig Minuten zu schaffen sein. Dann wieder runter und noch mal hoch. Zwei Stunden intensives Ausdauertraining.

Franzi hat es sich gut überlegt. Aber sie hat Luisa zugesagt. Sie will sie bei ihrem Rekordversuch die erste Stunde begleiten. Das Tempo machen. Sie motivieren. Wenn das Wetter mitspielt und noch kein Schnee liegt, geht Luisa den Rekord am Samstag an. Beim Alpenverein hat sie ihren Versuch bereits angemeldet.

»Ruhig bisschen langsamer.« Luisa atmet gleichmäßig, ist die Erfahrenere von beiden.

»Ja, ich neige dazu, es immer zu schnell anzugehen. Aber wenn ich dich am Samstag die erste Stunde nach oben treibe, ist das vielleicht gerade richtig.«

Es ist achtzehn Uhr. Die Sonne leuchtet noch auf einen kleinen Zipfel im Süden des von steilen Berghängen eingekesselten Königssees. Links von den beiden Läuferinnen residiert der Watzmann über dem Talbecken wie ein alter König auf seinem Thron.

»Luisa, ich bin so froh, dich zu kennen. Du und dein sportlicher Ehrgeiz. Das tut mir gut. Zieht mich so richtig mit. Vielleicht renne ich dann irgendwann auch mal über den Grat.«

»Um meinen Rekord zu überbieten?«

»Nein, das bestimmt nicht.«

Die beiden jungen Sportlerinnen lachen.

»Wieso tut dir der Sport gut?«, fragt Luisa, nachdem sie eine längere Strecke schweigend zurückgelegt haben. »So wie du drauf bist, hast du doch sicher schon immer viel Sport gemacht.«

»Nein. Hab ich nicht. Erst seit ich meinen Freund hab. Der ist sehr sportlich. Da wollte ich nicht blöd dastehen. Wie bist du denn zum Sport gekommen? Vor allem zu diesem Berglaufen? Oder wie heißt das noch?«

»Du meinst Speed-Begehungen.«

»Ja, genau.«

Luisa erzählt von ihren sportlichen Eltern. Von den Bergen, den vielen Möglichkeiten, dort Sport zu betreiben.

»Du hast eine glückliche Kindheit und Jugend gehabt.«

»Ja, das stimmt, Franzi. Und wie war es bei dir?«

»Mit dem Sport oder mit der Kindheit?«

»Beides.«

Franzi überlegt, wie viel sie Luisa schon anvertrauen kann. Sie entscheidet sich, etwas vorsichtig zu sein. Sie erzählt von Nevada. Dem Pferd auf dem Möslechnerhof. Dort war sie als Jugendliche fast jeden Tag.

»Ich habe Nevada geliebt. Habe sie immer gestriegelt, ihr das Futter bereitgestellt. Dafür hat mir der Jungbauer Reitunterricht gegeben. Das war wunderbar.«

»Glaub ich dir sofort, Franzi. Reiten hätte ich auch gerne gelernt. Aber da führte kein Weg hin. Einfach keine Zeit zwischen Paragliding, Skifahren, Snowboarden, Schlittschuhlaufen und vielem mehr.«

»Puh, ich glaub, ich kann jetzt nicht mehr viel reden«, hechelt Franzi. Sie sind schon fast oben. Luisa schaut auf die Stoppuhr. Sie sind sehr schnell unterwegs.

»Lass uns wieder ein bisschen still rennen«, schlägt sie vor. Die letzten Meter bringen sie noch einmal ordentlich ins Schwitzen. Wie zwei Schulkinder stürmen sie bald darauf fröhlich den Grünstein hinunter. Dann wieder hoch. Wanderer schütteln verwundert den Kopf. Sie begegnen ihnen zum dritten Mal innerhalb von einer Stunde.

Doch beim letzten Abstieg passiert es. Franzi springt wild und ausgelassen den Weg hinunter. Ein Mann mit Zigarette im Mund läuft vor ihnen. An der Leine hält er einen Schäferhund. Der erschrickt durch Franzis Sprünge. Fühlt sich bedroht. Fängt wie wild an zu bellen. Und springt Franzi an. Beißt ihr in die Wade. Nur mit Mühe gelingt es dem Hundehalter und Luisa, den Schäferhund von Franzi wegzureißen. Ihre Jogginghose ist zerrissen. Aus dem Unterschenkel dringt ein großer Schwall Blut. Luisa weiß, was zu tun ist.

»Geben Sie mir Ihren Gürtel«, ruft sie dem Hundehalter zu. »Los, Tempo!« Der schaut sie verdattert an. Reicht ihr schließlich den Gürtel.

»Und rufen Sie einen Rettungswagen, Mann!«

Wenige Minuten später ist eine Notärztin da. Auch drei Leute von der Bergwacht sind gekommen. Sie bringen Franzi auf einer Trage zum gerade eintreffenden Krankenwagen unten am Parkplatz.

Der Hundehalter ist mitgelaufen.

»Es tut mir leid, junge Frau, normalerweise tut mein Hasso nichts. Er ist halt …«

»Halt dein Maul«, herrscht ihn Franzi mit einem Blick aus Eis an. Luisa erschrickt über die plötzliche Verwandlung ihrer Freundin. Aber sie sieht auch die klaffende Wunde, die zerrissene Sporthose. Sie weiß, wie wenig Geld Franzi hat. Sie hat erst seit Kurzem einen Job. Teilzeit. Schlecht bezahlt. Als Verkäuferin, hat sie ihr gesagt. Soll sie ihr anbieten, ihr eine neue Sporthose zu schenken? Aber das würde sie kränken. Wenn man arm ist, sind Almosen manchmal besonders ehrabschneidend.

Franzi schäumt vor Wut. »Schafft mir diesen Mann aus den Augen«, brüllt sie in Richtung des Hundehalters. »Dieser Dreckskerl hat seinen Köter nicht im Griff!«

»Hey, Franzi, jetzt beruhige dich doch. So kannst du doch nicht reden. Auch wenn ich deine Wut verstehe.« Luisa legt beschwichtigend eine Hand auf Franzis Unterarm. Aber sie schlägt sie weg, brüllt weiter.

»Hau ab, du Idiot!«, schreit sie in Richtung Hundehalter. Zwei Rettungssanitäter haben sie da schon auf einer anderen Trage in den Wagen geschoben.

Luisa hat die Kollegen in der Polizeiinspektion angerufen. Sie treffen jetzt ebenfalls ein und nehmen die Personalien des Hundehalters auf. Auch Simon ist mit dabei. Luisa schildert ihm kurz den Hergang. Noch ein Auto trifft ein. Es ist Matthias Brandtner von der Bergwacht. Er geht zum Rettungswagen. Steigt hinten ein. Spricht beschwichtigend auf die nach wie vor aufgebrachte Franzi ein. Ihr Schreien geht in ein Weinen über. Ebbt schließlich ab.

»Servus, Hias. Kann ich dich kurz sprechen?«, fragt Simon. Er steht hinter dem Rettungswagen. Bekommt das ganze Drama live mit. Die aufgewühlte Franzi. Der geduldige Hias.

Simon hat einen Plan. Er hat Argumente, den Fall des Ehepaars Wineke wieder aufzurollen. Manches spricht dafür, dass es doch Mord war. Der Kripo will er gewichtige Gründe für diese Vermutung liefern. Aber um seine Theorie abzusichern, muss er noch einige Informationen einholen. Hias kommt ihm da gerade recht. Er ist bisher nicht nur der einzige Augenzeuge des Absturzes. Am Vorabend war er auch im Watzmannhaus, hat dort übernachtet. Bei der ersten Befragung konnte er wenig Erhellendes beitragen. Aber in der Zwischenzeit sind weitere Personen im Zusammenhang mit dem Absturz aufgetaucht. Verdächtige Personen. Rätselhafte Personen. Er nimmt Hias ein wenig zur Seite. Der Rettungswagen fährt davon.

»Hier. Schau dir den mal an. War der am Abend vor dem Absturz des Lübecker Ehepaares im Watzmannhaus?«

Das Foto in Simons Handy zeigt Dr. Nils Füllkrug.

»Oh, Mann, Simon, das ist jetzt schon lange her.«

»Bitte, Hias, konzentrier dich. Das ist jetzt wichtig.«

Hias schaut lange auf das Porträtfoto, das sich auf Füllkrugs Homepage findet.

»Kann sein, dass der dort war.«

»Und diese Frau hier?« Er hält Hias ein Foto von Clara Mertes hin.

»Hm. Auch möglich.«

»Okay. Was ist mit dem hier?« Jetzt hat er ein Foto von Rick Walker aufgerufen. Die Lippe von Hias zuckt etwas.

»Ja, der war da. Den kenne ich. Der ist ein Spinner. Irgend so ein Sektierer.«

»Woher kennst du den?«

»Von einem Einsatz der Bergwacht.«

»Im Watzmannkar?«

»Ja, genau. Hast du auch schon gehört, oder? Wie der mit dem Berg gesprochen hat.«

Simon nickt nur. Sie sind am Mitsubishi von Hias angekommen.

»Ich müsste dann mal weiter, Simon. Servus!«

Simon steht neben dem Mitsubishi. Sieht auf die Rückbank. Die Bergwachtausrüstung liegt dort wild durcheinander herum. Als Hias davonbraust, schaut sich Simon noch einmal das Bild vom Frühstück des Ehepaars Wineke im Watzmannhaus an. Er macht sich eine Notiz in seinem Handy.

Dann fährt er zurück in sein Büro, schreibt noch zwei Berichte von kleinen Autounfällen.

Als sich Simon später zu Hause ein Weißbier öffnet, klingelt sein Handy.

»Hier ist Jens Petersen. Bin ich da richtig verbunden mit dem jungen Mann von der Bergwacht Berchtesgaden? Also diesem Polizisten?«

Kapitel 48 · Liebesbeweis

Lübeck,
Freitag, 27. August

Wieder erinnert sich Pascal in seiner Trübnis an die letzten Stunden im Leben von Heike.

Hatte er das aus der Entfernung richtig gehört? Stefan Wineke hatte etwas nach unten gebrüllt. Vorsichtshalber drehte sich Pascal Holtmann in Richtung Watzmannhaus. Duckte sich hinter einen Felsen. Das Ehepaar Wineke durfte ihn auf keinen Fall entdecken. Das würde ihm auch Heike nicht verzeihen. Dieses Hinterherfahren, Hinterherlaufen, Hinterhersteigen. Obwohl, vielleicht würde es sie auch beeindrucken, was er alles für sie tat und riskierte.

Jetzt hörte er wieder dieses Brüllen. Andere Wanderer gingen an ihm vorbei.

»Na, keine Kondition mehr?«, redete ihn einer an und überholte ihn. Bei dem war Zug dahinter.

»Jetzt mach halt mal, Heike, sonst kommen wir noch ins Gewitter am Nachmittag«, hörte er jetzt deutlich Stefan Winekes Stimme. Ein sanfter Wind blies die Worte den Hang hinunter. Furchtbar, dieser Typ. Merkte er denn nicht, wie er seine Frau auch vor den anderen Bergsteigern blamierte? Mit diesem Gebrülle! Am liebsten würde er, Pascal, aufspringen. Hochstürmen. Den Reeder packen und den Hang runterstoßen.

Oh Gott, was habe ich da gerade gedacht, erschrak er über sich selbst. Aber es war nicht das erste Mal, dass ihm so etwas durch den Kopf schoss. Manchmal fluteten ihn diese Gedanken regelrecht. Heike hatte ihm einmal geschildert, wie wenig ihr Mann sie beachtete. Als wäre sie Luft, schob er sie oft in der Wohnung zur Seite. Wenn das Telefon klingelte oder er es sonst wie eilig hatte. Wie ein Bügelbrett, das im Weg stand. Gemeinsame Mahlzeiten gab es nicht mehr. Meist kam er erst spätabends nach Hause. Da war sie schon im Bett. In ihrem Bett! Denn seit zehn Jahren schliefen sie in getrennten Zimmern. Ihr war das ganz recht, weil sie von Stefans sexuellen Eskapaden wusste. Bei körperlicher Nähe zu ihm empfand sie einen regelrechten Widerwillen. Auch jetzt, im Hotel, hatten sie sich eine Suite gemietet. Mit zwei Schlafzimmern.

Dieser Mann hat Heike nicht verdient, hatte er sich schon oft gedacht. Heike selbst hatte nicht den Mut, sich von ihm loszusagen. Das war alles viel zu eingefahren. Betoniert in gesellschaftliche Konventionen. Eine Scheidung in gegenseitigem Einvernehmen würde es nie geben. Weil das auch zu vielen Fragen führen würde. Stefans zahlreiche Liebschaften, unweigerlich wären sie noch mehr Stadtgespräch. Die Sympathien würden zwar bei Heike liegen. Aber mit Singers Hilfe würde Stefan Gerüchte streuen. Er habe sich getrennt, weil seine Frau auf Abwegen sei. Sich mit bald fünfzig in eine Affäre mit einem jungen …

Nein, auf eine Scheidung zu hoffen, das war ein Irrweg. Was aber dann? Er konnte sich ein Leben ohne Heike nicht mehr vorstellen. Studentinnen oder andere

Gleichaltrige hatten für ihn vollkommen ihren Reiz verloren.

Er sah nach oben. Siebzig, achtzig Meter über ihm standen die beiden Winekes zusammen. Er hörte nicht, was sie sprachen. Aber es sah so aus, als habe sich der Ehemann noch einmal seiner Frau erbarmt. Auf sie gewartet. Eigentlich eine Selbstverständlichkeit.

Pascal schmerzten die Füße. Er hatte das Gefühl, das Blut stünde zentimeterhoch in den Schuhen. Als liefe er auf rohem Fleisch. Er war nicht geübt im Bergsteigen. Als er vierzehn oder fünfzehn war, hatte er mit seinem Vater und Danuta mal ein paar Tage in der Schweiz verbracht. In den Berner Alpen. Mit einer Bahn waren sie auf das Jungfraujoch gefahren. Auch eine anstrengende Passwanderung hatten sie unternommen. Aber das war zehn Jahre her. Bergerfahren, davon konnte keine Rede sein. Ihm gelang es gerade so, den Abstand zu Heike zu halten.

Aber wozu sollte er eigentlich weitergehen? Es war zwar erst zehn Uhr. Sein zuggebundenes Ticket war auf Mittwoch, 9:32 Uhr, ausgestellt. Er hatte also noch fast vierundzwanzig Stunden Zeit. Und außer Heike keinen anderen Grund, jetzt hier zu sein. Da war es doch gut, wenn er ein bisschen an ihr dranblieb. Sie schützte, sollte der Ehemann ausrasten.

In der Ferne sah er Blitze über einem Gebirgszug niedergehen. Er horchte, aber es war kein Donnern zu hören. Dann war das Gewitter hier noch lange nicht zu erwarten, wusste er aus dem Physikunterricht. Er zurrte den Rucksack noch fester und raffte sich auf, noch etwas weiter nach oben zu gehen. Heike kraxelte im Gestein. Er kramte einen kleinen Block hervor und malte eine Skizze von ihr.

Amazone besiegt den Watzmann, schrieb er darüber.

Das wollte er ihr irgendwann einmal schenken. Und dann beichten. Was er für eine verrückte Reise nach Berchtesgaden unternommen hatte. Sie würde ihm dann verzeihen. Da war er sich sicher. Das alles war doch ein einziger Liebesbeweis gewesen, oder?

Kapitel 49 · Schlafende Hunde

»Herr Petersen, was verschafft mir die Ehre?« Simon ist echt überrascht. Aber auch erfreut. Sein Gefühl sagt ihm, dass nun ein ganz wichtiges Puzzleteil dazukommt.

»Sie wissen, wer ich bin?« Petersen ist nervös. Armin würde ausrasten, wüsste er, dass er mit dem Polizisten telefoniert. Aber er hat ihm nicht versprochen, nicht zur Polizei zu gehen. Armin hat sich das nur gewünscht.

»Selbstverständlich, Herr Petersen. Sie haben mir etwas zu beichten, stimmt's?«

Petersen bläht die Nasenlöcher auf wie ein Pferd die Nüstern. Nur gut, dass ihn niemand sieht. In seinem flauschigen Holzfällerhemd schwitzt er am ganzen Körper. Er sitzt wieder im Wintergarten des kleinen Hauses, dessen Kauf ihn viele Entbehrungen gekostet hatte. Seine Frau ist in der Küche und bereitet die Kartoffeln zu den Heringen in Sahnesoße vor. So kann er hoffentlich ungestört telefonieren. Er muss das jetzt tun. Die ganzen letzten Wochen kam es ihm vor, als sei er ein fest verschraubter Kessel voller Wasser. Und vom

Ofen, auf dem der Kessel stand, ging eine immer stärkere Hitze aus. Jetzt musste das alles raus. Er brauchte ein Ventil.

Der junge Polizist hatte ihn im Klinikum in Berchtesgaden nicht gerade freundlich behandelt. Trotzdem fand er ihn nicht unsympathisch. Nach dem Gespräch damals war nichts mehr nachgekommen. Keine Zeugenladung. Das wunderte ihn seitdem. Scheinbar gab es genügend Zeugen für die Kripo, um den Fall zu den Akten zu legen. Trotz des angekündigten Gewitters waren an jenem Dienstag doch noch recht viele am Watzmann unterwegs. Auch auf dem Grat. Aber niemand von ihnen wusste das, was Armin ihm mitgeteilt hatte.

»Ja, beichten ist nicht ganz das richtige Wort. Aber ich habe eine wichtige Zeugenaussage zu machen.«

Petersen erzählt noch mal bis zu dem Punkt, an den sie schon damals im Klinikum bei ihrem Dreiergespräch gekommen waren.

»Ja, und jetzt fängt es an, etwas ungemütlich zu werden, Herr …, äh, wie ist eigentlich Ihr Name?«

Soll er sich wieder Müller nennen, überlegt Simon kurz, nennt ihm dann aber seinen richtigen Namen.

»Also, Herr Perlinger, das haben wir, der Armin Zöllner und ich, Ihnen damals im Krankenhaus so weit korrekt gesagt.«

»Aber?«

»Aber die Geschichte geht noch etwas weiter.« Petersen erzählt alles, was er aus Armin herausgepresst hat. Der gemeinsame Wiederaufstieg. Das Begehen des Gipfelgrats. Seine Umkehr und Armins Weitergehen des Grats trotz des Unwetters. Armin hat das bis vor Kurzem auch ihm gegenüber bestritten. Aber das muss er nicht unbedingt dem Perlinger auf die Nase binden. Ändert ja nichts am Sachverhalt.

»Ja, und dann hat mir der Armin erzählt, wie eine junge Frau an ihm vorbeigeschossen ist. Die hat ihn gar nicht registriert, so fokussiert war die.«

»Die ist gerannt?«

»Ja, wie eine Verrückte. Erst sah es so aus, als wolle sie vor dem Unwetter davonrennen. Die ist beinahe über die Stöcke der Winekes gestolpert. Die lagen da mitten auf dem Weg.«

»Weil man das bei einem Gewitter am besten so macht«, ergänzt Simon. »Metallene Gegenstände möglichst weit von einem weglegen. Die hatten sie sicher am Rucksack befestigt. Wollten sie jetzt von sich entfernen. Was ist dann passiert?«

»Die ist … also, wissen Sie, ich habe das ja jetzt erst von dem Armin so genau erfahren, also, ich mein … oh Mann, es fällt mir schwer, das …«

»Herr Petersen, egal was passiert ist. Es ist am besten, wenn Sie jetzt die Wahrheit sagen. Sie und Ihr Kollege haben lang genug geschwiegen.«

»Wenn der wüsste …«

»Was?«

»Wenn der wüsste, dass ich mit Ihnen telefoniere!«

»Glauben Sie mir, es ist besser, mir die Wahrheit zu sagen. Selbst wenn Sie oder Ihr Kollege in irgendeiner Weise mit schuld sind … Herr Petersen?«

Am anderen Ende herrscht Funkstille. Dann, Sekunden später: »Moment. Ich muss mal kurz zu meiner Frau in die Küche.«

Bei Simon schießen die Gedanken durcheinander. Wenn die junge Frau über den Grat gerannt ist, müsste das Luisa gewesen sein. Was aber hat dann dieser Zöllner gesehen? Verdammt, wo steckt der Petersen? Im Hintergrund hört er eine Frau, die irgendetwas von Getränkekisten brabbelt.

»Hören Sie, ich rufe Sie gleich noch mal an«, presst Petersen dann hervor und legt auf.

»Verfluchte Scheiße, das darf doch jetzt nicht wahr sein«, schimpft Simon und schlägt mit der Faust auf den Tisch. »Jetzt legt der auf!«

Aber noch mehr irritiert ihn, was Petersen bisher gesagt hat. Simon hatte Luisa gar nicht mehr auf dem Schirm. War es doch ein Unfall, den sie mit ihrer Hast bewirkt hat? Ihm waren ganz andere verdächtig erschienen. Hatte der Zöllner denn diese anderen nicht auf dem Grat gesehen?

Er hält es jetzt nicht mehr aus. Petersen geht nicht dran. Auf gut Glück sucht er im Lübecker Telefonbuch nach einem Armin Zöllner. Und wird fündig. Er versucht es einfach. Es läutet. Gleichzeitig sucht Simon die Fotos der Leichen an der Eiskapelle.

»Zöllner?«

»Simon Perlinger. Wir kennen uns von einem Gespräch im Klinikum Berchtesgaden, Herr Zöllner.«

»Äh, ja?«

»Es ging um den Tod von Stefan und Heike Wineke. Erinnern Sie sich? Genau darum geht es auch jetzt. Es gibt Zeugen, die Sie zum Zeitpunkt des Absturzes des Ehepaars in deren unmittelbarer Nähe gesehen haben. Haben Sie mir nichts zu erzählen?«

Nur Zöllners Atem ist zu hören. Ich habe ihn überrumpelt, denkt sich Simon und hält die Stille aus. Obwohl ihm tausend Fragen durch den Kopf schießen. Nach zehn Sekunden sagt Zöllner immer noch nichts.

»Die junge Frau«, fragt Simon jetzt, »die Sie kurz vor der Absturzstelle überholt hat, was hatte die für eine Hose an? Erinnern Sie sich?«

»Petersen hat Sie angerufen!«

»Wir haben Zeugen. Es ist besser, Sie reden jetzt, bevor Sie selbst noch verdächtiger werden.«

»Ich habe mit dem Mord nichts zu tun.«

»Es war also Mord?«

»Ich sag jetzt nichts mehr ohne meinen Anwalt.«

»Herr Zöllner, bitte. Wenn Sie unschuldig sind, können Sie mir die Frage beantworten. Sie sind doch dann nur Zeuge. Ihnen passiert nichts.«

Wieder muss Simon ein längeres Schweigen aushalten. Zöllner hat ihn noch nicht weggedrückt. Jetzt klopft ein anderer Anruf an. Es ist Petersen. Aber Zöllner war am Ort des Geschehens. Er ist jetzt wichtiger. Endlose Sekunden später spricht Zöllner wieder.

»Die hatte eine grauschwarz gestreifte Kletterhose an.«

»Eine lange?«

»Ja, eine lange.«

Simon atmet auf. Luisa hatte eine türkisblaue Sporthose an. Damals, am Tag des Absturzes, als sie nach den Leichen suchten. Im Boot der Bergwacht am Königssee hatte sie sich eine lange Hose übergestreift. Dann musste noch eine Läuferin hinter ihr hergerannt sein. Ob Luisa das gar nicht gemerkt hat? Oder sie hat die blaue Sporthose erst unten wieder angezogen, nach dem Abstieg? Er wird sie das fragen müssen.

»Und was ist dann dort oben auf dem Grat passiert?«

Simon wartet. Gleich wird Zöllner ihm die Person beschreiben, die dringend verdächtig ist, das Ehepaar

Wineke in den Tod gestoßen zu haben. Denkt er. Aber Zöllner erzählt ihm eine ganz andere Geschichte.

»Danke, Herr Zöllner. Bald wird sich bei Ihnen die Kripo wegen eines Zeugengesprächs melden.«

»Sind Sie denn nicht von der Kripo? Wie heißen Sie noch mal?«

»Sind Sie bereit, als Zeuge auszusagen, wenn es zu Festnahmen kommt?«, ignoriert er Zöllners Frage.

»Ja, gibt ja jetzt kein Zurück mehr.«

»Danke, Herr Zöllner. Dann gehen Sie bitte am besten gleich zur Kripo Lübeck. Dort ist man mit dem Fall Wineke bestens vertraut. Auf Wiederhören.«

Er drückt ihn weg. Was Zöllner ihm erzählt hat, durchkreuzt seine bisherige Theorie vollkommen. Er starrt auf sein Handy und grübelt. Petersen ruft wieder an, aber ihn braucht er jetzt nicht mehr. Wie passt das alles zusammen, fragt Simon sich. Zöllners Aussage und all die anderen Indizien. Er sitzt in seiner Wohnung am großen Tisch und schaut geistesabwesend nach draußen. Dort schleicht Rex Gildo über den Hof.

Dann hat er es.

Der Hundebiss.

Der Rettungswagen.

Kapitel 50 · Luisas Hose

Berchtesgaden, Traunstein,
Freitag, 3. September

Simon stellt einen neuen digitalen Ordner für die Kripos in Traunstein und Lübeck zusammen. Er nennt ihn *WW2*. Ein *W* für *Watzmann*, das andere für *Wineke*.

Sorgfältig pflegt er Fotos ein. Kommentiert sie wie ein Staatsanwalt, der ein Plädoyer hält. Fotos aus Alinas und Maltes Album. Von Clara Mertes' Fotoapparat mit dem Vermerk *Von Malte W. zugesandt*. Vom Bergungsort der Leichen. Von den Räumen der Bergwacht. Vom Kofferraum eines Mitsubishi. Vom Zeitungsartikel und den Traueranzeigen von Anfang 1992. Von den Aufzeichnungen und Dokumenten seines Großvaters zum Silvestertag 1991 und den Tagen danach.

Dazu zitiert er aus Gesprächsnotizen und -protokollen mit Malte, der wiederum von Gesprächen mit Clara Mertes berichtet. Aus Jens Petersens Anruf. Aus dem Gespräch mit Armin Zöllner. Wie er von Malte weiß, hat Clara Mertes gestern umfassend bei der Kripo Lübeck ausgesagt. So braucht er sein Gespräch mit Dr. Nils Füllkrug nicht eigens aufzuführen. Es bringt keine zusätzlichen Erkenntnisse. Von den Gesprächen mit der Bedienung Theresia Stanggassinger und dem Alpenschamanen

Rick Walker braucht er auch nicht zu berichten, das ist schon in *WW1* erfasst. Bei den Gesprächsprotokollen rafft er nur die Datierungen etwas. Legt sie in die letzten Tage. Damit niemand merkt, wie kontinuierlich er seit Wochen an dem Fall dran war. Alle Fotos und Dokumente fasst er abschließend in einem umfangreichen Bericht zusammen. Nur den Fund von Stefan Winekes Handy lässt er aus. Er hat alles so zusammengestellt, dass er sich nicht selbst kompromittiert. Kein eigenmächtiges Handeln soll man ihm nachweisen können. Kein Verrat von Dienstgeheimnissen. Malte hat sein Problem sehr gut verstanden. Tritt überall als Initiator der Gespräche auf.

Während er auf die Senden-Taste klickt, ruft er bei Polizeihauptkommissarin Belinda Koreck in Traunstein an. Er habe ihr einen umfangreichen digitalen Ordner zum Tod von Stefan und Heike Wineke geschickt. Er gehe davon aus, es handle sich um Mord. Ob er sie möglichst bald in Traunstein aufsuchen könne.

»Nicht alles, was man zu sagen hat, passt in einen digitalen Ordner.«

»Ja, natürlich. Komm gleich her«, sagt sie nur.

Simon freut sich über das kollegiale Du. Immerhin ist Belinda Koreck eine erfahrene, weit über Traunstein und das Polizeipräsidium Oberbayern Süd hinaus bekannte Ermittlerin.

Die Fahrt nach Traunstein nutzt er, um mit Luisa zu telefonieren.

»Luisa, ich erklär dir heute noch, warum ich das frage. Aber bitte gib mir jetzt einfach nur eine ganz simple Antwort. Als du auf dem Watzmanngrat warst, damals, beim Absturz des Ehepaars Wineke, da hat dich der Michi am Parkplatz der Wimbachbrücke abgeholt.«

»Ja? Worauf läuft das jetzt hinaus?« Ihre Stimme beginnt zu vibrieren.

»Hast du dich damals noch einmal umgezogen, bevor wir nach Sankt Bartholomä gefahren sind? Als wir das abgestürzte Ehepaar gesucht haben? Hast du dir da eine kurze blaue Sporthose angezogen? Oder hattest du die auch oben auf dem Grat an?«

»Das ist jetzt nicht dein Ernst, Simon. Wieso kommst du auf einmal mit so einer Frage an?«

»Bitte, Luisa, antworte mir. Das ist jetzt wichtig.«

»Ich habe mich nicht mehr umgezogen. Ich weiß, dass ich die kurze Hose die ganze Zeit anhatte. Weil ich beim Abstieg auf den regennassen Felsen einmal abgerutscht bin und mir den Oberschenkel aufgeschürft habe. Da habe ich mir noch gedacht, wie leichtsinnig das war, bei Regengefahr nur mit kurzen Hosen über den Grat zu laufen. Aber das Gewitter kam ja auch schneller als erwartet. So, Mann, und jetzt sag mir, warum du das wissen willst?«

Luisa ist wütend. Er kann sie verstehen.

»Ich erklär's dir noch heute Abend, versprochen. Sag mal, willst du wirklich morgen einen neuen Rekord aufstellen? Schnellste Frau über den Watzmann?«

Sie hat es ihm vor ein paar Tagen in einer Pause erzählt.

»Das ist doch nur ein Ablenkungsmanöver, Simon. Warum hast du mir die Fragen eben gestellt?«

»Ich sag's dir noch heute, Luisa. Versprochen. Wann willst du laufen?«

»Wenn's Wetter gut ist, starte ich morgen um elf Uhr. Meine Family kommt. Auch einige Freundinnen und Freunde vom Tegernsee. Könntest du sogar noch welche kennen, von unserer Biwakweitwanderung.«

»Welche Zeit willst du schaffen?«

»Unter vier Stunden.«

»Wahnsinn. Wirst du denn allein laufen?«

»Eigentlich wollte die Franzi Gschwendner mitlaufen. Die kennst du, glaub ich, auch. Du warst doch auch dabei, als sie der Hund am Grünstein gebissen hat.«

»Ja, ich erinnere mich. Ich habe dich schon ein paar Mal mit ihr laufen gesehen. Sie war in derselben Grundschule wie ich. Nur in einer anderen Klasse.«

»Ah, wusste ich gar nicht.«

»Berchtesgaden ist klein. Man kennt sich.«

»Okay. Ja, damals am Grünstein, das war nur eine leichte Bisswunde. Aber sie ist natürlich aus dem Training gerissen worden. Sie wollte mich morgen die erste Stunde hochpushen. Steht noch in den Sternen, ob sie das mit ihrer Wunde kann«, sagt Luisa. »Der blöde Hundebiss.«

»Ja, der blöde Hundebiss«, sagt Simon nur.

Kapitel 51 · Lange Schatten

Belinda Koreck bietet ihm einen Kaffee an. Sie gehen noch einmal den ganzen Ablauf der Geschehnisse am Absturztag und am Abend davor durch, so wie sie sich jetzt darstellen. Währenddessen treffen aus Lübeck auch die protokollierten Aussagen von Clara Mertens und Armin Zöllner ein. Auch Nils Füllkrug hatte Besuch bekommen. In diesem Fall von der Ansbacher Kripo, die ihm ein paar gezielte Fragen stellte. Formuliert waren sie von Hauptkommissarin Koreck. Auch seine Antworten lagen jetzt in Form eines Gesprächsprotokolls vor. Eine abermalige Befragung von Rick Walker erübrigt sich. Diese Protokolle sind die letzten Steine im Mosaik. Zöllner hat auch geholfen, ein Phantombild zu erstellen. Belinda und Simon haben keinen Zweifel mehr. Es gibt einen Augenzeugen, Beweisstücke, ein nachvollziehbares Motiv. Fehlt nur noch das Geständnis.

Mit mehreren Streifenwagen fahren sie am Kletterzentrum in Bischofswiesen vor. Den Hinweis über den Aufenthaltsort haben sie von der Mutter erfahren. Belinda schlägt vor, sich die Gesprächsführung zu teilen. Entgegen sonstiger Gepflogenheiten. Simon soll vor allem dann sprechen, wenn es um das Alpinistische und um frühere Gespräche geht, die er selbst geführt hat.

»Du kennst vermutlich jeden Stein des Watzmanns persönlich. Da bist du viel besser für die Fragen präpariert als ich.«

Belinda strahlt eine natürliche Autorität aus. Obwohl sie sich Vernehmungen und Einsätze wie diesen mit jüngeren, weniger erfahrenen Kollegen teilt. Vielleicht aber auch genau deshalb, denkt sich Simon. Sie betreten die Kletterhalle. Mehrere Polizeibeamtinnen und -beamte sichern die Eingänge. Nur wenige Sportler und Sportlerinnen sind anwesend. Belinda spricht kurz mit dem Betriebsleiter, der dann das Training für die Anwesenden abbricht. Er schenkt ihnen einen Getränkegutschein, den sie umgehend an der Bar im Vorraum einlösen. Sie spüren die Spannung in der Luft. Wissen, dass gleich etwas Dramatisches passiert.

Simon und Belinda schauen kurz an den beeindruckenden Felsimitaten nach oben. Die sind mit bunten Griffen und Tritten übersät. Hias steigt gerade herab, dann sichert er seine Partnerin. Verblüfft schaut er auf das Polizeiaufgebot. Auf Belinda Koreck. Vor allem aber auf Simon.

»Simon?« Seine Stimme ist brüchig. »Was ist los?«

»Sie sind Herr Brandtner, ja? Ich bin Polizeihauptkommissarin Belinda Koreck, Kripo Traunstein. Polizeikommissar Simon Perlinger kennen Sie ja.«

Nachdem sie Brandtners Identität und die seiner Kletterpartnerin festgestellt haben, nickt Belinda Simon aufmunternd zu.

»Fällt mir nicht leicht, Hias, was ich dir jetzt sage.« Simon räuspert sich. »Aber es geht nicht anders. Also fangen wir an. Du erinnerst dich, dass wir uns über den Abend auf dem Watzmannhaus schon zwei Mal unterhalten haben. Den zweiten August dieses Jahres. Da war das Watzmannhaus voller Leute. Und am nächsten Tag sind zwei Personen auf dem Grat abgestürzt.«

»Das Ehepaar Wineke aus Lübeck«, fährt Belinda fort. Sie hält Hias ein Foto der beiden beim Frühstück am Tag der Silberhochzeit hin. Hias lehnt sich an die Kletterwand zurück. Er schaut bleich aus. Seine Kletterpartnerin kauert sich wie ein verängstigtes Reh auf eines der niedrigen Podeste.

»Du hast mir nicht erzählt, wer mit dir damals gemeinsam im Watzmannhaus war. Aber schau dir hier das Foto von den Winekes beim Frühstück genau an. Man sieht im Hintergrund, dass ihr zu zweit dasitzt.«

»Na und?«, begehrt Hias auf. »Danach hast du mich ja auch nicht gefragt.«

»Aber du wusstest, es geht um eine polizeiliche Ermittlung. Als erfahrener Bergwachtler hätte dir klar sein müssen, dass jedes Detail wichtig sein kann. Doch du hattest einen Grund zu verschweigen, wer mit dir auf der Hütte war. Dazu kommen wir gleich. Du hast jedenfalls bestritten, etwas vom Streit am langen Tisch neben dem Kaminofen mitbekommen zu haben.«

»Wir wissen mittlerweile durch Zeugenaussagen, dass es sehr wohl hoch herging.« Die Traunsteiner Kommissarin spricht jetzt sehr entschieden. »Erst haben sich Dr. Nils Füllkrug und Rick Walker mit dem Ehepaar Wineke und Clara Mertes gestritten. Und zwar heftig! Sie saßen am selben Tisch. Sie haben das sehr wohl alles ganz genau mitbekommen. Ja, Sie haben sich dann sogar in den Streit eingemischt und sind selbst sehr laut geworden. Sie haben das Ehepaar Wineke, Füllkrug und Mertes angebrüllt. Mit ihrem rücksichtslosen Verhalten vor dreißig Jahren hätten sie großes Unglück gestiftet! Sie seien nicht nur schuld am Tod zweier Menschen. Auch ihre Hinterbliebenen hätten sie zerstört. Auf Stefan Wineke sind Sie sogar losgegangen, wollten ihn am Pullover packen. Der Wirt rief aber gerade die baldige Hüttenruhe aus. Daraufhin sind Sie in Ihr Zimmer abgezogen. Sonst hätte es eine Schlägerei gegeben.«

Hias schaut betreten zu Boden. Seine Kletterpartnerin streicht mit einer Geste, die tröstend sein soll, über sein Bein.

»Hias, ich sag dir auch, um was es bei diesem Streit ging«, fährt Simon fort. »Die vier Herrschaften haben früher alle einmal in Lübeck gelebt. Sie verbindet ein tragisches Ereignis. Wir müssen bis ins Jahr 1991 zurückgehen. Da haben die vier über Silvester ein paar Tage bei uns in Berchtesgaden verbracht. Sie waren so um die zwanzig Jahre alt. Jung, übermütig, ausgelassen. An Silvester gab es Warnungen wegen Schneefall und Lawinenabgängen. Das hat sie aber nicht bekümmert. Trotz aller Warnungen sind sie mit Tourenskiern zum Watzmannkar aufgebrochen. Ihr Ziel war das dritte Watzmannkind. Über die Stubenalm sind sie durch den Wald die Benzinkurve hoch ins Watzmannkar vorgestoßen. Dann bis ganz nach oben gestiegen. Dort hat man auf dem Grat diesen herrlichen Blick runter zum Königssee. Du kennst das, Hias. Aber bei Schnee ist das nicht ungefährlich. Wegen der Wechten. Man sieht nicht, wo der Fels noch trägt. Oder wo es nur überhängender Schnee ist, der herunterbrechen kann. Und man stürzt dann mit dem Schnee in die Tiefe. Aber egal. Die vier haben jedenfalls oben ausgelassen getanzt und gefeiert. Reichlich Alkohol ist geflossen. Deswegen haben sie auch nicht mitbekommen, wie sich über ihnen Wolkentürme aufbauten. Es begann zu schneien. Aber sie sind immer noch oben geblieben. Haben sich mit Schneebällen beworfen und sind herumgetollt. Bis dann einer von ihnen in den Schnee einbrach. Er hat ein riesiges Schneebrett ausgelöst.«

Hias ist noch bleicher als zuvor. Schluckt.

»Ja, Herr Brandtner, Sie kennen sich mit Lawinen aus. Schneebretter werden meist von Skifahrern ausgelöst. So auch hier. Unsere vier Eroberer des dritten Watzmannkinds waren besoffen. In ihrem Rausch haben sie zwei andere Skitourengeher nicht registriert. Die hatten das gleiche Ziel. Wollten wegen des Schnees aber wohl gerade umkehren. Das hat man aus der späteren Bergung ihrer Leichen geschlossen. Die Lage der Ski, der Körper. Sie befanden sich gerade an der Grenze zwischen Wald und Kar. Dann gingen tausend Tonnen Schnee oder mehr auf sie nieder und haben sie begraben.«

Belinda schweigt und gibt Simon ein Zeichen, das auch zu tun. Die Kletterpartnerin von Hias weint leise. Zittert am ganzen Körper.

»Jetzt kommen wir zu Ihnen, Franziska Gschwendner«, nimmt Belinda den Vortrag wieder auf. »Ihr ganzes Leben ist von dieser Tragödie überschattet, obwohl Sie an Silvester 1991 noch gar nicht geboren waren. Aber im Bauch Ihrer Mutter Petra waren sie schon. Damals verloren Sie Ihren neunjährigen Bruder Maximilian und Ihren Vater Frank.«

»Die haben sie umgebracht«, presst Franzi hervor.

»Ich würde eher sagen, es war fahrlässige Tötung. Aber auch das wäre den vieren schwer nachzuweisen gewesen. Jedenfalls haben sie sicher nicht vorsätzlich die Lawine losgetreten. Wie Frau Mertes ausgesagt hat, haben sie Maximilian und seinen Vater nicht gesehen. Nur die entsetzlichen Schreie haben sie gehört. Kurz bevor die Lawine die beiden begrub.«

»Aber sie haben keine Hilfe gerufen«, schreit Hias.

»Das muss man den vieren in der Tat vorwerfen. Sie haben sich über den Falzsteig und die Kührointalm im Schneetreiben davongestohlen. Für Frank und Maximilian wäre jede Hilfe wohl zu spät gekommen. Auch wenn die vier sofort Hilfe gerufen hätten. Strafrechtlich ist das dreißig Jahre später nicht mehr relevant, da Mordabsichten auszuschließen sind. Aber moralisch ist das ein grobes Versagen. Sie haben Sie, Franziska, und vor allem Ihre Mutter Jahrzehnte im falschen Glauben gelassen. Nämlich, dass es eine natürliche, nicht von Menschen verursachte Lawine war.«

»Und das hat Dr. Nils Füllkrug an diesem Abend auf der Hütte kritisch hinterfragt«, übernimmt Simon wieder. »Dieses Sichdavonstehlen. Er hat auf die anderen drei eingeredet, es wäre Buße zu leisten. Aber nicht, indem sie sich öffentlich zu ihrer Schuld bekennen. Nein, sie sollten ein paar Skitourengeher im Winter mit Hunden angreifen. Und andere abstruse Vorschläge machte er. Für diesen Herrn über das Gewissen war eine solche Idee nichts Außergewöhnliches. Zumal er in dem Amerikaner Rick Walker an diesem Abend einen idealen Mitstreiter gewann.«

Beim Namen Rick Walker schaut Hias kurz hoch. So etwas wie ein zustimmendes Nicken deutet er an.

»Verstört seid ihr beiden, Hias und Franzi, in euer Zimmer gegangen. Am nächsten Tag saßen alle verkatert und getrennt an den Frühstückstischen. Clara Mertes hat ein Foto vom Frühstück des Ehepaars Wineke gemacht. Es war ja der Tag der Silberhochzeit.«

Simon schaut zu Belinda. Die holt aus der Mappe einen vergrößerten Abzug des Fotos. Hias und Franzi schauen nur kurz zum Foto hin.

»Auch bei diesem Foto ist das eigentlich Interessante der Hintergrund. Das erste Foto vom Frühstück, das ihr vorhin gesehen habt, ist aus der Kamera von Heike Wineke. Dieses Foto hier, von Clara Mertes, ist einige Minuten später entstanden. Beim ersten Foto sitzt ihr beiden noch am Tisch. Beim zweiten Foto steht ihr an der Tür. Man sieht euch mit Rucksäcken im Hintergrund. Du, Franzi, hast eine lange, grauschwarz gestreifte Kletterhose an. Beides, sowohl der Rucksack wie auch die Hose, sind für uns wichtige Beweisstücke.«

Ungläubig starrt Hias erst zu Simon. Dann zu Belinda.

»Zu den Beweisstücken kommen wir gleich.« Mit Nachdruck in der Stimme spricht Belinda weiter. »Frau Gschwendner, Herr Brandtner, wir fragen uns, was in Ihnen im weiteren Verlauf des Abends vorging? Eine Schlägerei war gerade so vermieden worden. Diese ungeheuerliche Geschichte muss in Ihnen gearbeitet haben. Durch einen Zufall bekamen Sie Antworten auf dreißig Jahre alte Fragen. Auf etwas, was Ihr Leben, Frau Geschwendner, und das Ihrer Mutter zutiefst negativ geprägt hat. Ist es da nicht nachvollziehbar, wenn Sie in der Nacht überlegt haben, die vier Beteiligten von damals aus der Welt …«

»Das ist vollkommener Quatsch«, brüllt Franzi los und springt auf. Sie versucht davonzurennen, aber zwei

Polizisten halten sie fest. Es dauert, bis Hias sie etwas beruhigt hat und sie sich wieder auf das Podest setzt. Sie weint still vor sich hin, als Simon fortfährt.

»Ihr seid am nächsten Morgen nach dem Frühstück zum Hocheck hochgestiegen. Es ist auch glaubwürdig, dass euer Ziel die Mittelspitze war. Von dort wolltet ihr in die kleine Ostwand steigen. Zur Eiskapelle runterklettern. Am Hocheck habt ihr eine Pause gemacht. Eure Klettergurte und anderes Werkzeug bereitgelegt. Von dort oben habt ihr hangabwärts die Winekes kommen sehen. Auch meine Kollegin Luisa Sedlbauer ist hinter den Winekes am Hang aufgestiegen, allerdings noch weit unter ihnen. In ihrem Fall muss man sagen, sie ist hochgerannt. Als die Winekes am Hocheck ankamen, seid ihr losgegangen. Sicherlich angewidert von den beiden und dem, was sie an Silvester 1991 getan haben. Du kennst Luisa, Hias. Hast sie vermutlich auch wegen ihres auffallenden Laufstils erkannt. Und Franzi gesagt, dass Polizei am Berg unterwegs ist. Ihr seid dann jedenfalls zur Mittelspitze aufgebrochen. Dann wolltet ihr in die Ostwand einsteigen. Du hast es auch getan, Hias, bist direkt abgestiegen, noch bevor die Winekes oder Luisa an euch vorbeigezogen sind.«

»Nein«, zischt Hias. »So war das nicht. Franzi ging es nicht gut. Sie ist zum Hocheck zurückgegangen. Und ich bin an der Mittelspitze geblieben. Ich hab dort gewartet, bis dieses Ehepaar kam, das Franzis Vater und Bruder auf dem Gewissen hat. Aber als die nicht kamen, bin ich in die kleine Ostwand abgestiegen.«

Franzi sieht Hias mit großen Augen an. Aber Belinda und Simon wissen ohnehin, dass seine Version nicht stimmt.

»Nein, so war es nicht, Herr Brandtner. Wir haben einen weiteren Augenzeugen, der lange Zeit am Unterstand am Hocheck ausgeharrt hat. Eine junge Frau ist zu diesem Zeitpunkt nicht von der Mittelspitze zurückgekommen. Während Sie abgestiegen sind, ist Frau Gschwendner unter irgendeinem Vorwand nicht mitgekommen. Vielleicht hat sie wirklich gesagt, ihr sei schlecht. Oder sie habe Angst vor dem aufziehenden Gewitter. Sie war auch nicht so bergerfahren wie Sie. Sport hat sie auch noch nicht so lange als Hobby entdeckt. Wäre ja also nachvollziehbar, wenn sie da so eine schwierige Kletterei in der Ostwand bei dem heraufziehenden Gewitter nicht mitmachen wollte. Denn dass Sie bei diesem Wetter in die Wand eingestiegen sind, war ja sehr abenteuerlich. Aber gut, Sie sind bei der Bergwacht, das kann ich nicht so wirklich beurteilen.«

Belinda Koreck nickt Simon zu.

»Franzi ist ein paar Meter mit dir abgestiegen, Hias. Es war genau die Zeit, als erstens Luisa über die Mittelspitze gestürmt und zweitens das Ehepaar gerade vorbeigelaufen ist. Als du, Franzi, wieder auf dem Grat warst, hast du dich umgeschaut. Die Winekes waren ebenfalls in deiner Sichtweite. Zumal der gelbe Helm von Heike Wineke auffiel. Du warst voller Wut und Hass auf die vier von 1991. Zwei von ihnen waren jetzt in deiner unmittelbaren Nähe. Endlich war die Gelegenheit gekommen. Du konntest all das, was dich seit dreißig Jahren so fertigmacht, mit einer Tat abarbeiten. Auch würde es keine Spuren geben, wenn sie scheinbar einfach so vom Berg stürzen. Du warst wie von Sinnen. Bist Richtung Südspitze gerannt. Luisa war da schon vor dir. Oder hat dich wegen ihres Tunnelblicks nicht wahrgenommen. Aber ein Augenzeuge hat dich beobachtet, wie du den Grat entlanggekommen bist. An einer ungesicherten, schmalen Stelle sahst du, wie das Ehepaar Wineke stehen geblieben ist. Die ersten Blitze gingen in unmittelbarer Nähe nieder. Der Donner grollte gewaltig. Die Winekes hatten ihre Stöcke weggelegt, um die Blitze nicht zusätzlich auf sich zu lenken. Das war deine Chance. Du hast die Stöcke ergriffen und bist auf Heike Wineke los. Hast sie als Erste gestoßen. Sie hat sich dann instinktiv an Stefan Wineke festgeklammert. Du hast die beiden mit den Stöcken runtergestoßen wie Dominosteine. An der Stelle war das ganz einfach. Sie hatten keine wirkliche Chance, sich zu wehren. Die Stöcke hast du, Franzi, ihnen hinterhergeworfen. Sie wären ja Beweisstücke gewesen. Robert Kopp und zehn Bergwachtler sind gerade unterwegs und suchen die Stöcke am Fuß der Ostwand. Sie wären ein zusätzliches Beweismittel, sollten sie sie finden.«

»So hat es uns der Augenzeuge berichtet, Frau Gschwendner. Sie haben ihn gar nicht richtig wahrgenommen, sind an ihm vorbeigerannt Richtung Hocheck. Vermutlich weil sie gesehen hatten, dass die Polizistin den Grat weitergerannt ist. Sie mussten damit rechnen, dass sie angesichts der Schreie zum Absturzort zurückkehrt. Dann wären Sie ihr geradezu in die Arme gelaufen! Also sind Sie in Richtung Hocheck umgedreht, haben sich aber immer versteckt, wenn irgendwelche Leute Sie entdecken konnten. Auch den Unterstand am Hocheck haben Sie erst passiert, als dort niemand mehr Schutz vor dem jetzt abflauenden Gewitter suchte.«

»Nein«, meldet sich Hias mit einem gequälten Aufschrei. »Ich habe die beiden in den Abgrund gestoßen.«

Belinda und Simon antworten zunächst nicht darauf. Die Traunsteiner Kommissarin sucht in der Mappe nach einem weiteren Foto.

»Es ehrt Sie, dass Sie Ihre Freundin decken wollen. Aber Ihrer Darstellung steht erstens die Aussage des Augenzeugen entgegen, Herr Brandtner. Und zweitens schauen Sie sich bitte mal dieses Foto an. Sehen Sie diese Rucksackschnalle?«

Hias beugt sich vor, schaut ganz nah auf das Bild.

»Diese Rucksackschnalle ist auf einem Foto am Absturzort zu sehen. Das Foto hat die Kollegin Luisa Sedlbauer unmittelbar nach dem Absturz der beiden Winekes gemacht. Und hier ist die Rucksackschnalle!« Sie hält ihm einen durchsichtigen Beutel mit einer Schnalle hin.

»Die habe ich zwei Tage nach dem Absturz oben auf dem Grat gefunden. Sie war im Felsen verkantet und deswegen noch nicht vom Wind verweht«, präzisiert Simon.

»Das Foto ist unmittelbar nach der Tat entstanden«, fährt Belinda Koreck fort. »Die Rucksackschnalle ist auffallend, weil sie neongrün ist und leuchtet. Wir haben sie mit den Rucksäcken der Winekes abgeglichen. Deren Schnallen sind schwarz. Unser Augenzeuge hat berichtet, wie Sie, Frau Gschwendner, mit dem Rucksack an einem Felsvorsprung hängen geblieben sind, nachdem sie die beiden runtergestoßen haben. Weil Sie in Panik waren! Dabei ist die Schnalle abgerissen.«

»Schau, Hias, ich habe deinen Rucksack in den Räumen der Bergwacht gesehen. Da hat eine der beiden neongrünen Schnallen gefehlt. Und am Grünstein, als du dort vorbeigekommen bist, habe ich den Rucksack wiedergesehen. Auf der Rückbank deines Mitsubishi.

Da war ich mir sicher, dass es der Rucksack ist, zu dem die Schnalle gehört. So einen auffallenden Rucksack, blau mit neongrünen Schnallen, prägt man sich ein.«

»Das ist aber doch der Beweis, dass ich das da oben auf dem Grat war. Dass ich die beiden runtergestoßen habe. Die Schnalle ist von meinem Rucksack.«

»Am Grünstein habe ich noch etwas anderes bemerkt.« Simon übergeht den Einwurf von Hias. »Ich habe gesehen, wie vertraut du mit Franzi bist. Du hast dich liebevoll um sie gekümmert, sie geküsst und beruhigt. Ich wusste jetzt, sie ist deine Freundin. Auch war mir klar, sie muss sehr sportlich sein, wenn sie mit Luisa Schritt hält. Sie war also auch am dritten August in der Lage, trotz Gewitter am Grat hin und her zu rennen. Du, Franzi, hast dich angesichts eines vergleichsweise harmlosen Hundebisses sehr aggressiv gezeigt. Hast getobt, geflucht, wolltest auf den Hundehalter losgehen. Ich habe mich gefragt: Wie gereizt würdest du erst sein, wenn du auf dem Grat denen begegnest, die vor dreißig Jahren dein Leben so furchtbar verändert haben? Ich will damit nicht deine Tat rechtfertigen. Aber ich kann es nachvollziehen. Ja, das kann ich schon.«

»Gut«, sagt Belinda. »Noch mal zurück zur Rucksackschnalle. Ja, Sie haben recht, die Schnalle ist von Ihrem Rucksack, Herr Brandtner. Aber schauen Sie sich dieses Foto an. Das zeigt Sie am Fundort der Leichen. Sie sind aus der Ostwand abgestiegen und tragen diesen Rucksack.«

Belinda hält ihm einen einfachen grauen Rucksack mit weißen Schnallen hin. Eine Polizistin hat ihn gerade in eine durchsichtige Folie verpackt.

»Das ist doch Ihrer, Frau Gschwendner?«

Franzi sieht nur stumm vor sich hin.

»Diesen grauen Rucksack haben Sie am Tag des Absturzes getragen, Herr Brandtner!« Sie zeigt ihm das Foto mit dem Frühstück. Im Hintergrund sind Franzi und Hias zu sehen, mit Rucksäcken. Außerdem das Foto vom Fundort der Leichen. Hias ist dazugekommen. Von der Ostwand. Mit Franzis grauem Rucksack mit den weißen Schnallen.

»Sie haben die Rucksäcke getauscht. Vielleicht weil der Ihre mit den neongrünen Schnallen professioneller und besser zum Tragen ist als der eher billige hier. Dass Sie ein Gentleman sind, der seine Freundin behüten will, merken wir schon die ganze Zeit.«

Belinda lächelt sogar ein bisschen, schaut dann aber wieder ernst.

»Sie, Frau Gschwendner, sind dann zum Hocheck und von dort runter ins Tal. Auf dem Parkplatz an der Wimbachbrücke haben Sie auf den Bus nach Berchtesgaden gewartet. Dort haben Sie Clara Mertes gesehen, die schnell in ihr Auto stieg und es von innen verriegelte. Wütend haben sie mit ihrem Schlüsselbund die Fahrertür zerkratzt. Frau Mertes ist Ihnen gerade so entkommen. Wer weiß, was Sie mit ihr noch gemacht hätten.«

Franzi schaut abwesend zu den Kletterwänden.

»Wer Ihrer Aufmerksamkeit entgangen zu sein scheint, sind die Herren Dr. Füllkrug und Walker. Der eine von beiden hat erzählt, wie sie den Berg runtergestürmt sind. Wie von einem Dämon getrieben. Am Watzmannhaus haben Sie, wie mir der Wirt gestern Abend am Telefon bestätigte, nach einem Pflaster gefragt. Er hat sich an Sie erinnert, weil Sie es so wahnsinnig eilig hatten. Er dachte, Sie seien eine Bergläuferin wie Luisa. ›Schnell bitte, nur ein Pflaster‹, hätte eine junge Frau gerufen. Dann seien Sie schon wieder weg gewesen. Er hat sich das auch gemerkt, weil Sie mit dem Wunsch nach einem Pflaster an diesem Tag nicht allein waren. Unmittelbar vorher war ein junger Mann zu ihm gekommen, der gar nicht für die Berge ausgerüstet war. Mit Turnschuhen sei der in die Felsen gestiegen. Dem habe das Blut den Schuh richtig durchnässt. So etwas hat selbst der Herr Kummer noch nicht erlebt. Er war mir gegenüber sehr gesprächig, wie Sie merken. Aber das tut hier jetzt nichts zur Sache. Frau Gschwendner, Herr Brandtner, wir beschlagnahmen jetzt Ihre Handys. Dort werden wir sicher Nachrichten finden, die unsere bisherigen Ergebnisse weiter absichern.«

Zwei Polizistinnen nehmen den beiden ihre Smartphones ab.

»Ich habe hier einen Haftbefehl gegen Sie, Frau Gschwendner. Bitte kommen Sie mit.«

Zwei Polizistinnen führen Franzi ab.

Hias starrt zu Boden.

Simon steht unsicher neben ihm.

»Eins würde mich noch interessieren, Hias. Hast du die ganze Zeit gewusst, dass die Franzi die beiden vom Berg gestoßen hat? Oder hat sie das vor dir auch verheimlicht?« Simons Stimme ist trocken, belegt.

»Ich muss zu Petra«, sagt Hias nur und schaut zur Ausgangstür. »Die wird geschockt sein, wenn sie das erfährt.« Er verlässt die Halle. Würdigt Simon keines Blickes.

Petra Gschwendner sitzt im selben Moment zu Hause in ihrem Fernsehsessel mit altmodischem Blumenmuster und trinkt Doppelkorn.

»Uff, das war jetzt ganz schön heftig.« Simon atmet auf. Er spürt, wie schwer das ist: Polizist sein im eigenen Heimatort. Franzi war mit ihm in der Grundschule. Schon damals wussten alle, dass irgendetwas mit ihr nicht stimmte. Irgendetwas. Jetzt war klar, was es war. Der Tod von Vater und Bruder unmittelbar vor ihrer Geburt. Den hat sie nie verwunden. Ein Leben, über dem von Anfang an eine schwarze Fahne wehte.

Mit Hias war er von Jugend an bei der Bergwacht. Ob der Hias dort, nach alledem, was war, einfach so weitermachen kann? Er hat so lange mit der Wahrheit hinter dem Berg gehalten. Aber hätte er sich anders verhalten in so einer Situation, fragt Simon sich.

»Vielleicht findet sich auch noch der Rucksack«, spricht Belinda in seine Gedanken hinein und lächelt ihn so merkwürdig an.

»Der Rucksack?«

»Der Rucksack von Stefan Wineke.«

Simon schießt das Blut ins Gesicht. Weiß sie etwas? Er schaut sie verschämt an.

»Gut gemacht, Simon, das Gespräch!«, sagt sie und klopft ihm auf die Schulter. Sie steigt in das Dienstfahrzeug und fährt nach Traunstein davon. Der Dampf aus dem Auspuff sieht aus wie eine dieser leichten zerfaserten Nebelwolken über dem Königssee, die sich langsam in nichts auflöst.

Kapitel 52 · Der Lauf

Luisa ist aufgeregt. Sie trippelt sich warm. Zum Parkplatz an der Wimbachbrücke sind viel mehr Leute gekommen, als sie erwartet hat. Die Eltern, ihre Schwester, viele von der Bergwacht Tegernsee, vom Alpenverein, Schulfreundinnen, ein paar interessierte Einheimische. Ihre Eltern müssen da mächtig getrommelt haben. Sogar Glühwein gibt es. Aus blauen Tassen mit Weihnachtsmännern drauf.

Luisa, Superstar, liest sie auf einem Banner.

»Ihr seid's ja alle verrückt geworden«, ruft sie der gut gelaunten Menge zu.

»Das sagt gerade die Richtige«, kontert ihr Vater.

Es ist ein grauer und kühler Tag. Auf dem Watzmann liegt noch kein Schnee. Aber hoch zum Grat wollen nicht viele an so einem Tag. Zum Glück, denkt sich Luisa.

In fünf Minuten geht's los. Sie tänzelt auf der Brücke hin und her. In weniger als vier Stunden will sie hier wieder ankommen. An ihrem Helm hat sie eine GoPro befestigt. Den zieht sie ab dem Watzmannhaus an. Mit dem Film kann sie beweisen, dass sie die Tour korrekt gegangen ist. Bis zum Watzmannhaus filmt sie sich mit Selfiestick und Handy. Sie sieht zum Watzmann hoch, der so unendlich weit weg dort oben thront und milde lächelt. So kommt es ihr jedenfalls vor.

Noch zwei Minuten. Da kommt ein blauer Golf angebraust. Der Fahrer springt in voller Sportkleidung heraus und läuft direkt auf Luisa zu.

»Hey, Simon, du? Was geht jetzt ab?«

Luisa freut sich gigantisch. Er hat an sie gedacht.

»Ich dachte, du kannst einen Hasen gut gebrauchen.«

»Einen Hasen?«

»Wir können auch Pacemaker sagen.«

»Ach du meinst, du bist so ein Hase wie bei der Leichtathletik? Die die Hauptläufer zu besseren Zeiten pushen sollen?«

»Ja. Deine Mitläuferin fällt ja leider aus.«

Luisa verrutscht die Mimik. Simon hat sie am Abend nach der Festnahme noch ausführlich informiert.

»Aber jetzt konzentrier dich auf den Lauf. Bis zur Stubenalm versuch ich dich zu jagen.«

»Ja, mein Hase. Du bist der erste Hase, der jagt.« Luisa lacht sich ihre Nervosität weg. »Finde ich toll, Simon, dass du das machst.« Sie schaut ihn dankbar an.

»Ich habe noch was gutzumachen«, sagt er und schaut ihr in die Augen.

»Was denn?«

»Weißt du, am Anfang der Ermittlungen, als du mir erzählt hast, du seist … ach, egal, ich weiß jedenfalls, dass ich bald eine Rekordläuferin als Kollegin habe.«

»Glaubst du, ich pack die vier Stunden?«

»Na logisch!«

»Zehn – neun – acht – sieben …«, alle auf der Wimbachbrücke zählen den Countdown mit, »… vier – drei – zwei – eins – los!«

Unter Trillerpfeifen und Jubelschreien wie beim Biathlon in Ruhpolding stürmt Luisa los. Simon an ihrer Seite. Je höher sie den steilen Forstweg kommen, desto stiller wird es. Sie reden nichts miteinander. Das versteht sich von selbst. Nur ab und zu zieht Luisa das Handy auf den Stick und filmt sich, um den Lauf zu dokumentieren. Nach gut zwanzig Minuten lichtet sich der Wald, und sie erreichen die Stubenalm.

»Ich mach noch bisschen weiter mit«, hechelt Simon, und sie biegen auf den Weg Richtung Mitterkaseralm ein. Auch die passieren sie noch gemeinsam. An der Falzalm klinkt sich Simon aus.

»Ich lauf wieder runter, Luisa. Mach nicht zu schnell. Du bist super in der Zeit. Ich erwarte dich gleich an der Brücke!«

Er knufft sie in den Arm und dreht dann um.

Gleich, denkt sich Luisa und lächelt.

Sie tigert weiter nach oben. Auf dem Grat bleibt sie bewusst drei Sekunden an der Stelle stehen, an der das Ehepaar Wineke in den Tod gestoßen wurde. Von ihrer neuen Freundin Franzi. Sie kann es nicht glauben. Aber sie hat sie auch viel zu wenig nach ihrem Zuhause, nach ihrer Kindheit gefragt. Wir glauben an Freundschaft und wissen nichts von den Abgründen des oder der anderen, sagt sie sich. Sie bekreuzigt sich, dann geht es weiter. Als sie die Südspitze erreicht hat, schaut sie auf die Uhr. Das könnte knapp werden. Zum Glück ist fast niemand auf der Strecke unterwegs. Sie peitscht sich jetzt selbst an. Sprintet das Wimbachgries runter.

Unten an der Brücke herrscht Volksfeststimmung. Der Glühwein zeigt seine Wirkung. Viele vorbeifahrende Radler und Autofahrer haben angehalten. Sich erkundigt, was los ist. Sind gleich dort geblieben.

Drei Stunden und neundundvierzig Minuten.

Fünfzig Minuten.

Die Nervosität der Eltern und aller anderen ist spürbar. Nur einer ist ganz gelassen. Simon.

»Keine Sorge«, sagt er zu Luisas Mutter. »Sie hat das voll drauf!«

Einundfünfzig Minuten. Alle schauen den kleinen steilen Hang hinauf, der von der Wimbachklamm zur Brücke führt. Sie haben ein Spalier gebildet, wie bei der Tour de France.

Zweiundfünfzig Minuten.

Da taucht sie auf. Der blonde Zopf wippt wie beim Start. Sie ist abgekämpft. Aber sie strahlt, als sie das von ihren Freunden gehaltene Zielband durchstürmt. Sie geht kurz zu Boden, so fertig ist sie. Aber schon nach wenigen Sekunden rappelt sie sich wieder auf, gestützt von ihrem Vater und Simon.

Drei Stunden zweiundfünfzig Minuten und achtzehn Sekunden. Ohrenbetäubender Jubel. Aus der Lautsprecherbox eines Autos ertönt *We are the champions*. Ein blauer Golf ist es.

»Ich danke euch allen«, sagt Luisa und japst immer noch nach Luft, nachdem der Jubel und die Musik etwas abgeklungen sind. »Mei, was für ein Gefühl! Aber in diesem Augenblick denk ich auch an Franzi, meine Freundin. Sie wollte heute ein Stück mitlaufen. Aber das ging nicht mehr. Warum, das habt ihr sicher in der Zeitung gelesen. Was sie getan hat, ist ganz furchtbar schlimm. Trotzdem tu ich mir schwer, sie zu verurteilen. Denn ich kenne jetzt auch die Hintergründe. Sie hat immer unter einem drückenden Schatten gelebt. Sie hat sich gedacht, vielleicht krieg ich ihn jetzt los. Wer kann schon für sich garantieren, wenn man in eine Ausnahmesituation kommt. So gefühlsmäßig, emotional meine ich. Ich hoffe, sie bekommt die Chance, ihr Leben ganz neu anzufangen.«

Es ist still geworden auf der Wimbachbrücke.

»Auch wenn das verrückt klingt. Ich möcht meinen Erfolg heute euch allen widmen. Auch Franzi. Und dem Ehepaar, das vom Watzmann gestürzt ist. Der Berg behält nichts für sich. So, und jetzt lassen wir es krachen. Bekomm ich denn keinen Glühwein?«

Simon dreht wieder die Musik auf. Dieses Mal nicht ganz so laut.

Weit, weit weg.

Hubert van Goisern und die Alpinkatzen.

Ein bisschen Wehmut ist eingekehrt in die Herzen angesichts von Luisas Worten. Verwelkte Lindenblätter tanzen im Wind einen Reigen auf dem Asphalt.

Kapitel 53 · Freundschaft

Schönerlehen,
Samstag, 4. September

Simon sitzt auf der Bank vor dem Austragshäusl. Es ist schon dunkel geworden. Was für ein toller Tag für Luisa! Sie hat den Rekord geschafft.

Er selbst ist nachdenklich. Carolin hat mit ihm Schluss gemacht. Per WhatsApp. Sie habe ihn furchtbar lieb. Aber da gäbe es jetzt einen DJ. Mit dem verstehe sie sich so wunderbar. Der wohne auch in München.

Werde dich immer im Herzen tragen, mein Hase.

Zum zweiten Mal Hase an diesem Tag, denkt Simon. Er öffnet sich ein Weißbier. Wundert sich, dass er gar nicht wirklich traurig ist wegen Carolin. Hat einfach nicht so recht gepasst.

Er ruft Malte und Alina an. Erzählt ihnen noch mal detailliert, was er ihnen am Tag zuvor nur kurz angedeutet hat. Sie sind bewegt, erschüttert. Aber irgendwie auch getröstet.

»Wenigstens haben wir jetzt Gewissheit«, meint Malte, der lange nicht so redefreudig ist wie sonst.

»Ich habe gerade gelesen, dass der Singer wieder aus der U-Haft raus ist«, sagt Simon.

»Ja, schrecklich«, schaltet sich Alina ein. »Seine Tricksereien und Manipulationen sind ihm nicht so leicht nachzuweisen. Und er hat spezielle Anwälte für solche Sachen wie die, die er dreht.«

»Wisst ihr denn schon, wie es mit der Reederei weitergeht?«

»Wir haben uns gestern mit dem Notar und der Steuerberaterin unserer Eltern getroffen. Auch mit einer Bank und jemandem vom Industrieverband«, führt Alina aus. »Die haben uns ein paar Wege aufgezeigt. Wir werden uns bald entscheiden.«

»Eins steht jedenfalls fest«, meldet sich jetzt Malte doch zu Wort. »Drei Personen werden in diese Firma keinen Fuß mehr reinbekommen.«

»Ich ahne, welche.«

»Singer, dieser Vladimir und unser ... Onkel Ingo. Geht mir schon gar nicht mehr über die Lippen. Onkel. Er sitzt jedenfalls weiter in U-Haft. Wie auch dieser Vladimir. Wenn es als Mordversuch gewertet wird, kommen die so schnell nicht mehr raus.«

»Wie geht's dir gesundheitlich, Alina?«, erkundigt sich Simon.

»Danke, es geht. Ich habe weiter diese Schmerzen im Nacken. Irgendein Wirbel macht da noch Probleme. Und oft Kopfschmerzen. Aber wir sind ja glimpflich davongekommen.«

»Hm. Na, dann danke ich euch für euer Mittun. Ohne euch hätten wir die Tat nie aufgeklärt.«

»Mag sein, Simon. Aber wir haben dir zu danken. Ohne dich hätten wir nie erfahren, was wirklich passiert ist. Du hast für die Lösung des Falles viel riskiert. Sehr viel. Das wissen wir zu schätzen. Sehr sogar«, sagt Alina.

»Und mach dir keine Sorgen, wegen privatem Ermitteln und so. Von uns erfährt niemand was. Versprochen. Großes Ehrenwort.«

»Ja, danke. Ich habe ja noch das Handy eures Vaters und seinen Rucksack. Die wären ohne meine Suchaktion nie aufgetaucht. Darf ich euch einen Vorschlag machen?«

Simon hat wieder die vielen verfänglichen Mails und Fotos von Stefan Wineke an seine Geliebten vor Augen.

»Ja, einverstanden«, sagen die beiden Geschwister, nachdem er ihnen erklärt hat, was er vorhat.

»Simon, wir hätten noch eine Bitte.«

»Ja?«

»Wir sind beide nicht so geübte Bergsteiger wie unsere Eltern. Aber wir würden gerne einmal an die Stelle gehen, an der unsere Eltern abgestürzt sind. Da oben, auf diesem Grat. Meinst du, du könntest uns dabei helfen? Im nächsten Sommer?«

Simon denkt an Robert Kopp und all die anderen Bergwachtler, an Luisa.

»Wenn's sein muss, tragen wir euch da hoch. Na klar machen wir das. Unbedingt! Und die Nacht davor übernachten wir im Watzmannhaus.«

Alina und Malte bedanken sich.

»Und wenn du dir mal die schöne Hansestadt Lübeck anschauen willst, weißt du, wo du dich zu melden hast, Simon, ja?«

Sie verabschieden sich voneinander. Sie alle drei wissen jetzt, wie im Watzmannhaus vor einem Monat eine Freundschaft aus jungen Tagen zerbrochen ist. Wer weiß, vielleicht entsteht über die Ereignisse nun eine neue.

Kapitel 54 · Das Gespräch

Bei Ludwig Perlinger in der Stube brennt noch Licht.
Obwohl es spät ist, klopft Simon an. Hier kommt er nur
sehr selten hin. Seit er im Austragshäusl wohnt und dort
sein eigenes Reich hat, sucht er die Distanz zu den Großeltern. Sie waren ihm Elternersatz. Aber oft waren sie
ihm zu streng, zu altmodisch. Er hat noch eine Rechnung
mit dem Großvater offen. Die Lebensrechnung.

»Oha, Simon, ja was treibt dich denn zu uns? Magst
ein Weißbier?«

Der Großvater sitzt in der Küche am Tisch und liest
die *Berchtesgadener Zeitung*. Er ist freundlich wie meist.
Aber heute kann Simon ihn trotzdem nicht verschonen.

Bleib nur ruhig. Lass dich nicht provozieren. Aber
trag vor, was dich belastet, sagt er sich im Stillen.

»Opa, bist du allein?«

»Ja, die Oma ist noch in der Kirche beim Rosenkranz-
beten. Sag, warum bist du hier?«

»Weil ich mit dir reden muss.«

Er erzählt ihm vom Brandgutachten. Vom Ordner,
den er in seinem Archiv entdeckt hat.

»Hast du bei mir etwa herumgeschnüffelt?«, wettert der Großvater los. Sein grauer Schnauzbart wackelt bedenklich.

»Wenn du das so nennen willst, ja. Aber es war gut so. Ich habe mir das Gutachten durchgelesen.«

»Ja, sag einmal! Bist du denn narrisch!«

»Dort werden zwei mögliche Brandursachen genannt«, fährt Simon unbeirrt fort. Jetzt gilt es. Er muss das jetzt klar bekommen. Seit seinem zwölften Lebensjahr belastet es ihn. An Franziska Gschwendner sieht man, wohin das führt, wenn man Belastungen aus der Kindheit nicht aufarbeitet.

»Dort ist auch ein eingeschaltetes Heizgerät aufgeführt, ja. Als mögliche Brandursache. Aber genauso möglich ist eine liegen gelassene Pfeife. Deine Pfeife, Opa!«

»Das ist genauso wenig erwiesen! Willst du mich jetzt hier angreifen? Was ist in dich gefahren?«

Ganz ruhig bleiben, sagt sich Simon. Lass dich nicht von dem lauten Ton des Opas überwältigen.

»Ja, das mit der Pfeife ist nicht sicher. Aber damals, nach dem Brand, weißt du, was du mir da ein paar Tage später ins Gesicht gesagt hast?«

Ludwig Perlingers Mundwinkel zucken. »Das ist doch schon siebzehn Jahre her! Woher soll ich das noch wissen?«

»Ich weiß es noch genau. Weil es mich bis heute beschäftigt und fertigmacht. Du hast gesagt, ich sei schuld am Tod von Mama und Papa.«

»Ja mei, das hat der Hans Zacher damals so gesagt. Der ist ja bei der Feuerwehr gewesen und hat da Erfahrung. Und da habe ich das geglaubt.«

»Aber dieser Zacher hat scheinbar wenig bis keine Ahnung. Hier, das ist ein Gutachten von einem Sachverständigen. Darin steht ausdrücklich, dass das Heizgerät als Brandursache ebenso infrage kommt wie deine Pfeife!«

Simon kämpft mit seinen Gefühlen, aber auch mit seiner Aggression. Ein falsches Wort und er weiß nicht, ob er sich noch im Griff hat.

»Ja, das weiß ich doch. Aber das Gutachten ist ja auch erst viel später gekommen.«

»Opa, warum, WARUM hast du mir das nicht gesagt? Dann, als das Gutachten vorlag? Mich wenigstens zum Teil entlastet? Ich habe nichts gewusst von diesem Gutachten. Warum hast du mich siebzehn Jahre mit diesen Schuldgefühlen leben lassen? Mit dem Gedanken, ich hätte Mama und Papa auf dem Gewissen?«

Jetzt ist Simon doch aufgesprungen und redet sehr laut. Sogar die Porzellan-Maria im Herrgottswinkel vibriert ein wenig.

»Ja, wie redst denn du mit mir? Das, das ist doch unverschämt, was du … Ist das der Dank dafür … Ich … Wir …«

Während der letzten Worte kippt der Großvater von der Holzbank wie ein Ritter vom Pferd.

»Opa? Hey! Opa?«

Simon rüttelt ihn, rennt zum Waschbecken. Er holt ein Handtuch. Wässert es. Klatscht es dem Großvater ins Gesicht. Aber der reagiert kaum. Hastig fingert er nach dem Handy in seiner Hosentasche, ruft den Rettungswagen. Zehn Minuten später ist der Notarzt im Schönerlehen. Sie nehmen Ludwig Perlinger mit ins Klinikum.

Maria Perlinger fällt fast in Ohnmacht, als sie aus der Kirche nach Hause kommt und erfährt, was vorgefallen

ist. Noch in der Nacht kommt Entwarnung. Der Großvater hatte nur einen Schwächeanfall.

»Wir müssen die Medikamente gegen den hohen
Blutdruck neu einstellen«, sagt die Stationsärztin. Am
Montag werde alles gecheckt. Dann könne er wieder
nach Hause, wenn man nichts findet.

Am nächsten Tag besucht Simon ihn im Klinikum.
Der Großvater sitzt auf einem Stuhl am Fenster neben
seinem Krankenbett. Auf keinen Fall will Simon das
Thema mit dem Brand wieder ansprechen. Das regt den
Großvater zu sehr auf.

»Darfst mich nicht so ärgern«, sagt der Großvater nur.
»Damals ist nicht nur dein Vater gestorben. Auch mein
Sohn. Das habe ich bis heute nicht verwunden. Und die
Oma auch nicht.«

Ich soll ihn nicht ärgern, denkt sich Simon. Er hat
mich siebzehn Jahre geärgert. Ach was, geärgert. Ge-
quält hat er mich. Weil er zu bequem war. Lieber tot-
schweigen als über die wirklich wichtigen Dinge im
Leben reden. Wenigstens kenne ich das Brandgutachten
jetzt. Ich glaube, es war die Pfeife. Basta.

Kapitel 55 · Aufstieg

Der Arbeitsalltag auf der Polizeiinspektion hat Simon wieder eingeholt. Ein Anruf aus Traunstein.

»Hallo, Simon, hier ist die Belinda von der Kripo Traunstein.«

Simon hat seit dem Verhör in der Kletterhalle nichts mehr von ihr gehört.

»Ich wollte dir etwas mitteilen, was noch nicht offiziell ist. Aber mir ist es wichtig, dass ich dir das als Erste sage. Ich habe mit dem Präsidium in Rosenheim abgesprochen, dass ich bei dir vorfühle.«

»Oh, was kommt denn jetzt?«, fragt Simon beunruhigt.

»Keine Sorge. Es ist etwas Positives. Das Innenministerium in München hat entschieden, einige Kripostationen neu aufzustellen. Für unseren Bereich in Traunstein soll es eine kleine Außenstelle in Berchtesgaden geben. Immer mehr Leute fahren in die Berge. Das bedeutet, es gibt leider auch immer mehr Kriminalität dort. Wer als Polizeibergführer oder Polizeibergführerin ausgebildet ist, wäre für diese Kripoarbeit besonders geeignet. Der Fall Wineke hat es gezeigt. Schnell kommt da was zu den

363

Akten, was eigentlich kriminalistisch viel stärker zu verfolgen wäre. Ahnst du, was kommt?«

»Äh, nein«, sagt Simon, der tatsächlich im Kopf blockiert ist.

»Die Anfrage geht zuallererst an dich und Luisa Sedlbauer. Ob ihr die Außenstation der Kripo Traunstein in Berchtesgaden übernehmen wollt. Ihr wärt dann Polizeibergführer und Kripo zugleich. In enger Kooperation mit uns hier in Traunstein. Könntest du dir das vorstellen?«

Was für eine Anfrage! Simon weiß einen Moment lang nicht, ob er das anstelle der Tätigkeit als Dienstgruppenleiter annehmen soll.

»Du könntest dann in Fällen wie dem der Winekes auch ganz offiziell ermitteln, Simon!«

Die Belinda weiß etwas. Die macht schon wieder solche Anspielungen.

»Also, ja, ich kann mir das schon vorstellen. Klar, ja, unbedingt, wow! Also, ja!«

»Jetzt stotterst ja, Simon.« Man kann Belinda Korecks Schmunzeln fast schon hören. »Aber ist schon recht. Du wirst demnächst mit Luisa ins Polizeipräsidium eingeladen und dann offiziell gefragt.«

Sie wünscht ihm noch einen schönen Tag und beendet das Telefonat.

Jetzt bin ich also bald bei der Kripo, sagt sich Simon. Irgendwie cool.

EPILOG

Der Winter hat mehr als nur ein paar Vorboten geschickt. Ein helles, fast gleißendes Weiß liegt im Kar und auf den Gipfeln des Watzmanns. Simon hat seinen freien Tag. Er weiß, jetzt ist es so weit. In seiner App schaut er sich die Wettervorhersage an. Er packt seine Tourenski ein, die entsprechende Kleidung und alles, was er sonst noch für diesen Trip braucht. Mit dem Auto fährt er zum Parkplatz Hammerstiel.

Der Schnee reicht bis in diese Tiefe. Er zieht die Tourenskier an. Langsam gleitet er durch den langen Wald aufwärts. An der Benzinkurve verlässt er ihn und sieht vor sich das riesige weite Feld des Watzmannkars. Langsam, aber unaufhörlich schiebt er sich Schritt für Schritt nach oben. Kurz unterhalb des vierten Watzmannkinds biegt er zum dritten ab. Jeder Atemzug erzeugt eine kleine Wolke vor seinem Mund. Endlich ist er angekommen.

Er misst eine Hangneigung von siebenunddreißig Grad. Für Schneebretter eine ideale Größe. Er kann hier nicht lange bleiben. Doch er muss noch etwas erledigen. Vorsichtig schnallt er die Skier ab. Mit den Skistöcken tastet er sich nach vorne zum Grat und prüft, wo der Fels aufhört und nur noch eine Schneewechte ist. Denn ohne Felsen ist er hier verloren und stürzt in die Tiefe.

Er legt sich auf den Bauch und robbt nach vorne. Da, jetzt hat er den Grat erreicht, der das Watzmannkar von der Verlängerung der Ostwand unter ihm trennt. Er sieht den Königssee in seiner eisigen Schönheit. Die Bäume, die zu einem märchenhaften Winterwald gefroren sind. Erinnert sich, wie er zum ersten Mal mit Skiern hier war. Mit seinem Vater. An ihrem letzten gemeinsamen Silvester. Er hört die fürsorgliche Stimme des Vaters, als stünde dieser direkt hinter ihm und flüstere ihm ins Ohr.

Es ist der richtige Ort, die richtige Stelle. Hier ist vor dreißig Jahren ein Schneebrett losgetreten worden, das einem Vater und seinem siebenjährigen Sohn das Leben kostete. Hier sieht man aber auch rüber zu der mächtigen Ostwand. Von ihr sind zwei derer, die die Lawine losgetreten haben, fast dreißig Jahre später in den Tod gestürzt. Verrückt, wie die Spirale sich weitergedreht hat.

Simon robbt noch einmal ein kleines Stück nach unten und angelt mit den Füßen nach dem Rucksack. Mühselig zieht er ihn nach oben. Als er ihn endlich hat, steht er vorsichtig auf. Er schaut runter ins Tal. Dann wirft er den Rucksack samt Handy mit all seiner Kraft in Richtung Ostwand nach unten. Als der Rucksack irgendwo im tiefen Schnee einschlägt, kann er ihn nicht mehr mit bloßem Auge erkennen. Der Schnee ist sein Komplize. Wenn das Frühjahr ihn freitaut, hat die weiße Masse ihr eisiges Werk getan und alle Spuren verwischt.

Leichter Schneefall setzt ein. Simon legt die Skier an und fährt vorsichtig in kleinen Kehren ins Tal zurück. Die Furie, nein, er will sie nicht wecken.

DANK

Mein Dank gilt

* Gabriele Irlinger, der zertifizierten Markt- und Gemeindeführerin in Berchtesgaden, die mir mit ihren profunden Kenntnissen wichtige Einblicke in die Geschichte und das kulturelle Leben des Berchtesgadener Lands gegeben hat.
* Pfarrer Christian Gerstner von der Evangelisch-Lutherischen Kirchengemeinde Berchtesgaden, der mir beste Kontakte zu orts- und geschichtskundigen Menschen in Berchtesgaden und Umgebung vermittelt hat.
* Michael Gebhardt, Vorsitzender des Verbands deutscher Polizeiberg- und Skiführer, der mir die Arbeit der Bergpolizei anschaulich nahegebracht hat.
* Polizeidekan Andreas Simbeck von der Bayerischen Polizei, der mir wichtige Anregungen gegeben und Kontakte vermittelt hat.
* Dr. Matthias Pöhlmann, Beauftragter für Sekten- und Weltanschauungsfragen der Evangelisch-Lutherischen Kirche in Bayern, der mir wertvolle Einblicke zum Beispiel in den Alpenschamanismus geschenkt hat.
* Polizeioberwachtmeisterin Luisa Mangold, die mir ihre großartige Facharbeit zu den Alpinen Einsatzgruppen der Bayerischen Polizei zur Verfügung gestellt und mich in vielem inspiriert hat.

- vielen Polizistinnen und Polizisten der VI. Abteilung der Bayerischen Bereitschaftspolizei in Dachau, die mir in Gesprächen rund um den berufsethischen Unterricht ihre kriminellen Fähigkeiten unter Beweis gestellt haben.
- meiner Lektorin Julia Krug-Zickgraf und dem wunderbaren Team des Servus Verlags sowie meiner Agentin Franka Zastrow.
- den vier Menschen, die tief in meinem Herzen wohnen.